Tödliches Requiem

Das Buch

Ein lauer Abend in Mailand. Eine Aufführung in der Scala, zu der auch die Bürgermeister von Paris und Mailand erschienen sind, endet tödlich: Während eines Stromausfalls, der die ganze Stadt lahmlegt, stirbt der Mailänder Bürgermeister Senio Biondi. Einige Stunden später wird auch der Pariser Bürgermeister Deveuze in seinem Hotel tot aufgefunden.

Enrico Radeschi, freischaffender Journalist und Profi-Hacker, ist sofort an dem Fall dran, genau wie sein Freund Loris Sebastiani, der stellvertretende Polizeipräsident. Zusammen kommen sie einem mörderischen Komplott auf die Spur, das Radeschi bis nach Paris führt.

Der Autor

Paolo Roversi, 1975 in Suzzara in der Lombardei geboren, hat in Nizza Zeitgeschichte studiert. Er ist Journalist und lebt in Mailand. Für seinen Kriminalroman *Die linke Hand des Teufels*, den Vorgänger von *Tödliches Requiem*, erhielt er den Premio Camaiore, einen renommierten Preis für Kriminalliteratur.

Er gehört zu einer neuen Generation italienischer Krimiautoren und wird von der Presse hoch gelobt: »Ein junger und sehr vielversprechender Autor.« – *Il Sole 24 Ore*

Von Paolo Roversi ist in unserem Hause bereits erschienen:

Die linke Hand des Teufels

Paolo Roversi

Tödliches Requiem

Kriminalroman

Aus dem Italienischen
von Marie Rahn

List Taschenbuch

Besuchen Sie uns im Internet:
www.list-taschenbuch.de

Deutsche Erstausgabe im List Taschenbuch
List ist ein Verlag der Ullstein Buchverlage GmbH, Berlin.
1. Auflage August 2011
© für die deutsche Ausgabe Ullstein Buchverlage GmbH, Berlin 2011
© 2007 Paolo Roversi
Titel der italienischen Originalausgabe:
Niente baci alla francese (Ugo Mursia Editore S.p.A., Mailand)
Konzeption: semper smile Werbeagentur GmbH, München
Umschlaggestaltung: bürosüd° GmbH, München
Titelabbildung: Stühle, Wand: Getty images / © pannaphotos;
Tafel: Mauritius / © CuboImages
Satz: LVD GmbH, Berlin
Gesetzt aus der Adobe Garamond
Papier: Munkenprint von Arctic Paper Munkedals AB, Schweden
Druck und Bindearbeiten: CPI – Clausen & Bosse, Leck
Printed in Germany
ISBN 978-3-548-61040-5

Dieser Roman ist ein Werk der Phantasie. Jede Ähnlichkeit mit realen Personen und Gegebenheiten ist rein zufällig und dient ausschließlich einem erzählerischen Zweck.

Nel distretto 19 la vita corre svelta
tra i palazzi e i boulevards di Parigi
gli emigrati che ballano ritmi zigani
si scolano le nere e le verdi
lo sdentato inseguiva le ragazze straniere
dai cappelli e dai vestiti leggeri
ma è sempre soltanto la stessa vecchia storia
e nessuno lo capirà.
Ma lasciatemi qui nel mio pezzo di cielo
Ad affogare i cattivi ricordi
Nelle vie di Parigi il poeta è da solo
E nessuno lo salverà.

Modena City Ramblers, *Morte di un poeta*

Fast Forward

Der Geruch überlagerte alles. Unverwechselbar.

Das gesamte alte Bauwerk war davon durchdrungen: die Gewölbe, die weißen Fliesen, der grobe Zement der Wände, der schwarze, mit blauen Fahrscheinen übersäte Boden.

Die Pariser Metro ist ein endloses Labyrinth von Tunneln und Gängen, ein zweihundert Kilometer langer Moloch.

Doch Radeschi nahm nur den Geruch wahr. Ein Gemisch aus Bierhefe und der Feuchtigkeit, die nach dem Regen vom Asphalt aufsteigt; der warme Atem der Erde.

Dies war sein einziger Gedanke, als der Mann ihm die Pistole ins Gesicht hielt.

Unbeeindruckt von den Passanten und Überwachungskameras um sie herum.

»*T'as fini de me casser les couilles, rital!* Du gehst mir nicht länger auf den Sack, du Spaghettifresser!«

Radeschi verspürte nicht mal Angst, nur dieser Geruch war da. Reglos stand er auf dem Bahnsteig von Strasbourg-Saint-Denis, einer anonymen Station, wo man nur umstieg.

Ein trister Ort, Lichtjahre entfernt von der Eleganz des Louvre und der Pracht der Pyramide.

Ein solcher Ort taugte nur dazu, sich umbringen zu lassen.

ERSTES KAPITEL

Premiere in der Scala

Select. Klassik. Giuseppe Verdi. Play. Aida, Triumphmarsch

Der Hummer hielt vor dem roten Teppich, und die vielen Schaulustigen auf der Piazza reckten die Köpfe, um den Auftritt der Walküren zu erleben. Das Timing war perfekt. Direkt nachdem es aufgehört hatte zu regnen, war die fünfzehn Meter lange, funkelnd weiße Edelkarosse aus der Via Manzoni aufgetaucht.

Hell erleuchtet glitt sie durch das Blitzlichtgewitter an den Zuschauern vorbei, um dann aus den rückwärtigen Türen eine Reihe blonder Models im Abendkleid zu entlassen, die trotz der Eiseskälte weder Strümpfe noch Hemmungen zeigten. Da der Besitzer nicht mit einer Yacht an der Scala anlegen konnte, hatte er sich für die größtmögliche Annäherung zu Lande entschieden: ein wahres Überseeschiff, für das viel amerikanisches Alteisen verwandt worden und das in gleichem Maße unverschämt luxuriös wie umweltschädlich war. Ein Spielzeug voller Smirnoff, Champagner und russischer, ziemlich angetrunkener Bohnenstangen. Acht, wenn man genau nachzählte, und dazu drei schrankförmige, finster dreinblickende Leibwächter. Man schien nicht das mondänste Opernspektakel des Jahres zu besuchen, sondern eine Modenschau, auf der Hugh Hefner seine Playboyhäschen vorführte.

Entsprechend großer Jubel empfing den russischen Magnaten Roman Vulfowitsch, der wie halb Mailand zur Premiere von *Aida* gekommen war, um gesehen zu werden.

Die Zuschauermenge lehnte sich über die Absperrungen und versuchte einen Blick ins Wageninnere zu werfen: Plasmabildschirme, Wurzelholz und schwarzes Leder, Minibar, rote und blaue Lämpchen. Vor allem rote.

»Und wer weiß wie viel Koks«, bemerkte ein Mann mit finsterer Miene, strengem Blick und einer Zigarre im Mundwinkel. Er war der Einzige in seiner Gruppe, der keine Uniform, sondern eine lange schwarze Jacke à la Serpico trug.

Die anderen Polizisten nickten. Nur einer nicht.

»Was machen wir, Dottò? Filzen wir ihn?«

»Sei nicht so blöd, Sciacchitano«, gab der andere zurück. »Meinst du im Ernst, dass jetzt der geeignete Zeitpunkt für eine Drogenkontrolle ist?«

Die anderen lachten hämisch. Ispettore Sciacchitano, der seine zwei Meter Körpergröße mühsam in seine Uniform gequetscht hatte, versuchte sich ganz klein zu machen.

Alle hatten bemerkt, dass Vicequestore Loris Sebastiani in übelster Stimmung war. Der Polizeipräsident hatte ihn hierher beordert, damit er für einen reibungslosen Ablauf sorgte. Dabei wusste er genau, wie sehr er solche Aufträge hasste. Sebastiani ließ seine Zigarre von einem Mundwinkel zum anderen wandern; er zündete sie nie an, obwohl an diesem Abend die Versuchung besonders groß war.

Ein Blick auf seine Uhr zeigte ihm, dass es sechs Uhr abends war. Noch früh also, obwohl auf den Notizblöcken der Journalisten, die sich im Foyer der Scala drängten, schon einiges vermerkt war.

Um halb fünf hatten sie die Glücklichen interviewt, die

nach tagelangem Campieren vor der Scala die letzten Karten im Parkett ergattert hatten. Vom vergangenen Montag an, seit vier Tagen also, hatte das niedere Volk zwischen Hoffen und Bangen geschwebt, um das kleine Stück Pappe zu bekommen, das sich für fünfzig Euro in eine Eintrittskarte für den exklusivsten Event der gesamten italienischen Theatersaison verwandelt hatte. Müde, aufgeregt und voller Euphorie hatten die Glücklichen alle Fragen der Journalisten beantwortet.

Es war nicht mal genügend Zeit gewesen, alle Kommentare einzuholen, da sich ein munterer Trupp Arbeiter am Palazzo Marino direkt vor der Oper aufgebaut hatte, um mit Spruchbändern und Megaphonen zu demonstrieren, während gleichzeitig ein heftiges Gewitter niederging.

»Heute feiern sich die Potentaten in der Scala«, hatte ihr Wortführer getönt.

Zur Musik von Fabrizio De André waren etwa hundert Gewerkschafter nass bis auf die Knochen geworden, nur um die Ausbeutung der Aushilfskräfte beim Mailänder Theater anzuprangern.

»Was machen wir? Sollen wir einschreiten?«

Diese Frage kam von Ispettore Mascaranti, der wie stets die Hand am Gummiknüppel hatte und große Lust verspürte, ihn auch einzusetzen.

Sebastiani schüttelte den Kopf. Da es wieder regnete, hatte er sich mit einem Schirm unter Leonardos Standbild in der Mitte der Piazza geflüchtet. Ein strategisch günstiger Posten, von wo aus er gleichzeitig den Eingang der Oper und den Kordon seiner ringsum postierten Männer im Auge behalten konnte.

»Wir lassen sie in Ruhe«, befahl er.

Es gab keine weiteren Zwischenfälle. Im Übrigen hatte die Polizei praktisch alles abgeriegelt, was abzuriegeln war. Nur die VIPs, die Wagen mit Panzerglas und die Hummer-Limos wurden durchgelassen. Der Rest blieb außen vor.

Dafür gab es ein großes Aufgebot an Streifen- und Militärpolizisten: Das Foyer der Oper war für Normalsterbliche Sperrgebiet.

Kurz nach siebzehn Uhr trafen allmählich auch die Politiker und Diplomaten ein: ein paar Minister mit blauen Limousinen und Eskorte, der Präsident der griechischen Republik, der kroatische Premierminister, der Bürgermeister von Tel Aviv. Dichtauf folgten Persönlichkeiten aus Film und Fernsehen, Designer, Moderatorinnen, Fußballspieler und der Rest vom Jahrmarkt der Eitelkeiten.

Als einer der Letzten, nach dem russischen Magnaten und seinem Hofstaat, kam Senio Biondi, der Bürgermeister von Mailand, mit seiner Gattin, die der Intendant des Theaters untertänig begrüßte. Begleitet wurden sie von einem weiteren Machtinhaber, dem ersten Bürger von Paris: Guillaume Deveuze, Musikliebhaber, eingefleischter Katholik und enger Freund seines italienischen Amtskollegen.

Der Franzose war zu Besuch in Mailand, um Gespräche über die Möglichkeit einer künstlerischen Städtepartnerschaft zu führen. Die Grundidee dabei war, dass die beiden europäischen Hauptstädte der Haute Couture ein Abkommen trafen, das die Organisation gemeinsamer Modenschauen, Happenings und weiterer Initiativen im Zeichen der Mode vorsah.

Nun waren alle Zuschauer eingetroffen. Ein berühmter Regisseur hatte eine so prunkvolle Inszenierung der *Aida* geschaffen, wie man sie schon seit Jahrzehnten nicht mehr in der Scala gesehen hatte. Danach war ein Galadiner im Palazzo Reale vorgesehen. Ausgesuchte Speisen wie Trüffelrisotto und Tournedos alla Rossini warteten auf etwa hundert geladene Gäste. Die man alle wie Kinder im Auge behalten musste.

»Das wird ein langer Abend«, brummte Sebastiani und kaute auf seiner Toscanello, als wäre sie Kautabak.

Select. James Brown. Play. I'm a soul man

Eisiger Regen von oben und Wasserfontänen von unten. Der gelbe Blitz mühte sich über den nassen Asphalt. Da der Motor ständig auszugehen drohte, murmelte der vollkommen durchnässte Fahrer einen ganz und gar nicht frommen Rosenkranz, der nur dem Heil seiner alten gelben Vespa, Jahrgang 1974, galt.

Solche Momente kamen im von selbstgedrehten Zigaretten und durchwachten Nächten geprägten Leben von Enrico Radeschi häufiger vor, als ihm lieb war. An unangenehmen Tagen wie diesem war es ein echtes Unterfangen, mit seiner alten Piaggio ans Ziel zu kommen. Aber er würde niemals aufgeben. Wie ein moderner Asterix, allerdings leider ohne Zaubertrank, war er entschlossen, jetzt und immerdar der raumgreifenden Metropole zu trotzen.

Dabei wäre es für ihn von Vorteil gewesen, seinen gelben Blitz zu verkaufen. Ein Sammler hatte ihm einen Haufen Geld dafür geboten. Außerdem drohten die ökologischen Fallstricke, mit denen der Gesetzgeber sein Zweirad außer Gefecht setzen wollte.

Die Maut für den Zugang zum historischen Zentrum,

auch *Pollution Charge* genannt, hatte sich als Fehlschlag erwiesen: Mailand erstickte immer noch im Feinstaub. Viel zu wenige hatten ihr Auto in der Garage gelassen, es gab viel zu viele Ausnahmen und Schlupflöcher, zudem war die Sperrzone allzu begrenzt.

Der Rückgang des Smog war nicht zufriedenstellend. Mit zwei autofreien Sonntagen pro Monat hätte man dasselbe Ergebnis erzielt.

Infolge dieser Erkenntnis hatte die Stadtverwaltung, ausgerechnet jetzt vor den Feiertagen, eine Reihe neuer Antismog-Gesetze verabschiedet, die man ohne weiteres als revolutionär bezeichnen konnte, da sie direkt nach dem Dreikönigstag ein absolutes Fahrverbot für alle Motorfahrzeuge im historischen Zentrum vorsahen. Schlicht und wirksam – und für die Mailänder ein Schock. Denn dies bedeutete, dass alle angesagten Lokalitäten der Stadt nur noch mit öffentlichen Verkehrsmitteln zu erreichen waren: San Babila, Brera-Viertel, Montenapo und Spiga, Via Manzoni.

Die über vierzig Überwachungskameras zwischen Porta Nuova, Viale Montenero, Piazza di Porta Ludovica und Viale Coni Zugna würden nun einem neuen Zweck zugeführt werden. Sie mussten nicht mehr die durchfahrenden Wagen auf ihre Mautplaketten kontrollieren, sondern die Einhaltung des neuen Zugangsverbots überwachen und allen Zuwiderhandelnden saftige Strafmandate zuweisen.

Doch das war noch nicht alles. In diesem Zusammenhang hatte die Kommune beschlossen, ein neues Zugangsticket zum Einheitstarif von acht Euro einzuführen, das bis zum Ring der Umgehungsstraßen galt. Das hieß im Klartext, dass die zahlungspflichtige Zone, die vorher auf etwa zehn Quadratkilometer begrenzt war, nun mehr als verzehnfacht wurde. Eine echte Kampfansage also gegen die Luftverschmutzung.

Drakonische Maßnahmen, über die allerorten gesprochen und geschrieben wurde.

Der *Deus ex Machina* des Ganzen war der umtriebige Bürgermeister der Stadt: Senio Biondi.

Er war als Parteiloser im Mitte-Rechts-Bündnis gewählt worden, und da seine zweite Amtszeit in wenigen Monaten beendet sein würde, sah er sich von der Sorge um seine Wiederwahl befreit und wollte Mailand etwas hinterlassen. Ein Zeichen setzen.

Der Grund war ganz einfach: Er, Senio Biondi, hatte das Licht gesehen, wie einst Jake Blues. Nicht im Dom war dies geschehen, wo Kardinal Rovelli ihn in einer Aura himmelblauen Lichts den Gläubigen vorführen wollte. Nein. Es war in einem Krankenhausbett des Niguarda-Hospitals geschehen.

Knapp drei Monate zuvor hatte Biondi an einem milden Septemberabend einen anaphylaktischen Schock mit Atemstillstand erlitten. Eine ganze Nacht lang schwebte er zwischen Leben und Tod, wo ihn seinem Bekunden nach die göttliche Erleuchtung überkam. Die danach befragten Ärzte erklärten weitaus nüchterner, dass die verabreichten Mittel durchaus zu derartigen Halluzinationen führen konnten.

Als Biondi-Belushi-Blues drei Tage darauf die Poliklinik verließ, war er ein neuer Mensch. Ein Bürgermeister mit einer Mission.

Die Taktik, die er anwandte, war schon mehr als ein Jahrhundert zuvor von Minghetti und Depretis erprobt worden: historischer *transformismo* in postmodernem Gewand – konkret: keinerlei Hemmungen, um, wenn nötig, auch um Stimmen von der Opposition zu werben. Das feindliche Lager seinerseits war nur zu gern bereit, ihn zu unterstützen, um die Regierungsmehrheit in Schwierigkeiten zu bringen.

Wie vorauszusehen war, stieß seine Initiative auf keinerlei Gegenliebe bei seinen Bündnispartnern. Doch er ließ sich nicht entmutigen und verfolgte stur sein Ziel, wobei er mehrfach im Stadtrat Depretis' Maxime von 1862 zitierte:

»Die Mehrheiten dürfen nicht unwandelbar sein. Die Ideen reifen mit den Fakten, und so wie die Wissenschaft sich entwickelt und die Welt fortschreitet, verändern sich auch die Parteien. Auch sie unterliegen dem Gesetz der Bewegung und Veränderung.«

Mit diesen Worten hatte er die Opposition überzeugt, für die Antismog-Gesetze zu stimmen. Vom siebten Januar an würde Mailand eine ökologische Stadt sein.

Select. Liquido. Play. Narcotic

Die Piazzale Loreto war dicht. Zahllose Hupen übertönten den Regen, und ebenso viele Auspufftöpfe feuerten Abgase in die Luft – dem verkehrsfeindlichen Plan des Bürgermeisters zum Trotz.

Radeschi schoss mit seiner gelben Vespa aus der Viale Monza und fädelte sich mit unverminderter Geschwindigkeit in das Chaos aus Scheinwerfern und Auspuffrohren ein. Er schlängelte sich gefährlich dicht zwischen zwei Bussen hindurch, überfuhr ein paar Ampeln bei Dunkelorange und schnitt durch den vorgeschriebenen Kreisverkehr, ohne nach rechts und links zu blicken. Ein schwarzer Cayenne musste abrupt vor dem gelben Blitz stoppen, was dem Fahrer eine heftige Schimpfkanonade entlockte.

Radeschi beschrieb mit der freien Hand eine entschuldigende Geste und drückte mit der anderen den Gashebel bis zum Anschlag.

Er war auf dem Weg zum Buchladen, und das nicht aus Wissensdurst, sondern aus Gründen der Selbsterhaltung. Er war zweiunddreißig, verdiente sich seinen Lebensunterhalt als freier Journalist und musste sich immer wieder Neues einfallen lassen, um bis zum Ende des Monats hinzukommen. Er und sein Labrador Buk lebten in derart prekärer Lage, dass er für die schlimmsten Zeiten eine zweite Verdienstmöglichkeit aufgetan hatte, die noch unsicherer und, wenn möglich, noch fragwürdiger war als die erste: Er arbeitete als Lektor und »technischer Berater« für einen winzigen Verlag. Auf Grundlage seiner vielfältigen Erfahrungen bei Polizeiermittlungen und Gewaltverbrechen sollte er entscheiden, ob ein spezielles Verbrechen oder ein bestimmtes Ermittlungsverfahren in einem Buch auch in der Wirklichkeit stattfinden konnte oder ob der Autor seine Phantasie hatte ins Kraut schießen lassen.

An diesem Abend war die Liste seiner fragwürdigen Tätigkeiten um eine weitere bereichert worden: Er sollte eines der von ihm betreuten literarischen Projekte öffentlich absegnen. Ein junger Autor hatte sich an einen Actionthriller gewagt und dabei schamlos *Die Hard,* den legendären Streifen mit Bruce Willis, kopiert. Das Ganze war nach Mailand transponiert worden, so dass die spektakuläre Action im futuristischen Nakatomi-Tower von Los Angeles jetzt ausgerechnet im Torre Velasca stattfand, den eine Schar Terroristen in Schutt und Asche legte.

Als Radeschi gegenüber dem Verleger einen Lobgesang anstimmte, musste er es sofort darauf bereuen. In der Überzeugung, seine Worte blieben strikt *in camera caritatis,* also ganz vertraulich, und mit dem einzigen Ziel, ein bisschen schneller das Honorar für die Begutachtung zu bekommen, hatte er sich dazu hinreißen lassen, die unbestreitbare literarische Qualität des Werks herauszustreichen. Leider war dies gegen ihn verwendet worden, denn nun musste er sich in halsbrecherischem Tempo um alle Pfützen schlängeln, damit seine Vespa nicht ausging, nur um zu seinem Protegé zu gelangen – der ihn längst in einer großen Buchhandlung am Corso Buenos Aires erwartete. Dort sollte der Roman offiziell vorgestellt werden und Radeschi den heuchlerischen Stuss wiederholen, den er dem Verleger aufgetischt hatte.

Als er, eine gute halbe Stunde zu spät und nass bis auf die Knochen, dort eintraf, wurde es schlagartig still. Die Blicke aller Anwesenden richteten sich auf ihn: einen jungen Mann mit einem Outfit wie Dylan Dog, ungepflegtem Spitzbärtchen und einer Brille mit schwarzem Gestell wie der junge Kennedy. Wer ihn kannte, wusste, dass er sich nicht für den Anlass umgezogen hatte, denn er trug wie immer braune Clarks, verblichene Jeans, eine schwarze Jacke mit Papier und Stiften in den Taschen und ein blaues Hemd, das ihm aus der Hose hing.

Das Exekutionskommando hatte bereits Aufstellung genommen: der Verleger, ein Mann in den Fünfzigern mit grauem Haar, grauem Anzug und zornesrotem Blick; der Autor Giovanni Guglielmi, der sichtlich unter Lampenfieber litt und vergeblich bemüht war, sich hinter einem Regal mit Reiseführern zu verstecken; seine Eltern und eine achtzigjährige Tante mit einem Hörgerät gleichen Alters; ein paar Jungspunde, die eindeutig herzitiert worden waren. Und natürlich das Publikum auf den unteren Rängen, die üblichen fünf, sechs Gestalten unterschiedlichen Alters und Geschlechts, die sich zwar nicht kannten, aber dennoch unfehlbar bei allen Lesungen auftauchten. Einfach nur, um dazwischenzureden und zu zeigen, wie kultiviert sie waren – und dann zwischen den Zeilen anzudeuten, dass auch sie ein Buch in der Schublade hätten, und wenn der Verleger vielleicht mal einen Blick darauf werfen wolle …

Guglielmi trat zu Radeschi und blickte dabei angestrengt zu Boden.

»Ich komme mir vor wie ein Komiker bei seinem ersten Auftritt«, bemerkte er. »Mit einer falschen Frisur und einem Publikum, das nicht zuhört. Auf einer Provinzbühne und obendrein noch mit einem Repertoire schlechter Witze.«

»Hör auf, du wirst sehen, es geht alles gut.«

Der Verleger tippte mit gezwungenem Lächeln und glühendem Blick vielsagend auf die falsche Rolex, die er unverfroren am rechten Handgelenk trug.

Man schritt zur Lesung.

Select. Jazz. Miles Davis. Play. Solea

»Eine Lesung für den siebten Dezember anzusetzen ist ein echter Geniestreich«, sinnierte Radeschi.

Der Verleger hatte einiges zahlen und seinen guten Ruf in die Waagschale werfen müssen, um den Geschäftsinhaber dazu zu bringen, ihm einen Termin am Sant'-Ambrogio-Tag einzuräumen, an dem die Kundschaft bekanntermaßen nicht großartig zum Kaufen überredet werden musste.

Nachdem Radeschi am Tisch der Referenten Platz genommen hatte, sah er sich besorgt um. Um ihn herum herrschte komplettes Chaos.

Total Cheops, hätte Jean-Claude Izzo es genannt. *Casino totale.* Ein schriller und wenig passender Vergleich für den Autor neben ihm. Er wusste nicht mal, warum er ihm in den Sinn gekommen war. Es war passiert, als er seine Ideen sortieren wollte, bevor er zum Vortrag ansetzte. Das war nicht einfach, da der Ansturm auf die Regale des Ladens in vollem Gang war. Das vorweihnachtliche Massenshopping lässt keine Zeit für Plaudereien. In dieser Zeit verkaufen sich Bücher kiloweise, und nicht der Autor zählt, sondern allein die Frage, ob das Buch mit seiner Aufmachung ein hübsches Geschenk abgibt.

Im Hintergrund ein dissonantes Konzert: Geschrei aus allen Richtungen, Kindergeheul, Gehupe von der Straße.

Der Journalist räusperte sich; viel lieber wäre er jetzt beim Zahnarzt gewesen und hätte sich einen Zahn ziehen lassen – ohne Betäubung –, als sich dieser Tortur zu unterziehen. Aber das gehörte nun mal zu seinen Pflichten gegenüber dem Verleger.

Beim *Corriere* waren magere Zeiten angebrochen; Druckerschwärze wurde nur für die Antismog-Maßnahmen des Bürgermeisters verwandt, und dafür war Radeschi nicht zu haben. Reportagen über Verbrechen, das lebte und atmete er, davon ernährte er sich. Sein Chefredakteur Beppe Calzolari wusste das und hütete sich, von ihm einen Artikel über die CO_2-Erhebungen von der Via Larga und Biondis Gegenmaßnahmen zu verlangen. Am Ende hätte er sich noch etwas zurechterfunden!

Der Verleger räusperte sich nun seinerseits geräuschvoll

und umständlich, damit es nicht wie eine Ermahnung klang.

»Der mediterrane Krimi«, begann Radeschi laut genug, um das Stimmengewirr ringsherum zu übertönen, »ist, wie Izzo geschrieben hat, die fatalistische Akzeptanz des Dramas, das uns bedroht, seit der Mensch seinen Bruder an einem der Ufer unseres Meeres umgebracht hat. Leider scheint dieser französische Autor jedoch nicht von Krimiautoren unseres Verlags rezipiert zu werden. Denn hier begnügt man sich damit, dem Mainstream zu folgen, Erprobtes noch mal zu erproben und Geschichten neu zu erzählen, die andere sich bereits ausgedacht haben. Unser heutiger Roman ist da keine Ausnahme. Die Farben Marseilles und den Geruch nach Meer, Knoblauch und Basilikum werden Sie hier nicht finden; hier werden Sie nur den Gestank der verkohlten Fassade des Torre Velasca riechen, der in Brand gesetzt …«

Während Radeschi sprach, zeigten sich auf dem Gesicht des Autors alle Farben des Regenbogens.

»Was zum Teufel soll das denn?«, knurrte er leise und zum Verleger gewandt. Überzeugt, dass keiner ihn hören könne.

Aber seine Bemerkung ließ den Vortragenden abrupt verstummen. Vollkommenes, unerwartetes und peinliches Schweigen trat ein. Schließlich wurde es von einer Frauenstimme unterbrochen.

»Entschuldigung, aber was hat Izzo mit diesem Buch hier zu tun? *Je ne comprends pas.*«

Die Frage kam von einer jungen Frau mit unverwechselbarem Akzent und einer Figur, die keinen Mann kaltlassen konnte.

Ermutigt lächelte Radeschi. Der Verleger wurde noch wütender, der Autor noch röter.

»Gar nichts«, antwortete Radeschi. »Mich reizte nur die Idee, diese triste Lesung mit einem Autor seines Kalibers zu beginnen. Nur um das Niveau anzuheben.«

Der Verleger wurde feuerrot, der Autor wechselte zu Blau, seine Familie fing an zu grummeln, und die Claqueure stießen sich mit den Ellbogen an.

Die junge Frau nickte und lächelte ebenfalls.

Radeschi wollte noch etwas hinzufügen, da sprang der Verleger auf wie ein Schachtelteufel und entriss ihm das Mikrophon.

»Ich übernehme«, knurrte er. »Du verschwindest.«

Der Journalist wagte keinerlei Einwand, sondern gehorchte aufs Wort. Er wandte sich zum Ausgang und mied die wütenden Blicke der Anwesenden. Missbilligendes Gemurmel folgte ihm hinaus.

Am Ausgang materialisierte sich die junge Frau vor ihm.

Sie drückte ihm ein Exemplar von Izzos *Aldebaran* in die Hand. Auf dem Umschlag stand, mit blauer Tinte, eine Telefonnummer mit der Vorwahl +33. Ein französisches Handy.

»*Appelle-moi*«, sagte sie einfach und verschwand.

Mit Izzos Buch in der Hand stand Radeschi reglos da. Zumindest zehn Sekunden, bevor er sich fasste und hinausrannte.

Es hatte aufgehört zu regnen. Die junge Frau schien verschwunden. Er drehte sich um sich selbst wie eine überdrehte Schraube, bis er sie auf der Piazza Lima entdeckte.

»Warte!«, brüllte er ihr nach.

Sie drehte sich um.

Keuchend rannte er zu ihr.

»Ich weiß nicht mal, wie du heißt.«

»Nadia.«

»Nadia. Schöner Name.«
»Nadià, *s'il te plaît.* Französisch.«
»Aber du sprichst italienisch.«
»*Oui.* Aber nicht besonders gut«, sagte sie und wurde rot. »*Mon père* ist Sizilianer.«
»Schön, Nadia. Was hältst du davon, essen zu gehen?«
»*Maintenant?* Jetzt?«
Er zauberte seine beste Unschuldsmiene aus dem Hut.
»*Pourquoi pas?*«
»Du kannst Französisch?«, staunte sie.
»Ein bisschen. Ich hab's vor einer Ewigkeit in der Schule gelernt. Also, gehen wir?«
Sie zuckte die Achseln.
»*Allons-y.* Gehen wir.«

Radeschi hasste Sushi. Er mochte den rohen Fisch genauso wenig wie das Frittierte, die Sauce, den Meerrettich, die Stäbchen oder auch den Sake. Das Land der aufgehenden Sonne verursachte ihm Ekel. Vor allem, weil er nur wenige Monate zuvor eine ziemlich unappetitliche Erfahrung mit dem japanischen Besitzer eines ebensolchen Restaurants gemacht hatte. Doch leider hatte man in gewissen Situationen keine Wahl.

Die kleine Französin liebte Sushi und hatte ihn in eine angesagte Sushi-Bar bei den Säulen von San Lorenzo geschleift.

Ein winziger Kellner, der nur aus Lächeln und Verbeugungen bestand und aussah wie das Spitting Image von Meister Miyagi aus *Karate Kid,* hatte ihnen einen Platz an einem großen, runden Tisch zugewiesen, über den die Speisen glitten. Der Journalist hatte sich nur einmal kurz umsehen müssen, da wusste er schon, wohin es ihn verschlagen hatte: gehobenes Ambiente, Yuppies, Manager, magersüchtige Models und Großkotze. Der klassische Mailänder *Cool Place* mit himmelschreienden Preisen, die den Brieftaschen der Gäste angemessen waren.

Es war besser, kein Aufheben davon zu machen. Er wollte Nadias Gegenwart auskosten, ihr sinnliches Geplauder schlürfen wie Champagner.

Sie kam aus Paris, war zweiundzwanzig und hatte einen italienischen Vater. Nachname Colletti. Strahlende Augen, braune, glatte, schulterlange Haare, straffe, wohlgerundete Brüste und einen Mund wie Angelina Jolie. Und sie war Erasmus-Stipendiatin an der staatlichen Uni.

Sie war von der Sorbonne nach Mailand gekommen, um hier politische Wissenschaften oder, wie es kurz auf Französisch hieß, *Science Po* zu studieren. Die schlechte Nachricht war, dass ihre vier Monate Studienaufenthalt fast beendet waren. Ihr blieben noch drei Tage, die gerade reichten, um sich den berühmten Obei-Obei-Weihnachtsmarkt am Castello Sforzesco anzusehen, bevor es zurück in Richtung *La douce France* ging.

»Da du jetzt alles über mich weißt, erzähl mal von dir, Henri.«

Sie nannte ihn *Henri*. Zum Dahinschmelzen.

Radeschi fing an zu erzählen. Von seinem Singledasein mit Hund, von seiner ständigen Suche nach einem Knüller, den er dem *Corriere* verkaufen konnte. Von seinen Ermittlungen und seiner unsteten Lebensweise als Spürhund.

Sie hörte lächelnd zu. Nach einer guten halben Stunde versiegte Enricos Redefluss, weil er eine Hormonausschüttung registrierte, die er schon seit Urzeiten nicht verspürt hatte.

Sein atavistischer Jagdinstinkt erwachte. In seinem Stammhirn entwickelten sich die groben Umrisse einer Strategie, die Beute zu erlegen. Dabei spielte natürlich Buk, sein Labrador, eine tragende Rolle, denn er war überzeugt, dass ihm mit diesem süßen Hund an seiner Seite keine Frau widerstehen konnte.

Im Grunde wollte er wie üblich vorgehen. Erst ein schöner Ausflug mit der Vespa ins Zentrum, zum Dom und Castello Sforzesco, dann ein Spaziergang durch das Brera-Viertel, wo sich das Mädchen möglicherweise von einer entgegenkommenden Zigeunerin aus der Hand lesen lassen würde. Bei seiner letzten Flamme hatte das nicht so gut funktioniert, aber darüber machte sich Radeschi keine Sorgen. Er glaubte nicht an das Gesetz negativer Serien.

Er nippte an seinem nach Benzin schmeckenden Sake und dachte gerade über ein hübsches kleines Programm nach dem Essen nach, als ein Stromausfall alle seine Pläne zunichtemachte.

ZWEITES KAPITEL
Blackout

Auswahl. Depeche Mode. Play. Enjoy the Silence

Die Zigarette glühte rot in der Nacht. Grell wie noch nie zuvor.

Radeschi blickte zum Himmel und staunte. In Mailand konnte man den Himmel nicht sehen. In Mailand gab es keinen Himmel. Geschweige denn Sterne. Außer in dieser Nacht. Ohne Beleuchtung kam ihm die Stadt unwirklich vor. Wie ein Niemandsort, der ihm stellenweise sogar unheimlich erschien, was das sternenbesetzte Leichentuch nur betonte.

Der Corso Buenos Aires war stockdunkel, der Dom ein Schatten, der Corso Vercelli eine lange schwarze Asphaltzunge, und der Pirelli-Turm verschwand im Nichts. Kein Mond. Nur Geräusche, Rufe und hier und da in den Fenstern der Mietshäuser das Flackern einer Kerze.

Die Metropole war erloschen. Was Radeschi sehr zupasskam, denn im Scheinwerferlicht seiner Vespa war Nadia sofort auf der Hut gewesen. Die romantische Atmosphäre, die noch kurz zuvor geherrscht hatte, war komplett verschwunden.

Der japanische Geschäftsführer hatte Kerzen geholt, um für Licht zu sorgen. Als es nach einer halben Stunde immer noch keinen Strom gab, hatten sich die Gäste zum Aufbruch bereitgemacht und in ihren Taschen nach Münzen und Geldscheinen gesucht. Ohne Kreditkarten und Handys, die durch den Stromausfall unbrauchbar geworden waren, kamen sie sich nackt und verloren vor. Sie konnten sich nicht anrufen und keine SMS schicken, sie waren nicht mehr erreichbar. Tiefste Depression.

Auch Radeschi fühlte sich leicht orientierungslos, als er mit der Vespa die Viala Papiniamo entlangschoss. Die Französin schmiegte sich von hinten an ihn, und er hätte sie bis nach Paris gefahren, um diesen Augenblick endlos auszudehnen. Stattdessen waren sie plötzlich am Ziel.

»Nach dem Metroschild kannst du rechts ranfahren. Da wohne ich.«

Der gelbe Blitz hielt vor einem großen, quadratischen Miethaus aus der Zeit des Faschismus, das jetzt dunkel war. Nadia nahm den Helm ab und strich sanft über Radeschis Kopf. Dann gab sie ihm einen leichten Kuss auf den Mund. Aber sie bat ihn nicht mitzukommen, sondern wiederholte nur das, was sie Stunden zuvor schon einmal gesagt hatte.

»*Appelle-moi.*«

Er lächelte und steckte sich die frisch gedrehte Zigarette zwischen die Lippen. Amsterdamer Tabak, eine Mischung mit leichtem Schokoaroma, die er eigens im Ausland bestellt hatte. Er rauchte andächtig, während die geschwungene Silhouette der jungen Frau im Eingang des Miethauses verschwand. Erst dann merkte er, dass er fast umkam vor Hunger. Beim Essen hatte er praktisch nichts angerührt.

Er startete den Motor und gab Gas. Er kannte nur ein

Lokal, das trotz des Stromausfalls noch geöffnet haben würde.

Radeschi nannte sie Stillstand: eine nicht näher bestimmte Stunde in der Nacht, die etwas ganz Besonderes hat. Dieses Mal kam sie früher als üblich, aber die ganze Situation war so außerordentlich, dass jede Stunde die richtige gewesen wäre, davon war er überzeugt.

Das Licht war schon von ferne sichtbar. Die Tristesse von Mailand, das noch nie so dunkel gewesen war, wurde von einer einzigen großen Lampe beschienen, die der dröhnende Generator hinter dem LKW mit Strom versorgte.

Drinnen herrschte Hochbetrieb, wie immer. Radeschis Ziel war der Schnitzelwagen, der seit Jahren in tiefster Nacht unfehlbar auftauchte, und zwar zwischen dem Bocconi-Campus und der inneren Umgehungsstraße, genau vor der Milchzentrale und den bunten Wandmosaiken.

Er war Treffpunkt von Nachtschwärmern unterschiedlichster Couleur, die sich hier auf ein Bier und ein Panino einfanden.

Sie wandten dem nächtlichen Betrieb der Großstadt den Rücken zu und folgten dem Duft gebratener Zwiebeln: die Transvestiten in voller Montur, die freiwilligen Rettungshelfer mit der Ambulanz, Streifenpolizisten mit blinkendem Blaulicht, Scharen lärmender Studenten und Smartfahrer in den Vierzigern, die Jacke und Krawatte auf dem Wagensitz ließen.

Radeschi kam hierher, um sich umzuhören und Informationen aufzuschnappen. Und natürlich, um seinen Hunger zu stillen.

In dieser Nacht herrschte ein Gedränge wie auf der Kirmes. Vor ihm in der Schlange unterhielten sich zwei Ehrenamtliche vom Rettungsdienst leise, aber angeregt miteinander. Radeschi spitzte die Ohren – Berufskrankheit – und sah sich bestätigt: Sie sprachen über ein Thema, das noch interessanter war als der Stromausfall.

»Entschuldigt«, mischte er sich ein. »Hab ich mich verhört, oder habt ihr gerade gesagt, dass in der Scala ein großes Tier zusammengeklappt ist?«

Die beiden drehten sich um. Einer war groß, mit Bart, und sah aus wie ein Rugbyspieler, der andere war klein, mit Hornbrille, und trug die unauslöschlichen Spuren einer verheerenden Akne.

Radeschis erster Impuls war es, zum Handy zu greifen und in der Redaktion anzurufen, um sich das Gerücht bestätigen zu lassen, aber die Mobiltelefone funktionierten noch nicht. Also musste er auf die gute alte Art schnüffeln.

»Dazu können wir dir nichts sagen«, erwiderte der Kleine.

»Ach komm, ich bin doch bloß neugierig.«

»Ich wette, du bist von der Presse, stimmt's?«, sagte der Bärtige unwirsch. »Du siehst nämlich so aus.«

Perplex kratzte sich Radeschi am Kinnbärtchen.

»Ganz ruhig, Jungs. Ich hab doch nur eine harmlose Frage gestellt. Was ist passiert? Hatte irgendein Industrieller einen Schlaganfall? Ein Prominenter? Der griechische Premierminister? Oder vielleicht der Bürgermeister? Das wäre doch gar nicht so schlecht … Mit seinen Gesetzen treibt der mich nämlich noch zum Wahnsinn. Seht ihr die Vespa da drüben? In zwanzig Tagen muss ich die verschrotten, und zwar wegen Biondi!«

Der Kleine lachte. Der andere stieß ihn mit dem Ellbogen an.

»Also?«, hakte Radeschi nach.

»Du hörst doch, wir können es dir nicht sagen, klar?«

Radeschi änderte die Taktik.

»Okay, eure Lippen sind versiegelt. Dienstgeheimnis. Ich verstehe. Also machen wir es doch so: Ihr braucht gar nichts zu sagen, sondern nur irgendein Zeichen zu machen, das verstehe ich schon. Und das Bier und die Panini gehen selbstverständlich auf meine Rechnung.«

Damit erntete er erneut ein Lächeln.

Aber der Dicke knurrte nur. Der Kleine schien zugänglicher zu sein.

»Wir können's ja versuchen.«

»Gut. Da ihr hier seid, nehme ich an, dass ein anderer Rettungsdienst die Sache übernommen hat, stimmt's?«

Der Kleine bewegte kaum merklich den Kopf.

»Gut; sagen wir, eure Kollegen sind hingefahren. Ich wette, sie haben euch über Funk mitgeteilt, dass irgendein hohes Tier im Smoking nicht mehr bei bester Gesundheit ist, liege ich da richtig?«

»Das reicht jetzt!«, unterbrach ihn der Bärtige und rückte zielstrebig in Richtung dampfende Pfannen vor. »Wir sind dran.«

Der Kleine warf Radeschi einen vielsagenden Blick zu.

Der grinste. Er holte seine Brieftasche hervor und bezahlte für das Essen der beiden Sanitäter.

»Was soll das? Wir haben dir nichts gesagt!«, fuhr ihn der Dicke an.

»Ich weiß. Reine Nächstenliebe.«

»Isst du denn gar nichts?«, fragte der Kleine.

»Nein, mir ist gerade eingefallen, dass ich noch woandershin muss.«

Damit sprang er schon auf den Sitz seiner Vespa. Der gelbe Blitz erwachte mit einem dumpfen Dröhnen zum Leben.

Eine Minute später waren beide schon von der Dunkelheit verschluckt.

Select. Sophie Ellis-Bextor. Play. Murder on the dance floor

Die spitzen Fialen des Doms waren mit einem Pinselstrich schwarz getuscht worden.

Dank der Solarleuchten erschien die Gallerìa Vittorio Emanuele II. taghell. Vor allen Eingängen drängelten sich Scharen von Menschen. Da die Einkaufspassage nur von innen beleuchtet war, war der Effekt außerordentlich. Wenn man sich von der dunklen und menschenleeren Via Torino näherte, kam man sich vor wie ein Seefahrer, der das Licht eines Leuchtturms erblickt. Und das praktisch direkt unter der Madonnina; der Stromausfall hatte die Gezeiten der Großstadt verschoben.

Radeschi parkte den gelben Blitz an der Einmündung der Via Dante. Überall blinkte Blaulicht: Ambulanzen, Fahrzeuge von Streifenpolizisten und Carabinieri, sogar zwei Feuerwehrwagen.

Die Scala lag ganz in der Nähe der Gallerìa, und die größte Aufregung herrschte dort: War da ein Fall in Sicht?

Radeschi mischte sich unter die Menge. Er verfolgte eine Idee. Seit Jahren schon fanden sich traditionsgemäß Opernliebhaber – nicht zu verwechseln mit denen, die die Premieren besuchen – unter einer großen Leinwand ein, die die Stadtverwaltung hatte anbringen lassen. Niemand takelte sich hier groß auf; es waren nur Musikbesessene, die an die Mauer gelehnt den Abend damit verbrachten, das Stück zu genießen und über Regisseure und Sänger, Kostüm- und Bühnenbildner zu diskutieren.

Unter regem Einsatz seiner Ellbogen erreichte Radeschi den Eingang der Via Tommaso Grossi. Dort befand sich das Park-Hyatt-Hotel, wo mit Sicherheit viele der Prominenten wohnten, die an diesem Abend dem Opernspektakel beigewohnt hatten. Auch der Bürgermeister von Paris hatte dort eine Suite.

Am Eingang wurde Radeschi vom gelben Absperrband der Polizei und zwei zu allem entschlossenen Beamten aufgehalten.

In der Gallerìa hatte sich die halbe Questura versammelt: Sebastiani mit einem Zigarrenstummel zwischen den Zähnen, Chefinspektor Lonigro mit erschöpfter Miene und in den Nacken geschobener Kappe, Mascaranti, wie üblich mit grimmiger Miene, Sciacchitano, halb aufgelöst, und Carla Rivolta – die aussah, als ob man sie eigens herbestellt hatte, um die Wogen zu glätten.

Unter der Riesenleinwand sah man jetzt keine Musikliebhaber im dritten Lebensabschnitt, sondern die komplette Garde der Abteilung Kapitalverbrechen, mit der Radeschi bei zahlreichen Untersuchungen zusammengearbeitet hatte.

Jetzt bestand kein Zweifel mehr: Die Polizisten bildeten einen Halbkreis um eine zugedeckte Leiche.

Radeschi schwenkte die Arme, um auf sich aufmerksam zu machen, worauf die Leute ihn anstarrten, als wäre er verrückt. Als Sebastiani ihn bemerkte, lächelte er säuerlich. Um ihn ein bisschen auf die Folter zu spannen, wartete er erst ein paar Minuten, dann bedeutete er einem der Polizisten am Absperrband, ihn durchzulassen.

Vicequestore Loris Sebastiani war ein attraktiver Mann Anfang vierzig mit graumeliertem Haar, der stets Sakko und Krawatte trug. Vom Scheitel bis zur Sohle Polizist und ein großer Kenner von Frauen und Weinen.

Sie begrüßten sich per Handschlag, waren sie doch alte Bekannte. Als Radeschi noch für eine kleine Tageszeitung arbeitete, hatte er im Fall der sogenannten »Gottesanbeterin von Corvetto« recherchiert, einer ganz reizenden Dame, deren größtes Vergnügen darin bestand, ihre jungen Liebhaber umzubringen, um dann ihre Leichen im Keller verschwinden zu lassen.

Der Reporter war entschlossen gewesen, den Fall aufzuklären, und hatte sich ins Netz der Spinne begeben, aus dem es für ihn aller Wahrscheinlichkeit nach kein Entrinnen gegeben hätte, wenn die Polizei nicht eingegriffen hätte. Die Operation war nicht ganz geglückt, denn die Dame hatte sich von der Einmischung kaum beeindrucken lassen, sondern einen kleinen Revolver unter ihrem Rock hervorgeholt und zu schießen begonnen. Die eigentlich für Sebastiani bestimmte Kugel hatte Radeschi gestreift, der bei dieser Gelegenheit den Helden spielte.

Dies hatte beim Vicequestore Eindruck gemacht, und von da an hatte sich zwischen den beiden eine ganz spezielle Form der Zusammenarbeit etabliert. Wo der lange Arm der Polizei nicht hinreichte, sprang Radeschi mit seinen – nicht immer legalen – Computertricks ein.

Wenn Sebastiani Radeschi jemandem vorstellte, sagte er immer: »Er ist freischaffender Journalist und ein kluger

Kopf, der sich mit Computern und einer Onlinezeitung namens *Milanonera* beschäftigt. Außerdem kümmert er sich um die gleichnamige Kolumne im *Corriere della Sera*.«

Kaum hatte Mascaranti den Reporter gesehen, wandte er sich ab. Die beiden konnten sich auf den Tod nicht leiden. Sciacchitano grüßte ihn, Chefinspektor Lonigro ignorierte ihn. Auch zwischen ihm und Radeschi herrschte nicht gerade herzliches Einvernehmen. Nur Carla Rivolta, die einzige Frau in Sebastianis Team, empfing ihn mit einem Lächeln. Lonigro hatte sie vor etwa einem Jahr für eine verdeckte Ermittlung von der *Polizia ferroviario* angefordert: Dabei sollte die blonde Polizistin sich als Prostituierte verkleiden und als Köder für einen Mörder dienen. Carla hatte die Aufgabe ausgezeichnet gemeistert und war seitdem ständiges Mitglied in der Abteilung Kapitalverbrechen. Als sich an diesem Abend nun ihre Blicke trafen, lächelten sie verschwörerisch.

Nicht weit von ihnen entfernt lehnte eine Frau an einem der funkelnden Schaufenster von Prada und weinte so laut, dass ihr Schluchzen von den hohen Gewölben der halbleeren Gallerìa schaurig widerhallte.

»Natürliche Todesursache?«, fragte Radeschi und zeigte auf das Leichentuch. Als würde er vom Wetter reden.

Sebastiani gab keine Antwort. Er hütete sich wohl, zu verraten, wer der Tote war. Aber der Reporter nahm es ihm nicht übel, hatte er doch die Witwe erkannt und jubelte schon innerlich über den Knüller.

»Wegen der Straßenmaut werden sie ihn wohl kaum umgebracht haben, oder?«, frotzelte er.

»Für mich wäre das ein ausreichendes Motiv«, meldete

sich Sciacchitano, der auf Provokationen schneller anbiss als ein Katzenwels auf Köder. »Ich wohne in San Giuliano und muss ein Vermögen zahlen, um mit dem Uno ins Zentrum zu kommen.«

Sebastiani widerstand dem Drang, beiden den Hals umzudrehen, und packte Radeschi am Arm.

»Was machst du hier?«, knurrte er, als er ihn außer Hörweite der anderen geschleift hatte. »Was willst du?«

»Das weißt du doch. Was ist passiert?«

Der Beamte seufzte. So leicht würde er ihn nicht loswerden.

»Nach dem ersten Akt wurde die Premiere in der Scala wegen des Stromausfalls unterbrochen«, erklärte er. »Der Bürgermeister wollte sich gerade mit seiner Frau und seinem Freundeskreis zu Fuß zum Palazzo Reale begeben, um dort bei Kerzenschein das Galadiner abzuhalten, als er plötzlich einen Anfall hatte. Er ist hier zusammengebrochen. Ein zufällig anwesender Arzt hat versucht, ihn wiederzubeleben. Aber als die Ambulanz kam, war schon nichts mehr zu machen. Er war bereits tot. Jetzt warten wir für die Beweisaufnahme auf den Richter und die Spurensicherung.«

»Glaubst du, es war Mord?«

Der Polizist machte eine abwehrende Handbewegung.

»Sagen wir mal, ich halte mich an die übliche Praxis, um alle Eventualitäten abzudecken.«

Radeschi nickte.

»Habt ihr ihn in einer besonderen Lage vorgefunden?«

»Nun mal ganz langsam, du Schlaukopf. Die offizielle Version lautet, wie ich bereits sagte: Es war ein Anfall. Nicht mehr und nicht weniger. Er hat weder etwas mit seinem Blut auf den Boden geschrieben noch auf irgendein Bild an den Wänden gezeigt. Er hat einfach den Löffel abgegeben.«

»Bist du sicher, dass er keine Nachricht hinterlassen hat? Vielleicht ein Zeichen auf dem Stier? Weißt du, die Mosaikfigur, um die die Japaner ständig kreisen? Mir kam es so vor, als ob genau da …«

»Das reicht!«, fiel ihm Sebastiani wütend ins Wort. »Wir haben es hier mit einem tragischen Todesfall zu tun. Hör mit dem Mist auf!«

In der Gallerìa breitete sich eine seltsame Stille aus. Alle hatten sich zu ihnen gewandt. Sebastiani hatte gebrüllt. Selbst die weinende Frau starrte ihn an. Also senkte er die Stimme und bemühte sich um Fassung.

»Wie hast du überhaupt davon erfahren? Du siehst nicht aus, als wärest du zufällig hier.«

»Ich hab jemanden bestochen.«

»Dazu hast du gar nicht genügend Geld.«

»Aber ja doch, wenn jemand sich mit Bier und einem Panino begnügt.«

»Also stimmt es, dass man die Leute mit einem Butterbrot bestechen kann …«

Während Sebastiani sich an seiner Rhetorik erfreute, ging plötzlich das Licht wieder an. Grell wie ein nächtlicher Blitz. Instinktiv hielten alle die Hand vor die Augen.

Im gleichen Moment fing Radeschis Handy an zu schrillen. Es war neu, ein kompaktes und höchst raffiniertes Modell. Sein altes, berüchtigtes Motorolahandy war ersetzt worden. Dessen verfluchter Akku hatte sich ständig selbst entleert, und da der Reporter aus lauter Verzweiflung, keines seiner Telefonate zu Ende führen zu können, um seine geistige Gesundheit fürchtete, hatte er es weggeworfen. Diese drastische Maßnahme hatte es erforderlich gemacht, dass er seine mageren Ersparnisse aufbrauchte, um ein Wunder der Technik der allerneuesten Generation zu kaufen. Es war nicht nur ein Handy, sondern ein Computer, der so viel GPS in sich hatte, dass Radeschi nie wieder vom rechten Wege abkommen konnte.

Darüber hinaus verfügte es über ein riesiges Telefonverzeichnis, eine Freisprecheinrichtung und vor allem über einen MP3-Spieler. Von nun an standen ihm ständig zweitausend Songs zur Verfügung, was ihn derart berauschte, dass er, so oft es ging, die Kopfhörer aufsetzte und zur Situation passende Musik auswählte. Die Tonspur zum Film sozusagen.

Doch mit seinem neuen Handy konnte er nicht nur Musik hören, sondern auch im Internet surfen, E-Mails lesen und überall arbeiten. Zu diesem Zweck hatte er sich eine flexible Funktastatur gekauft, die es ihm erlaubte, Artikel zu schreiben, egal, wo er sich gerade befand. Mit dem Wechsel seines Mobiltelefons hatte er sich praktisch von der Steinzeit ins *Star-Trek*-Zeitalter katapultiert, und zwar ohne Umweg über die industrielle Revolution.

Ein Blick auf das Display war gar nicht nötig, denn nur einer konnte derart versessen darauf sein, ihn jetzt zu erreichen: Beppe Calzolari. Er musste die Nachricht über sein batteriebetriebenes Funkgerät gehört haben, das er immer auf die Frequenzen des Polizeifunks eingestellt hatte.

»Weißt du, was dieser Anruf bedeutet?«, fragte Radeschi, bevor er ans Handy ging.

Der Polizist schüttelte den Kopf.

»Dass der Bürgermeister endlich in meine Zuständigkeit fällt«, bemerkte der Reporter zynisch und hielt sein Handy ans Ohr.

Sebastiani ließ seine Zigarre von einem Mundwinkel

zum anderen wandern und sparte sich jeden weiteren Kommentar.

Denn auch sein Handy hatte angefangen zu klingeln.

Die Technologie ergriff wieder Besitz von ihrem Leben.

DRITTES KAPITEL
Fuster

Select. Lene Marlin. Play. Another Day

Am folgenden Tag kamen alle Mailänder Zeitungen in gekürzter Fassung heraus, und zwar nicht, um den Tag der Heiligen Immacolata zu feiern. Den *Corriere* zum Beispiel hatte der Stromausfall etwa zehn Seiten gekostet. Damit hatte er noch Glück gehabt.

Radeschi hatte kaum geschlafen. Bei Tagesanbruch war er schon wieder unterwegs, bereit für einen neuen Tag mit Telefonaten, Artikeln und Gipfeltreffen in der Questura.

Ein Espresso, eine Selbstgedrehte und, kurz nach sieben, die Zeitung. Noch auf dem Bürgersteig vor dem Zeitungsstand an der Viale Monza blätterte er sie hastig durch, während Buk geduldig zu seinen Füßen hockte.

Dies war sein übliches Ritual, wenn einem seiner Artikel die Ehre gewährt wurde, auf der Titelseite zu erscheinen: Spaziergang mit Hund, Kauf der Zeitung und sofortige Lektüre des gesamten Artikels.

Die Titelzeile lautete ziemlich banal: »Der Bürgermeister ist tot.«

Calzolari hatte sich nicht gerade verausgabt.

Dann folgte die Beschreibung, wie der erste Bürger der Stadt infolge eines ungeklärten Anfalls in der Galleria Vittorio Emanuele II. gestorben war. Ohne phantasievolle Hypothesen, ohne rhetorische Ausschmückungen. Dazu war keine Zeit gewesen. Radeschi hatte den Artikel mit seiner flexiblen Tastatur auf dem Sitz seiner Vespa geschrieben und dabei ständig seine Armbanduhr im Auge behalten, weil er pünktlich zur Drucklegung fertig werden musste. Nur zwanzig Zeilen, die das Foto von einem lächelnden Senio Biondi einrahmten. Das Ganze als Rechteck im Zentrum der Titelseite. Obwohl sein Artikel angesichts der Uhrzeit und der Bedingungen seiner Entstehung ein Bravourstück war, hatte man ihm nicht mehr Platz einräumen können. Der andere Aufmacher des Tages war der Stromausfall, dem auch praktisch der gesamte Rest der Zeitung gewidmet war. Noch war die Ursache ungeklärt; man wusste nur, dass es sich um eine Serie gleichzeitiger Pannen gehandelt hatte. Also war mit an Sicherheit grenzender Wahrscheinlichkeit von einem Anschlag auszugehen, doch die Presse äußerte sich dazu nur vage, da sich bislang niemand dazu bekannt hatte. Der eine oder andere Leitartikler hatte zwar von der Möglichkeit gesprochen, ohne jedoch Verantwortliche zu nennen.

Ein wenig klarer wurde es erst, als Radeschi in seine Zweizimmerwohnung im dritten Stock eines Mietshauses in der Via Venini zurückkehrte und den Fernseher einschaltete. Trotz des Feiertags und der frühen Stunde wurde bereits eifrig über die Frage debattiert. Mit Direktverbindungen zu den Schauplätzen vor der Scala und der Gallerìa.

Auf allen Sendern ging es nur um den Stromausfall und den Tod des Bürgermeisters. Selbst die Lokalsender hatten das übliche Gerangel um die Fernsehübertragung der Fußballspiele und Werbesendungen über Abmagerungscremes aufgegeben und folgten dem Mainstream. Die Nachrichten waren zu verlockend, um außen vor zu bleiben.

Es war noch nicht neun Uhr, da hatte Calzolari ihn schon dreimal angerufen. Wahrscheinlich ging es um das Seitenlayout, das er noch in der Nacht im Bett ausgetüftelt hatte.

Enrico bekam eine ganze Seite über den Stromausfall, während sich ein Team von Redakteuren um den Bürgermeister kümmerte. Obwohl offiziell immer noch von einer natürlichen Todesursache ausgegangen wurde, beabsichtigte man beim *Corriere,* das ganz große Fass aufzumachen. Eine Seite für die Biographie, eine weitere über die politische Laufbahn, ein paar Hintergrundartikel über die Privatperson mit Erinnerungen von Freunden, Kollegen und politischen Gegnern. Dazu haufenweise Fotos aus dem Archiv.

»Das ist nichts für einen investigativen Reporter wie dich«, hatte Calzolari verfügt.

Enrico war zwar anderer Meinung, hatte aber nicht widersprochen.

Sein Instinkt sagte ihm, dass noch vor dem Abend der wichtigste Artikel über Biondi an ihn fallen würde.

Select. Bob Marley. Play. I shot the Sheriff

Radeschi war immer ein Waffengegner gewesen: Kriegsdienstverweigerer, Pazifist, Fortschrittsgläubiger et cetera et cetera. Ganz im Gegensatz zu seinem Freund bei der Polizei, dem Militaristen, Reaktionär und Interventionisten Loris Sebastiani. An seinen Überzeugungen hatte er bis zu jenem Tag festgehalten, als er in den Lauf einer Pistole geblickt hatte. Dies war genau ein Jahr zuvor geschehen, während er die Serienmorde an Prostituierten untersuchte.

In diesem Moment war er ins Schwanken geraten, aber nicht ganz umgekippt. Niemals wäre er so weit gegangen, mit einem Schießeisen in der Hose herumzulaufen. Dennoch hatte er sich etwas zur Verteidigung besorgt. Etwas, was er als vernünftigen Kompromiss betrachtete.

Er hatte sich auf seine Weise zu helfen gewusst, als Hacker. Er brauchte weder Kugeln noch Klingen, sondern nur eine nicht mal besonders starke Batterie und ein altes elektrisches Gerät, um das zusammenzubauen, was Sicherheitsexperten als *Taser* bezeichnen. Das Gerät sah aus wie ein Rasierapparat, aber es kürzte keine Haare, sondern verteilte Stromschläge, die jeden Angreifer ausknocken konnten. Einziger Nachteil: Es war illegal.

Eine alte Haarschneidemaschine, deren Stromkreise mit Hilfe präziser Angaben aus dem Netz modifiziert worden waren, konnte nun jeden Bösewicht mit einer Ladung von fünfzigtausend Volt brutzeln lassen. Radeschi hatte den Elektroschocker direkt nach dem betreffenden Vorfall gebaut und ihn dann in die Tiefen einer Schublade verbannt. Doch jetzt beschloss er, ihn einzustecken, bevor er sich auf den Weg machte.

Enrico war alles andere als ein Zwangsneurotiker. Er litt nur an *einer* krankhaften Störung, die seine Exverlobte Cristina schon vor Jahren, als sie noch Psychologie studierte, bei ihm diagnostiziert hatte. Sie hatte eine Theorie ins Feld geführt, die hundertprozentig auf ihn zutraf: das Gesetz der kleinen Zahlen, nach dem gewisse Personen das Mögliche mit dem Wahrscheinlichen verwechseln. Wenn sich beispielsweise etwas Bestimmtes zweimal wiederholt, ist es in den Augen dieser Personen statistisch so signifikant, dass sie daraus Schlussfolgerungen ziehen. Radeschis Variante dieser Störung beschränkte sich auf irrwitzige Hirngespinste. Das neueste bestand darin, dass er seit einigen Tagen verfolgt wurde. Und seiner Meinung nach war dies keine Schlussfolgerung aus einer fragwürdigen Statistik, sondern Gewissheit.

Mailand ist eine Großstadt, ein riesiges Gewimmel von Menschen, Autos, Gesichtern, Beinen ... Aber eine feuerrote Skarabäus mit einem Fahrer mit schwarzem Helm und schwarzem Visier à la Darth Vader, die einem drei Tage lang folgt, ist mehr als verdächtig.

Zumindest war es das für ihn, so dass er bei der ersten Gelegenheit seinen Taser zückte und, metaphorisch gesprochen, sein eigenes Schicksal besiegelte.

Select. Dire Straits. Play. Brothers in Arms

Der Typ, den er erwischt hatte, lag reglos auf dem nackten Asphalt der von Bäumen gesäumten Viale Brianza. Er hieß Diego Fuster.

Radeschi hatte ihm routiniert die Papiere aus der Jackentasche gezogen. Dann hatte er ihm den Helm abgenommen und entdeckt, dass es sich um ein blutjunges Bürschchen handelte. Das Geburtsdatum im Pass bestätigte: gerade mal zwanzig. Beruf: Student.

Dies war das erste Mal, dass der Reporter seinen Elektroschocker benutzt hatte, und es sollte auch das letzte und einzige Mal bleiben. Er hatte sich so über die verheerende Auswirkung auf das Opfer erschreckt, dass er beschloss, ihn nie wieder in die Hand zu nehmen.

Nach etlichen Ohrfeigen kam Fuster zu sich, wirkte aber noch mehr als benommen.

»Warum verfolgst du mich?«, herrschte Radeschi ihn an.

Der andere hatte sich mühsam aufgesetzt und rieb sich heftig den vom Elektroschock kribbelnden Hintern. Seine Skarabäus klebte an einem Baum.

Fuster sah sich verwirrt um und wusste offenbar nicht, wo er sich befand.

»Du fährst jetzt schon über eine Stunde hinter mir her«, präzisierte Radeschi sein Anliegen. »Und in den letzten Tagen habe ich dich auch bemerkt. Für eine Observierung ist dein pechschwarzer Helm ziemlich auffällig.«

Der Jüngling grinste leicht debil: Sein Gehirn schien sich noch nicht auf Betriebstemperatur zu befinden.

Radeschi beschloss, statt Worte Taten sprechen zu lassen. Er schleppte ihn in eine Bar und orderte zwei Bier. Der Alkohol würde ihm schon die Zunge lösen.

Das funktionierte ausgezeichnet. Nach zehn Minuten überschwemmte Diego ihn bereits mit einer Flut von Wörtern. Doch je länger er redete, desto weniger verstand Radeschi, so surreal kam ihm alles vor: Offenbar hatte der Jüngling, der Journalismus studierte, in Enrico Radeschi, dem investigativen Reporter des *Corriere*, sein Vorbild gefunden.

Er hatte ihn verfolgt, um zu lernen, wie ein Meister auf seinem Gebiet vorging. Er hatte alle von ihm veröffentlichten Artikel gelesen, unterstrichen, studiert und als Beispiel genommen. Er hatte sich sogar in den Kopf gesetzt, für seine Abschlussprüfung eine Arbeit über ihn zu schreiben.

Radeschi war verblüfft. Mit allem hatte er gerechnet, aber nicht mit solcher Bewunderung. Da er nicht wusste, was er sagen sollte, bestellte er auch für sich zwei Bier.

»Ich wäre bestimmt ein guter Assistent für dich«, äußerte Fuster irgendwann.

»Das glaube ich nicht. Ich arbeite allein, außerdem kann ich dich nicht bezahlen.«

»Ach, das ist kein Problem. Solange ich studiere, bekomme ich Unterhalt von meiner Familie. Das, was ich von dir lerne, wäre mir Entlohnung genug. Was meinst du?«

Jetzt blickte er ihn mit weit aufgerissenen Augen an, genau wie Buk, wenn er sein Fresschen wollte. Radeschi war im Innern viel weicher, als er nach außen zeigte. Außerdem hatte er ein schrecklich schlechtes Gewissen wegen des Stromschlags, den er ihm verabreicht hatte. Das gab den Ausschlag.

»Wir können es ja mal versuchen«, seufzte er. Doch bevor sich der andere zu früh freute, fügte er eilends hinzu: »Aber garantieren kann ich nichts: Wenn du mir auf den Wecker gehst oder mich bei der Arbeit behinderst, blasen wir das Ganze sofort ab, klar?«

Fuster strahlte. Er war größer als Radeschi und spindeldürr. Er hatte helle, fast weißblonde Haare, die er raspelkurz trug. Seine Augen waren grün, und auf seinem Gesicht zeigte sich nicht mal der Anflug von Bartwuchs. Eine Putte mit Sommersprossen. Angezogen war er wie ein Muttersöhnchen: Jeans von Armani, Hemd von Ralph Lauren, Samtjackett und Motorradjacke von Belstaff.

Radeschi musterte ihn prüfend. Dann seufzte er resigniert.

»Wir fangen sofort an«, verkündete er und strebte mit großen Schritten zu einem rund um die Uhr geöffneten Zeitungskiosk auf der Piazzale Loreto.

Er suchte sich eine Zeitung aus und reichte sie dem jungen Mann.

»Regel Nummer eins: sich informieren.«

Schwarzweißfotos, sensationsheischende Schlagzeilen, billiges Papier und nackte Frauen auf dem Titelblatt. *Cronaca nera*, ein Meilenstein des investigativen Journalismus, wenn man so wollte.

»Kein Grund, die Nase zu rümpfen. Dies ist unsere Bibel. Hast du *Men in Black* nicht gesehen?«

»Aber wir jagen doch keine Außerirdischen!«, protestierte Fuster schwach.

»Wer sagt das? Wie auch immer: Hier sind die wahren Geschichten! In den anderen findest du nur die Verlautbarungen der Nachrichtenagenturen. Und wenn diese Geschichten hier sich ausweiten, dann klauen die anderen sie. Genau wie wir.«

Nach diesen Perlen der Weisheit blätterte Radeschi hastig die Zeitung durch. Plötzlich hielt er inne und lächelte.

»Hier, sieh mal den: hat die Ehefrau an einen Heizkörper gekettet und ist mit der Schwiegermutter geflohen. Meinte, es könnte nicht rauskommen.«

»Hilft uns das bei der Suche nach der Ursache des Stromausfalls?«

Radeschi schnaubte.

»Kein guter Anfang, Diego. Die erste Regel für einen Assistenten lautet, den Meister in allem zu unterstützen. Sancho Pansa sagt dir doch was, oder?«

Fuster hielt den Mund. Die dunkle Seite der Macht war bei ihm noch auf Stand-by.

»Okay, da das nun geklärt ist«, fuhr Radeschi besänftigt fort, »machen wir einen kleinen Test.«

Er breitete die Titelseite der Zeitung aus.

»Schauen wir mal, wie gut du dich schlägst. Journalismus

ist im Wesentlichen die Fähigkeit zur Synthese. Konzentration auf das Wesentliche. Sieh dir dieses Foto an, und beschreibe mir mit einem einzigen Wort, was du siehst.«

Er zeigte auf ein Bild von einem Fußballspieler mit einem Starlett. Sie lagen eng umschlungen und in eindeutiger Pose an einem makellosen Strand.

»Trivial.«

»Streng dich nur nicht zu sehr an, um das Offensichtliche festzustellen. Und dieses hier?«

Eine alternde Rockgröße mit Bandana-Kopftuch und heruntergelassener Hose. Vor ihm, auf den Knien, jemand, den der Untertitel als »enthusiastischen Fan« bezeichnete.

»Kafkaesk.«

»Was soll das? Fängst du schon wieder an?«

»Tut mir leid.«

»So, aber jetzt! Was sagst du dazu?«

Ein berühmter Staragent auf einer riesigen weißen Couch, dem zwei Männer die Füße massieren. Fuster zögerte keine Sekunde.

»Schwul.«

»Ist gut, Diego, beenden wir die Sache. Du vergeudest meine Zeit.«

»Was machen wir jetzt?«

»Hast du schon mal eine Leiche gesehen?«

Der Jüngling schüttelte leicht beunruhigt den Kopf.

Sie gingen zu ihren fahrbaren Untersätzen. Die Temperaturen spielten verrückt. Mal war es warm, mal war es eiskalt; an diesem Tag war es für Dezember ungewöhnlich mild.

Bei dieser Gelegenheit bekam Radeschi eine erste Ahnung von Fusters wahren Qualitäten.

»Frühling und Herbst gibt es nicht mehr«, verkündete er

wie auswendig gelernt. »Neuerdings steigt man vom Badeanzug direkt in den Mantel.«

Enrico nickte zerstreut und zündete seinen gelben Blitz.

VIERTES KAPITEL
Rocephin

Select. Prozac+. Play. Acida

Es stank nach Desinfektionsmittel und Kaffee. Hierhin ging niemand freiwillig, außer Dottore Franco Ambrosio, der sich wie zu Hause fühlte. Seine Welt bestand aus einem Tisch, zwei Stühlen, einem Metallregal und einer Wand mit herausziehbaren Kühlkammern. Bei ihm war sein treuer Gehilfe Quantico, ein junger Medizinstudent, der von den modernen Untersuchungstechniken besessen war, nie eine Folge CSI verpasste und überzeugt war, mit Doktor House zu arbeiten, wenn auch nur in der Pathologie in der Via Ponzio. Sebastiani wusste nicht mal, wie sein echter Name lautete. Alle nannten ihn nur Quantico, wie das Hauptquartier des FBI.

Beim Eintreffen des Vicequestore saßen die beiden Mediziner neben dem frisch obduzierten und wieder zugenähten Bürgermeister und tranken ein Tässchen Kaffee.

»Man gewöhnt sich an alles«, flüsterte er Mascaranti zu.

Er steckte sich eine Toscanello zwischen die Lippen und hoffte, sie würde ihm gegen seine aufsteigende Übelkeit helfen.

»Todesursache?«, fragte er nach den Präliminarien.

Die beiden Mediziner wechselten einen Blick; der Assistent antwortete.

»Rocephin.«

»Was ist das, eine Krankheit?«

Quantico schüttelte den Kopf. Er stöberte in einem Schränkchen und tauchte mit einem Fläschchen daraus wieder auf.

»Ein Antibiotikum.«

Sebastiani erstickte fast an seiner Zigarre.

»Also war es kein Anfall?«

Statt einer Antwort winkte Ambrosio ihn näher zu sich.

»Schauen Sie mal hier«, sagte er und wies auf die betreffende Stelle. »Unter dem Gesäß.«

Ein roter Fleck. Wie von einer Mücke. Aber im Dezember gibt es in Mailand keine Mücken.

»Von einer Spritze?«

»So ist es. Man hat ihm eine Nadel in den Hintern gejagt, um es zu injizieren.«

»Eine tödliche Dosis?«

»Die Menge, die wir gefunden haben, ist normalerweise nicht tödlich. Aber Biondi war dagegen allergisch …«

Er fuhr sich mit der Handkante über die Kehle. Die Zigarre in Sebastianis Mund fing an zu rotieren.

»Ist der Tod sofort eingetreten?«, schaltete Mascaranti sich ein.

»Wahrscheinlich nicht. Er wird wohl noch fünf bis zehn Minuten gehabt haben.«

Der Vicequestore setzte eine Miene auf, die mehr sagte als tausend Worte; er wollte Ruhe. Er musste denken.

»Dieses Rocephin …«, setzte er nach einer Weile erneut an.

»Wollen Sie wissen, ob es leicht zu besorgen ist?«, fiel ihm Quantico ins Wort.

»Ist es das?«

»Ziemlich. Es wird bei allen möglichen Infektionen benutzt.«

»Braucht man dafür ein Rezept?«

»Ja, wie für alle Antibiotika, aber es ist relativ weit verbreitet.«

»Dann versuchen wir es bei den Apotheken und sehen, was dabei herauskommt«, sagte er, an Mascaranti gewandt. »Ich möchte eine Liste aller Personen, die dieses Antibiotikum im letzten Monat gekauft haben.«

Sein Ton unterband jegliche Diskussion.

»Das wird ein schönes Stück Arbeit«, seufzte sein Untergebener, ließ den Kopf hängen und wandte sich zur Tür.

Auf dem Platz vor dem Leichenschauhaus standen vor Sebastianis schwarzem GT zwei Männer wie Geier vor einem Stück Aas.

»Wer ist denn der da?«, fragte der Vicequestore grob.

Radeschi lächelte.

»Fuster, mein Assistent.«

»Dein *was*?«

»Du hast Lonigro, Mascaranti und die halbe Questura, die deine Befehle ausführt. Gut, und ich habe Fuster.«

In diesem Moment tauchte Quantico am schlichten Ausgang des Gebäudes auf. Ohne seinen Kittel konnte man ihn nur an den Haaren erkennen, die wie ein Hahnenkamm in die Luft ragten. Sein Wagen stand neben Sebastianis. Niemand sagte ein Wort. Der Mediziner grüßte mit einem kurzen Kopfnicken und stieg in seinen grauen Punto.

»Wie es aussieht, ist heute der Tag der Assistenten«, bemerkte Sebastiani sarkastisch.

»Sie sind billig und nehmen einem die Drecksarbeit ab«, bemerkte Radeschi.

»Schön gesagt, Enrico.«

»Geht so.«

Fuster sagte nichts. Auch Demütigungen gehörten zu seiner Ausbildung. Er schien sich nichts daraus zu machen.

Radeschi bemerkte Sebastianis angespannte Miene, ließ sich aber nicht entmutigen.

»Was kannst du mir über Biondi sagen?«

Der Vicequestore schüttelte den Kopf und zog die Wagentür auf.

»Schlaganfall? Herzinfarkt?«

»Tut mir leid, aber du wirst die offizielle Verlautbarung abwarten müssen.«

»Ach komm, Loris, schenk mir die zwei Stunden! Ich werde auch sagen, dass Ambrosios Assistent etwas durchsickern ließ ... Also?«, drängte der Reporter. »Ein Blutstau? Zu viel eisgekühlter Champagner?«

»Ganz kalt. Es war Rocephin.«

»Wie bitte?«

»Ein Antibiotikum«, meldete sich Fuster, der bis dahin stumm zugehört hatte. »Biondi war dagegen allergisch.«

Sebastiani und Radeschi drehten sich zu ihm um und starrten ihn an, als wäre er ein Marsmensch.

»Und woher weißt du das?«

»Hast du ihn etwa umgebracht?«, fragte der Polizeibeamte.

Fuster trat einen Schritt zurück und hob abwehrend die Hände.

»Nicht doch, ganz ruhig. Wie heißt es so schön? Wissen ist Macht. Vor drei Monaten wurde der Bürgermeister wegen eines anaphylaktischen Schocks ins Krankenhaus eingeliefert. Das stand in allen Zeitungen, auch in deiner, Enrico.«

»Kann sein«, sagte Radeschi abwehrend, »aber ich kümmere mich nicht um so was.«

»Unterbrich ihn nicht!«, bellte Sebastiani. »Was noch?«

»Die Presse hat es ganz groß rausgebracht, und ich bin mir sicher, gelesen zu haben, dass der Bürgermeister gegen ein bestimmtes Antibiotikum allergisch war ...«

»Wie es ausschaut«, bemerkte Sebastiani in melancholischem Tonfall, »war die Tatsache, dass Rocephin Biondi umbringen konnte, kein Geheimnis.«

»Jetzt erinnere ich mich wieder!«, strahlte Radeschi. »Einige behaupten, Biondi hätte genau von diesem Zeitpunkt an seinen politischen Kurs geändert. Im Angesicht des Todes hat er seine Überzeugungen überdacht.«

Er wurde vom Klingelton seines Handys unterbrochen. Es war nicht Paolo Conte, sein Lieblingssänger. Das wäre viel zu vorhersehbar und damit ungeeignet für einen Klingelton gewesen. Der MP3-Spieler, der den Lautsprecher seines Handys zum Vibrieren brachte, spielte *Figli delle Stelle* von Alan Sorrenti. Es war genau im richtigen Maß retro und originell und damit, wie Radeschi fand, bestens geeignet, jedwede Atmosphäre zu beleben.

»Was Neues?«

Keine Höflichkeitsfloskeln, direkt zum Punkt: Calzolari.

»Du musst mir mindestens zwei Seiten geben. Und um den Stromausfall soll sich ein anderer kümmern«, fing Radeschi an zu schachern.

»Hör mit dem Quatsch auf! Zuerst sagst du mir, was du rausgekriegt hast.«

»Biondi«, antwortete Radeschi einsilbig und sah Sebastiani an. Der Polizeibeamte schüttelte den Kopf. Er hasste solche Spielchen.

»Du hast genau eine Sekunde, um mit der Schacherei aufzuhören und auszupacken.«

Sein Ton war so scharf, dass Radeschi einknickte.

»Er ist mit einem Antibiotikum umgebracht worden.«

»Hör mal, wenn das schon wieder eine von deinen Dummheiten ...«

»Zwei Seiten?«

»Drei. Und hol dir das überzeugende Gutachten eines Arztes!«

Ende des Gesprächs. Calzolari verabschiedete sich niemals am Telefon.

Select. Irene Grandi. Play. Bruci la città

Die Sonne ließ sich seit Tagen nicht mehr über der Madonnina blicken; trotzdem trug der Mann eine verspiegelte Ray-Ban-Sonnenbrille, eine braune Lederjacke wie *Crocodile Dundee*, Schnallenstiefel und über der Jeans eine Art Koppel, glücklicherweise ohne Waffe.

Dass er von der DIGOS kam, einer auf Terrorbekämpfung spezialisierten Einheit der Staatspolizei, bewies seine Dienstmarke. Dennoch hatte Sebastiani, der den Mann nach der Rückkehr vom Leichenschauhaus im Büro vorfand, seine Zweifel. Er hieß Cimurro – *Schnupfen*. Nomen est omen.

Kurz darauf fanden er und der Mann sich mit Chefinspektor Vincenzo Lonigro und Inspektor Mascaranti zusammen, um sich auf den neuesten Stand der Ermittlungen zu bringen.

»Der Anschlag gestern Abend wurde von mehreren geplant und durchgeführt«, begann der Mann von der DIGOS. »Fünfzehn Trafohäuschen des Elektrizitätswerks sind gleichzeitig zerstört worden. Dazu waren mehrere Personen nötig.«

»Professionelle?«, fragte Lonigro.

»Das würde ich nicht sagen. Würden Professionelle mit Baseballschlägern und Molotowcocktails einen Stromkasten der AEM lahmlegen?«

»Baseballschläger?«

»Baseballschläger, Knüppel, Stahlrohre ... Das Ausmaß des Vandalismus war ziemlich überraschend. Es hätten bei weitem nicht so viele Trafohäuschen zerstört werden müssen, um der Scala das Licht auszuknipsen.«

»Vorausgesetzt, dass dies das Ziel war«, bemerkte Mascaranti.

»In jedem Fall«, fuhr Cimurro fort, »wollten die Urheber sicher sein, dass die Oper kein Licht hatte. Die zerstörten Häuschen stehen in einem Ring um das historische Zentrum.«

»Wenn es Amateure waren, wie konnten sie dann sicher sein, dass es funktionieren würde?«

»Das konnten sie nicht. Aber denkt dran, dass ein Student irgendeiner technischen Hochschule mit einer Karte des Stromnetzes, die er sich leicht im Internet hätte besorgen können, und einer Handvoll krawallfreudiger Freunde durchaus in der Lage sein könnte, einen Kurzschluss mit derartigen Ausmaßen zu fabrizieren.«

»Also waren es studierte Amateure?«

»Sieht so aus. Sie haben so viele Trafohäuschen zerstört, bis der Kurzschluss entstand. Und jedes Häuschen ist anders demoliert worden.«

»Das glaube ich sofort: Wenn ein heruntergefallener Ast in der Schweiz reicht, um ganz Italien für eine Nacht im Dunkeln zu lassen, dann ist wohl auch irgendein Gestörter in der Lage, dieser Stadt das Licht abzudrehen«, tönte Lonigro.

»Schon klar«, schaltete sich Sebastiani ein, der bis dahin nur zugehört hatte. »Offenbar sind wir uns also einig, dass wir einen terroristischen Anschlag ausschließen können. Was bleibt uns dann? Und vor allem: Hat der Stromausfall etwas mit dem Mord am Bürgermeister zu tun?«

»Meiner Meinung nach ja. Die von Biondi ergriffenen Maßnahmen waren ja wirklich demokratisch«, sagte Lonigro ironisch, »weil er damit alle auf die Palme gebracht hat: Reiche *und* Arme, wenn auch aus unterschiedlichen Gründen. Wenn ihr meine Meinung hören wollt, dann wurde der Stromausfall eigens herbeigeführt, um ihn umzubringen.«

»Nicht so eilig. Im Moment wollen wir noch keine Theorie hören, sondern uns darauf beschränken herauszufinden, was für ein Mensch das Opfer war«, sagte Sebastiani mahnend.

Cimurro und Mascaranti nickten.

Der Chefinspektor holte tief Luft und fing an zu dozieren.

»Jahrgang 1950, aus der Provinz Brianza, ehrlich und geradeaus, einer, der sich hinter niemandem versteckt. Er ist nach dem Parteienkorruptionsskandal in den Neunzigern in die Politik gegangen, über eine Liste Parteiloser in der Mitte-Rechts-Koalition. Seit neun Jahren Bürgermeister, vor vier Jahren wiedergewählt. Ein Pragmatiker, der sich stets wörtlich an die Gebote seiner Koalition hielt. Bis vor ein paar Monaten, als er ins Krankenhaus kam und entdeckt wurde, dass er gegen Rocephin allergisch ist. Von da an war er ein anderer Mensch. Als er dem Tod ins Antlitz blickte, wie er sagte, hat er sich verändert. Er behauptete sogar, das Licht gesehen zu haben!

Er hat die Regeln in der Politik derart verdreht, dass er schließlich fast schon systematisch mit den Stimmen der Opposition arbeitete. Man hat dies auch *historischen Transformismo in modernem Gewand* genannt. Die Parteien der Regierungskoalition waren alarmiert und wütend über das verrückte Vorgehen ihres ersten Bürgers, der sich mehr als einmal über die expliziten Wünsche ihrer Wähler hinwegsetzte.

Derartige Kunststückchen konnte sich Biondi wegen seiner Parteilosenliste erlauben, die sich nur aus treuen Anhängern zusammensetzt. Ohne ihre Symbolfigur, den Inhaber eines Betriebs in Limbiate, hätte sich keiner von ihnen gegen den Mailänder Stadtrat gestellt. Es sind Freunde, Mitarbeiter und sogar Abhängige von Biondi. Zehn Prozent Stimmen, die das Zünglein an der Waage spielen können, wenn man mit der Opposition zusammenarbeiten muss. Die Männer aus seiner Entourage erzählen bei jeder Gelegenheit, und dies neuerdings wahrscheinlich mit größerer Berechtigung, dass die Mailänder Biondi als jemanden in Erinnerung behalten würden, der endlich die Dinge in die Hand nahm. Er verfolgte eigene Ziele ohne große Rücksicht auf Verluste; es lag ihm nicht, sich mit allen Interessengruppen zusammenzusetzen und zu diskutieren: mit Vertretern von Industrie und Handel, mit Gewerkschaften und Bürgerinitiativen. Er bildete Mehrheiten und ging, wie er immer gerne sagte, seinen Weg. Wie eine Dampfwalze. Er begann mit der Zwangsräumung zweier Gemeindezentren und etlicher besetzter Häuser (mit einstimmigem Votum der Rechten), ließ die Verordnungen des Katasteramts bezüglich der Immobilienabgaben ändern (mit Votum der Opposition), so dass Einwohner von Luxusvierteln nach dem Realwert ihrer Immobilie besteuert wurden und nicht mehr nach dem irgendeiner baufälligen Hütte außerhalb der Stadt.

Dann startete er einen unerbittlichen Feldzug gegen die Kleinkriminalität – mit dem wir einiges zu tun hatten. Mit einer wahren Belagerung durch die Ordnungskräfte hat er das gesamte Bahnhofsviertel von Dealern und Taschendieben gesäubert. Außerdem ließ er neue Obdachlosenasyle einrichten und hat Armenküchen geschaffen, mehr kommunale Mittel für die Unterstützung von Bedürftigen bereitgestellt, Projekte für den Bau von Kindergärten und Sozialwohnungen für benachteiligte Familien angekurbelt.«

Die anderen Polizisten hörten ihm ehrfürchtig zu. Lonigro hatte alles im Kopf und nahm keinerlei Notizen zu Hilfe.

»In Sachen Umweltschutz«, fuhr er fort, »setzte er strengste Sanktionen für Firmen durch, die sich nicht an die europäischen Umweltschutznormen hielten, außerdem zwang er alle Verwalter städtischer Gebäude, von Öl- auf Gasheizungen umzusteigen, und erleichterte ihnen den Übergang, ohne ihnen, in italienischer Unart, unendlich viele Schlupflöcher zu lassen. Ein starkes Aufgebot an Kontrolleuren sollte dieser Gefahr entgegenwirken. Zur Bekämpfung des Feinstaubs hat er das gesamte Zentrum für den Verkehr geschlossen und eine neue Einheitsmaut für alle Fahrzeuge innerhalb des Rings der Umgehungsstraßen eingeführt. Er hat Anreize für den Bau von Solaranlagen geschaffen und das ehrgeizige Ziel verfolgt, jedes kommunale

Gebäude mit einer unabhängigen Energieversorgung auszustatten. Er hat Studien in Auftrag gegeben, die prüfen sollten, ob es machbar wäre, ein großes Blockheizkraftwerk für die Müllkippe zu bauen: So hätte man mit dem Abfall heizen und Wasser erwärmen können. Er hatte sogar versprochen, stillgelegte Schienenstränge wieder zu nutzen.

Denn in Mailand gibt es Kilometer von ungenutzten Schienensträngen«, erklärte er. »Wir könnten zu einem vernünftigen Preis eine neue Straßenbahnlinie über der Erde schaffen, anstatt neue unterirdische Tunnel zu bauen!

Zu seinen Projekten gehörte außerdem ein Parkverbot für die großen Verkehrsadern der Stadt wie Corso Vercelli, Corso Buenos Aires, Molino della Armi – wie es in Paris für die großen Boulevards gilt. Ein Park- und Halteverbot. Ganz nach dem Motto: ›Wenn die Leute nicht unterirdisch parken können, haben sie zwei Möglichkeiten: Entweder sie haben eine Garage oder sie kaufen sich kein Auto. In Paris hat man das begriffen und gut umgesetzt. Also werden es die Mailänder auch begreifen.‹

Auch der Verkehr auf den Umgehungsstraßen sollte per Gesetz flüssiger werden, und zwar, indem man den LKW-Verkehr auf die Schienen verlegt. Absolutes Fahrverbot für alle LKWs innerhalb des Stadtgebiets, bis auf ganz wenige Ausnahmen. Als Entschädigung sollte die vorgeschriebene Höchstgeschwindigkeit von neunzig Stundenkilometern, die ohnehin von niemandem akzeptiert und eingehalten wird, auf angemessene einhundertzehn erhöht werden.

›Die Leute werden ganz schnell dahinterkommen, dass es besser ist, das Auto zu Hause zu lassen und die öffentlichen Verkehrsmittel zu benutzen‹, hat er täglich vor der Presse erklärt. Mit dem Erlös aus den Strafmandaten und der Maut wollte er neue Busse kaufen, die mit Strom oder Gas fahren, außerdem das Straßenbahnnetz ausbauen und Radwege schaffen.

»Alles in allem«, schloss Lonigro, »hätte er die Gewohnheiten aller Städter dramatisch verändert, und zwar direkt nach Befana am 6. Januar. Genau dreißig Tage wären es noch bis zu Biondis Revolution gewesen, aber einer hatte es sich wohl in den Kopf gesetzt, das Ganze aufzuhalten.«

»So dass wir weiter die Umwelt verschmutzen können«, ergänzte Mascaranti.

Daraufhin schwiegen alle vier eine Weile.

»Wie gehen wir vor?«, fragte Cimurro schließlich.

»Es wird schwierig werden, den Mörder zu finden. Jeder hätte sich eine Spritze mit diesem ganz speziellen Antibiotikum besorgen können, schließlich war die Allergie des Bürgermeisters allgemein bekannt.«

Jetzt ergriff Mister DIGOS das Wort.

»Ich stimme zu: Den Mörder zu finden wird nicht leicht sein. Biondi war so vielen ein Dorn im Auge, dass praktisch jeder der Mörder sein könnte.«

Lonigro nickte und spulte die Liste der Verdächtigen ab:

»Die neubesteuerten Unternehmen, die zwangsgeräumten Autonomen, die von der Piazza Duca d'Aosta vertriebenen Kleinkriminellen, die Parteikollegen, die politischen Gegner. Selbst meine Schwiegermutter hatte wegen der Maut einen Hass auf ihn! Sogar Radeschi ist verdächtig, weil er seine Vespa hätte verschrotten lassen müssen!«

»Alles klar«, seufzte Sebastiani und ließ seine Zigarre von einem Mundwinkel zum anderen wandern. »Lonigro: Du und Cimurro ermittelt bei seinen Parteikollegen und seiner Entourage. Findet heraus, ob ihm jemand übelwollte und ob es schon Pläne gab, ihn zu ersetzen. Dann macht ihr mit der Ehefrau und mit möglichen Geliebten weiter.«

»Kursieren nicht auch Geschichten über Biondi?«, meldete sich Cimurro.

Lonigro nickte.

»Seit Jahren munkelt man, er würde seine Frau betrügen. Und zwar nicht mit anderen Frauen ...«

»Ist da was dran?«

Der andere zuckte die Achseln.

»Alles klar: Findet das raus. Mascaranti.«

»Zu Befehl!«

»Da du so viel von den Autonomen hältst, überlasse ich sie dir.«

Mascaranti grinste.

FÜNFTES KAPITEL
Alternatives Obei-Obei-Festival Mailand

Select. Buggles. Play. Video killed the radio stars

Eifrig, gewissenhaft, dienstbeflissen, strotzend vor Energie. Mit einem Wort: Assistenten.

»Und unglaubliche Nervensägen«, befand Radeschi, der an diesem Morgen schwerste Geschütze auffahren musste, um den Seinen loszuwerden. Nach einem zermürbenden Schlagabtausch über Revolverjournalismus hatte Enrico eingesehen, dass seine höflichen Aufforderungen, die Zelte abzubrechen, nicht fruchteten, und daraufhin mit sofortiger Aufkündigung ihrer Zusammenarbeit gedroht. Fuster musste sich geschlagen geben.

In seiner Wohnung strebte Radeschi sofort zum Fernseher, der immer noch Sondersendungen ausstrahlte: Angesichts der außerordentlichen Ereignisse am Abend zuvor hatte keiner der Lokalsender auf seine Direktübertragungen verzichten wollen.

Die Mittagsmagazine präsentierten neben ausgedehnter Phrasendrescherei nur eine einzige gesicherte Tatsache: Der Stromausfall war vorsätzlich herbeigeführt worden. Daran bestand kein Zweifel mehr. Eine Gruppe organisierter Täter hatte zu einem vorher festgesetzten Zeitpunkt ein Dutzend Trafohäuschen lahmgelegt, die sich an neuralgischen Punkten des Zentrums befanden. Daraufhin war in der Großstadt das Licht ausgegangen. Hauptverdächtige waren die Globalisierungsgegner.

Die Pressemeldung der Questura, mit der *urbi et orbi* verkündet werden sollte, dass der Bürgermeister vergiftet worden war, stand noch aus. Doch da Radeschi die divenhaften Anwandlungen des Questore kannte, ging er davon aus, dass sie in einer Pressekonferenz zum strategisch günstigen Zeitpunkt der Abendnachrichten bei RAI UNO verlautbart würde.

Für ihn war die Nachricht bereits Schnee von gestern. Direkt nachdem er seinen Fuß in die Wohnung gesetzt und Buk, der ihn bettelnd ansah und wie wahnsinnig seinen eigenen Schwanz jagte, den Napf gefüllt hatte, war er zum Computer geschritten und hatte binnen anderthalb Stunden alle Artikel geschrieben und Calzolari zugesandt.

Es war eindeutig, dass er es mit seinem Arbeitseifer übertrieb. Unter normalen Umständen hätte er es wesentlich ruhiger angehen lassen, vor allem bei einer noch verbleibenden Abgabefrist von einem halben Tag. Aber an diesem Tag spielten Radeschis Hormone verrückt, was keinen unbeträchtlichen Einfluss auf seine Vernunft hatte: Den Rest des Tages hatte er sich für einen Termin freigehalten, nein, besser noch, für ein Versprechen. Er würde sich ein letztes Mal mit Nadia treffen, bevor sie nach Frankreich zurückkehrte.

Die Zeiger rückten bereits auf zwei Uhr nachmittags, aber Enrico gab die Hoffnung nicht auf. Das Warten machte ihm sogar Appetit. Daher fing er an, Zutaten auf dem Tisch bereitzustellen, während er das Geschwätz von Politikern, städtischen Angestellten und verschiedensten, zum Teil fragwürdigen Experten über sich ergehen ließ. Kochen half ihm beim Nachdenken.

Dann holte er seine beiden kulinarischen Bibeln aus dem Bücherregal. Es waren keine von einer übergewichtigen Nonne geschriebenen Rezepte und auch keine Luxussonderausgaben von Zeitschriften. Der Journalist fischte seine Ideen zu dem, was er in den Kochtopf tun wollte, direkt aus der Belletristik, nämlich aus den absolut phantastischen *Ricette di Pepe Carvalho* und den Bänden um Nero Wolfe. Die köstlichen Speisen stammten von den Schöpfern dieser literarischen Figuren: von Manuel Vázquez Montalbán und Rex Stout.

An diesem Tag entschied er sich für ein Gericht des katalanischen Schriftstellers, wenn auch in vereinfachter Form.

Er holte aus dem Tiefkühlfach zwei Filets vom Blaubarsch, einem köstlichen Fisch, der in italienischen Gewässern leider nur selten vorkam. Er kaufte ihn direkt auf dem Fischmarkt. Wenn es ihn gab, ließ er ihn sich niemals entgehen, sondern erwarb große Mengen davon, ließ sie ausnehmen und fror sie dann sorgfältig ein.

Jetzt bereitete er ein Pesto aus Petersilie, Knoblauch und Rosmarin zu. Er schälte Kartoffeln und schnitt sie und ein paar kleine Tomaten in dünne Scheiben. Darauf legte er die Fischfilets und bestrich sie mit dem Pesto, Olivenöl und Salz. Dann schob er alles in den Ofen, begoss es aber in regelmäßigen Abständen mit einem Gläschen von dem Weißwein, den er beim Kochen eisgekühlt trank. An diesem Tag war seine Wahl auf einen Pinot Bianco gefallen, einen St. Valentin St. Michael-Eppan von 2004, den ihm Sebastiani empfohlen hatte und der trotz seines Namens aus dem Alto Adige kam. Er war nicht ganz billig, aber auf Sebastianis Tipps in Sachen Wein konnte man sich verlassen.

Während der Fisch bei hundertachtzig Grad im Ofen garte, wurde im Fernsehen berechnet, wie hoch die durch den fünfeinhalb Stunden dauernden Stromausfall verursachten Schäden waren. Die Verkündigung der ersten Schätzungen war einem Moderator anvertraut worden, der etwas mitgenommen aussah. Er sprach direkt vom Domplatz. Hinter ihm wedelte der übliche Irre heftig mit den Armen, um jemanden zu grüßen. Dieser hier trug einen Pferdeschwanz und eine Kette aus Kondomen. Da er gewusst hatte, dass an diesem Tag alle Augen auf Mailand ruhen würden, war er schon am Morgen mit dem ersten Pendelzug aus Rom gekommen. Jetzt richtete er wie eine Waffe ein Plakat zur Fernsehkamera, auf dem zur Vorsicht bei Sexualkontakten geraten wurde: »Lass die einäugige Schlange nicht ohne Mütze hinaus.«

»Fünfzig Millionen Euro. Auf diese Summe beläuft sich der Schaden, den die Bars, Restaurants und Lebensmittelläden infolge des Stromausfalls von gestern Nacht verzeichnen. Laut Berechnungen des Unternehmerverbandes Confcommercio haben die Inhaber von Konditoreien, Bars und Eisdielen Schäden im Wert von etwa vierzigtausend Euro erlitten. Weitere zehntausend Euro sind auf die aufgetaute Tiefkühlware der Lebensmittelläden zurückzuführen, die durch den Ausfall der Kühlungen unbrauchbar wurde.«

Radeschi schüttelte den Kopf, während er mit einer Gabel die Konsistenz des Fisches prüfte. Er hielt nichts von diesen Zahlen. Es hing immer davon ab, von wem und vor allem wie die Berechnungen angestellt wurden. Bei jedem Schaden, bei jedem Unfall und jeder Naturkatastrophe gab es immer einen Klugscheißer, der genau wusste, wie viel das Ganze gekostet hatte.

»Offenbar«, sinnierte der Reporter, »hat jedes Desaster seinen Preis.«

Nach dem Kaffee lungerte er in der Wohnung herum. Es war entnervend, er wusste nicht, was er machen sollte. Buk folgte ihm wie eine gequälte Seele, wohin er auch ging, bis Radeschi schließlich die Botschaft empfing und beschloss, mit ihm einen Spaziergang zu machen.

Kaum war er auf der Straße, fing Alan Sorrenti an zu singen. Auf dem Display erschien der Name *Nadià*. Er hatte ihn mit Akzent eingegeben.

Als er sich meldete, begann sein Labrador wie verrückt an der Leine zu ziehen. Ein Dalmatinerweibchen hatte seine Hundehormone in Wallung gebracht. Buk brannte darauf, sie zu besteigen.

»Was zeigst du mir heute?«, fragte Nadià.

In Radeschis Kopf herrschte Leere. Die gesamte letzte Stunde hatte er sich den Kopf zerbrochen, um irgendeine originelle Idee aus dem Hut zu ziehen. Ohne Erfolg.

»Wozu hättest du denn Lust?«, fragte er vorsichtig.

Sie kam ihm zu Hilfe. »Ich weiß nicht, ich bin ziemlich erschöpft«, sagte sie, »weil ich heute Morgen auf dem Obei-Obei-Markt herumgestöbert habe. Warte mal, wie sagt ihr Italiener dazu? *Un delirio.*«

Er lachte, auch vor Erleichterung, weil sie ihn auf eine Idee gebracht hatte.

»Würde dich vielleicht ein alternatives Obei-Obei-Festival interessieren?«, fragte er. »Das findet im Leoncavallo statt, dem berühmtesten autonomen Zentrum von Mailand. Es ist eine Art alternativer Markt. Die wichtigsten autonomen Zentren von Europa sind eingeladen, sich zu beteiligen. Es gibt Teilnehmer aus Madrid, Genf, Brüssel, Paris, Amsterdam, Zagreb ... Die ganze Besetzerszene hat sich unter der Madonnina versammelt, um ein alternatives *Sant'Ambroeus*-Fest zu feiern. Es wird dort alles Mögliche verkauft: Kunstgewerbe, Bücher aus unabhängigen Kleinverlagen, Platten, Spezialitäten rund um den Wein wie eingemachtes Obst, Säfte, Schnäpse. Außerdem gibt es Diskussionsrunden, Konzerte und Weinproben.«

»*Mais oui! Génial!*«, rief sie begeistert.

Sie vereinbarten, dass er sie in einer Stunde mit der Vespa abholen würde. Es war ein kalter Tag, aber das kümmerte sie nicht.

Buk zerrte so heftig an der Leine, dass seine Pfoten über den Asphalt kratzten.

»Du willst auch zum Zug kommen, stimmt's, mein Alter?«

Das Frauchen der Dalmatinerhündin bedachte ihn mit einem missbilligenden Blick. Sie hatte ihn sicher gehört.

Radeschi zog an der Leine. Er musste hier weg, und zwar mit Überschallgeschwindigkeit.

Select. Radiohead. Play. Karma Police

Eine Leiche am Morgen hinterlässt unweigerlich ihre Spuren. Auch wenn man daran gewöhnt ist.

Sebastiani vertrieb den Gedanken an den nackten Körper des Bürgermeisters auf dem Seziertisch im Leichenschauhaus mit Rum. Zurückgezogen in seinem Büro in der Via Fatebenefratelli hatte er aus einer Schublade die Flasche Pampero Riserva geholt, in der Absicht, ihren Pegelstand beträchtlich zu senken. Das war sein Mittagessen.

Trinken verlangsamte den Rhythmus, baute den Stress ab, milderte die unangenehmen Gedanken. Es half ihm, einen Beruf zu ertragen, der im Grunde nie schön gewesen war.

Er war nicht schön gewesen, als er bei einer Polizeiblockade zum ersten Mal eine Kugel abbekam, er war nicht schön, als er seinen Kollegen in einem Maschinengewehrhagel sterben sah, und er war es auch nicht in diesem Moment.

Er hatte gerade einen Morgen hinter sich, bei dem man am liebsten aus der Haut gefahren wäre.

Der Mord am Bürgermeister hatte in der gesamten Questura Chaos ausgelöst. Politiker, Journalisten, Richter und andere Nervensägen aller Art hatten angerufen, um sich nach dem Stand der Ermittlungen zu erkundigen. Und er hatte seinerseits pausenlos mit seinen Mitarbeitern telefoniert, um Informationen zu bekommen, bis er sich schließlich nicht mehr im Polizeipräsidium wähnte, sondern in einer Telefonvermittlung.

Mit Cimurro, dem Neuzugang in seinem Team, hatte die Runde angefangen.

»Aus dem Rathaus gibt es nichts Neues. Sie sind alle vollkommen fassungslos, oder zumindest wollen sie uns das glauben machen. Aber das kaufe ich ihnen nicht ab. Bis zur nächsten Wahl sind es nur noch acht Monate: Beide Koalitionen bereiten sich auf den Wahlkampf vor. Es gibt sowohl für die Regierung als auch für die Opposition Kandidaten. Wollen Sie meine Theorie hören? Biondi war durchgeknallt, und man hat ihn umgebracht, um die Wahlen vorzuziehen, bevor noch alles den Bach runterging. Als Favorit für seine Nachfolge wird der derzeitige stellvertretende Bürgermeister gehandelt, ein Mann namens Walter Graziani, der dem Premierminister nahesteht und nicht einen Schritt unternimmt, ohne sich nach oben abzusichern. Laut neuesten Umfragen liegt die Opposition unter zehn Prozent. Da ist es unwahrscheinlich, dass sie hinter dem Komplott steckt. Alles in allem hat ihr Biondi genutzt ...«

Auch Lonigro hatte kaum Fortschritte zu verzeichnen.

»Die Befragung von Biondis Witwe war die reinste Qual. Schöne Fassade, nichts dahinter. Eine elegante, gepflegte Erscheinung, die selbst im Haus Gucci trägt. An das große Geld und das schöne Leben gewöhnt. Aber heute kam ich mir vor wie in einer südamerikanischen Seifenoper: Die Frau hat die ganze Zeit unaufhörlich geheult, von meinem Eintreffen bis zu meinem Abgang. Ich musste ihr jedes Wort einzeln aus der Nase ziehen. Sie behauptet, sie könne sich nicht erklären, wie so etwas passieren konnte. Ich zitiere: dass jemand in der Lage sein konnte, etwas so Schreckliches zu tun. Im Großen und Ganzen also die alte Geschichte. Ich hab mich ein bisschen bei den Hausangestellten und den Nachbarn umgehört, und alle haben mir versichert, dass die Ehe glücklich wirkte. Sie hat nicht viel gesagt, Biondi aber bei allen offiziellen Anlässen begleitet.

Laut Aussage der Witwe war der Bürgermeister in letzter Zeit so wie immer. Es gab weder Drohungen gegen ihn, noch wurde ihre Ehe durch Dritte gefährdet. Aber für Letzteres würde ich meine Hand nicht ins Feuer legen. Denn wer gesteht vor der Polizei schon einen Seitensprung? Noch dazu, wenn der Ehemann ermordet wurde ... Der Frage werde ich also noch weiter nachgehen.

Die gleiche Geschichte bei Fabrizio Durini, Biondis Sprecher. Auch er sah sehr schlecht aus. Verquollene Augen, Leidensmiene. Seit neun Jahren arbeitete er eng mit dem Bürgermeister zusammen, er war auch sein Sekretär, machte seine Termine und schrieb seine Reden. Seine rechte Hand sozusagen, sehr treuer Anhänger, nach dem, was man so hört. Heute weinte er wie ein kleiner Junge, und wenn das gespielt war, dann verdient er den Oscar.«

Dann meldete sich wieder der Mann von der DIGOS.

»Es sind aber nicht alle untröstlich. Die Industriellen haben sicher darauf angestoßen: kein Bürgermeister, keine Umweltsteuer. Alles gestoppt und im Sande verlaufen. Durch Biondis Tod haben viele eine Menge Geld gespart. Es wird Monate dauern, bis sich die Amtsmühlen wieder in Gang setzen, vorausgesetzt, das ist überhaupt noch politisch gewollt … Es gibt also durchaus einige mit einem Motiv, den Bürgermeister umzubringen. Zwei ganz besonders: Emiliano Bassoli, Eigentümer eines Zulieferungsbetriebs in Sesto San Giovanni, der mit den neuen Verordnungen seinen Laden wahrscheinlich hätte dichtmachen müssen. Und Vulfowitsch, der Russe, den man gestern sogar in der Scala gesehen hat. Sein Vermögen hat er zwar mit Öl gemacht, aber bekanntermaßen ist er hier in Italien in andere Branchen eingestiegen. Er besitzt die größte Brillenfirma von ganz Norditalien, die ihren Sitz in Pantigliate hat. Ich habe mich informiert: Die Produktion ist höchst umweltschädlich, und er hätte ein Vermögen darauf verwenden müssen, um die Anlagen vorschriftsgemäß umzurüsten.«

Der Vicequestore schenkte sich ein weiteres Glas Pampero Riserva ein, während er über die Informationen nachdachte. In diesen alkoholvernebelten Minuten kämpfte er mit sich, weil er in seinem Dasein als Polizist etwas Heroisches, Edles und Tiefes sehen wollte.

Ihm kam sogar seine Exfrau in den Sinn, die ganz anderer Meinung gewesen war und sich deswegen hatte scheiden lassen. Sie war seine ständige Unruhe und Verschlossenheit leid geworden. Mit einem Wort: Sie hatte es nicht mehr ausgehalten, dass er stets und überall Polizist war. Eines Tages hatte sie die Koffer gepackt und ein neues Leben angefangen. Ruhig und beschaulich mit einem neuen Mann, der als Mathematikprofessor arbeitete. Sie sagte, er gebe ihr viel mehr Sicherheit, als Sebastiani es je vermocht habe.

Die Tür zu seinem Büro sprang auf und riss ihn aus seiner Versunkenheit.

Der Polizeipräsident Lamberto Duca machte wegen der Flasche kein Aufheben. Er hatte eine schlimme Nachricht zu überbringen und hätte wahrscheinlich selbst gerne einen Schluck getrunken.

Als Sebastiani den Namen des Opfers hörte, begann er unwillkürlich, auf seiner Zigarre zu kauen.

Eine Minute später saß er schon in einem Zivilwagen, der mit quietschenden Reifen losfuhr. Am Steuer: Lonigro.

»Wohin fahren wir?«, fragte er.

»In die Via Tommaso Grossi.«

»Schon wieder zur Gallerìa?«

»Nein, zum Park-Hyatt-Hotel. Und hol das Blaulicht rein; es ist besser, wenn wir ohne Sirene kommen. Diskret und unauffällig. Verstanden?«

Lonigro gehorchte, ohne weitere Fragen zu stellen.

Der Vicequestore sah aus wie ein Zombie, denn eines war ihm schmerzlich bewusst: Wenn man ihm die letzten zwölf Stunden schon im Nacken gesessen hatte, dann würde der Druck jetzt unerträglich werden.

Select. Modena City Rumblers. Play. I ribelli della montagna

Die Graffiti bedeckten fast vollständig die Mauern der Eisenbahnunterführung. Zwei Jungen mit einer Holzkiste voller bunter Sprühdosen bemühten sich, noch Platz für weitere zu finden.

Nadia lächelte.

»Bezahlt die Kommune die beiden für die Verschönerung der Stadt?«

Radeschi lächelte ebenfalls.

»Eher nicht. Komm, hier ist der Eingang.«

Als sie auf der anderen Seite der Unterführung herauskamen, sahen sie direkt vor sich das autonome Zentrum Leoncavallo in der Via Watteau. Ein paar ungenutzte Lagerhallen, deren Fassaden ebenfalls mit grellen Gemälden versehen waren. Drinnen war es düster, weiträumig und nicht besonders einladend. Aber man konnte Kampfgeist erahnen und die feste Entschlossenheit, durchzuhalten, nach dem Motto: »Hier bin ich und hier bleibe ich.«

Sie bezahlten fünf Euro Eintritt und bekamen dafür einen Anstecker mit der Aufschrift *Milan Alternative Obei Obei Fest,* der ihnen, an die Jacke geheftet, einen gewissen kosmopolitischen Anstrich gab, und ein Glas, das man für die Weinprobe an den verschiedenen Ständen benutzen und später mit nach Hause nehmen konnte.

Radeschi bemühte sich, den Moment voll auszukosten, und hatte sein Handy ausgeschaltet, damit nichts und niemand sich zwischen ihn und die kleine Französin drängen konnte.

Händchenhaltend schlenderten sie umher. Sie kosteten spanischen und portugiesischen Wein, hörten sich eine Ska-

Band an, die auf der Bühne spielte, besichtigten verschiedene Stände, wo man kuriose Kunstgewerbeobjekte und die unvermeidlichen Wasserpfeifen kaufen konnte.

Vor einem Stand rief Nadia plötzlich lebhaft:

»*Regarde!*«

Franzosen aus Paris. Sie verkauften Wein, Saucen und verschiedene Kleinigkeiten, aber vor allem *biscuits magiques*.

»Was ist denn das?«, fragte Radeschi den Verkäufer.

»*C'est un morceau de paradis*«, erklärte dieser glucksend.

»Aus dem Paradies?«

Sein Gegenüber lächelte und bot ihm einen Keks an.

»*Essaie. Tu ne vas pas le regretter.* Du wirst es nicht bereuen.«

Nadia lächelte spitzbübisch.

»Probier's mal, los.«

Sie kauften eine Schachtel mit zehn Keksen. Aber jedem von ihnen reichten schon zwei, weil danach alles anders war. Leichter, bunter, runder.

»Das sind doch Haschkekse, oder?«

Nadia lächelte und streifte unerwartet mit ihren Lippen seinen Mund. Als Radeschi ihre Hüften umfasste, um sie an sich zu ziehen, gab es im hinteren Bereich der Halle plötzlich Tumult. Zerspringendes Glas, Schreie und ein Trupp Polizisten mit Helmen, Gummiknüppeln und transparenten Schutzschilden.

Eine Stimme bellte etwas durch ein Megaphon. Sie befahl, Ruhe zu bewahren und nicht in Panik zu geraten: Dies sei eine Polizeirazzia. Man werde bei allen Anwesenden eine Leibesvisitation durchführen und die Personalien feststellen. Es handle sich nicht um eine Räumung.

Radeschi erkannte die Stimme und die gespreizte Sprache: Ispettore Mascaranti.

»*Qu'est-ce qui se passe?* Was ist los?«, fragte Nadia erschrocken.

»Die Bullen. *Les flics.*«

»Nein. Bei uns nennt man sie anders: *les keufs.*«

»Und das heißt?«

»Das ist das Wort *fuck* rückwärts.«

Radeschi nahm ihre Hand und ging mit ihr zum Ispettore.

»Wer ist euer Anführer?«, brüllte Mascaranti gerade ins Megaphon.

»Hier gibt es keine Anführer«, brüllte jemand zurück.

»Weißt du nicht, dass alle Genossen gleich sind?«, sagte Radeschi zur Begrüßung.

»Hast du dich jetzt unter die subversiven Elemente gemischt?«, gab Mascaranti zurück. Dann sah er Nadia und begriff.

»Was soll das Spektakel?«, fragte der Reporter.

»Das geht dich nichts an. Und jetzt haut ab, bevor ich euch einbuchte!«

Radeschi widersprach nicht. Es war nicht der rechte Zeitpunkt. Er nickte dankend und schleifte Nadia mit sich.

»Wieso lässt man uns gehen?«

»Weil ich die kenne.«

»*Tu es ami des keufs?*«

Radeschi ging auf diese Provokation nicht ein. Auch wenn es, kaum waren sie in sicherer Entfernung, sein erster Impuls war, Sebastiani anzurufen, um von ihm aufgeklärt zu werden, und danach Calzolari, um sich den Artikel zuteilen zu lassen. Er hatte das Handy schon in der Hand, aber die junge Frau hielt ihn fest.

»*C'est mon dernier jour à Milan.* Das ist mein letzter Tag in Mailand. Willst du den etwa mit Arbeiten verbringen?«

Es bestand keinerlei Zweifel, welche Absichten die Französin verfolgte. Radeschi steckte das Handy wieder ein.

Dieses eine Mal hatte er Besseres zu tun, als sich in das Unglück anderer einzumischen.

SECHSTES KAPITEL
Vrinks

Select. Leonard Cohen. Play. A thousand kisses deep

Das Mädchen *sprach* nicht nur Französisch. Sie praktizierte es mit dem ganzen Körper. Sie war wie eine Turbine, die Enrico das Licht seines Verstandes ausblies.

Nadia wusste genau, welche Knöpfe sie drücken, wie sie ihn berühren musste.

Abgesehen davon hatte sie einen kleinen Fehler, wenn man es denn so nennen konnte: Sie gehörte zu der Spezies der Schreihälse. Im Porno oder in der Phantasie mag das ja sehr schön sein; etwas ganz anderes ist es jedoch, wenn man papierdünne Wände und neugierige Nachbarn hat. In diesem Fall ist es ziemlich peinlich, wenn man ein Mädchen hat, das sofort laut wird, wenn man sich auch nur ansatzweise ihren interessanten Zonen nähert. Als wäre das noch nicht genug, musste auch der Hund seinen Beitrag leisten. Jedes Mal, wenn Buk sie aufschreien hörte, wurde er nervös und fing laut an zu bellen. Ergebnis: Radeschi sah sich alle zwei Minuten gezwungen innezuhalten, um Mädchen und Hund zum Schweigen zu bringen, so dass beide Vereinigungen an diesem Abend jeweils weitaus länger dauerten als eine Stunde. Und das ohne kleine blaue Pillen.

Dessen ungeachtet war es eine dieser Nächte, in denen

alles erlaubt ist und es keine Grenzen gibt. Ohne Hemmungen, so als würden sie sich schon seit Ewigkeiten kennen, aber gleichzeitig auch mit dem brennenden Verlangen, sich zu erkunden und immer mehr voneinander zu erfahren.

In ihrem Liebestaumel verzichteten sie nicht einmal auf eine klischeehafte Mahlzeit im Bett. Radeschi hatte als Vorbereitung auf das große Ereignis einen Abstecher in den Supermarkt gemacht und sich hinreichend eingedeckt: ein paar Flaschen Moët, Sprühsahne, Erdbeeren, Schokolade mit Chili und was man sonst noch so braucht, wenn der Hunger sich auf alle Bereiche erstreckt. Am Ende waren sie gesättigt und erschöpft eingeschlafen. Eng umschlungen, wie man es nur in der ersten Nacht aushält.

Radeschi schlief den Schlaf der Gerechten, wurde aber abrupt durch ein metallisches Kratzen geweckt. Buk fing an zu bellen, aber da war es schon zu spät: Ein Trupp Polizisten stürmte die kleine Wohnung.

Zwei Razzien an einem Tag waren wirklich schwer zu verdauen. Vor allem für ein süßes Mädchen im zarten Alter von zweiundzwanzig, das es in eine Stadt voller Verrückter verschlagen hat. Nadia verlor die Nerven.

»*Qui êtes vous?*«, brüllte sie.

»*Ta gueule!* Klappe halten!«

Das kam von einem Beamten in Zivil.

Franzosenfresse, dachte Radeschi bei sich und tastete auf dem Boden nach seinen Boxershorts.

Angespannte Miene, finsterer Blick. Der Bulle sah aus wie Vincent Cassel in *Dobermann*. Bedauerlicherweise befanden er und Nadia sich in der unerfreulichen Lage, sich von ihm anknurren lassen zu müssen. Der Typ hieß Léo Vrinks und gehörte zum DGSE, dem französischen Geheimdienst. Noch bedauerlicher war es, dass Radeschi dies erst erfuhr, nachdem er versucht hatte, ihn anzugreifen.

Eine ganz schlechte Idee.

Während er sich die Unterhose vor die Nase drückte, um die Blutung zu stoppen, und versuchte, sich aufzurappeln, gerieten zwei makellos saubere Slipper Marke Fratelli Rossetti in sein Sichtfeld. Er hob den Blick und sah vor sich Sebastianis Zigarre, die wie wild rotierte.

Der Polizist half ihm mit missbilligendem Blick auf die Beine.

»Dieses süße Erwachen hättest du dir ersparen können, wenn du dein Handy angelassen hättest.«

Enrico schoss dermaßen das Blut aus der Nase, dass er ohnmächtig wurde. Aber vorher erhaschte er noch einen Blick auf einen Mann hinter Sebastiani, der aussah wie *Crocodile Dundee* und seinem Labrador liebevoll die Ohren kraulte.

Ausgerechnet! Die Töle biederte sich überall an.

Select. REM. Play. Bad Day

Radeschi schob die Espressokanne auf den Herd. Er hatte Wattebäusche in den Nasenlöchern, um die Blutung zu stoppen. Außerdem trug er einen Bademantel, um seine Blöße zu bedecken, und hatte den Kopf unter Wasser gehalten, um wieder zu sich zu kommen. In der Wohnung war es still geworden. Das Überfallkommando hatte den geordneten Rückzug angetreten; Nadia hatte sich anziehen dürfen und war dann von einem Streifenwagen nach Hause gebracht worden.

Jetzt saßen nur noch drei Beamte am Küchentisch: Sebastiani, Cimurro und Vrinks. Mitten auf dem Tisch stand unübersehbar ein Karton, der mit gelbem Polizeiabsperrband versiegelt war.

Der Journalist war wie in Trance. Er fragte sich nicht mehr nach dem Grund für all das Chaos, sondern befand sich in jener Phase, in der das Unvermeidliche akzeptiert wird. Er wartete darauf, dass der Kaffee fertig wurde, und stellte ihn dann mit Zucker, einer Flasche Pampero für Sebastiani und einer Flasche Montenegro – in Erinnerung an seinen lieben Freund, den Maresciallo in der Bassa – auf den Tisch. Cimurro gab sich sofort einen Schuss davon in seinen Kaffee, während Vrinks die Nase rümpfte.

»Pastis habe ich nicht«, bemerkte Radeschi abfällig.

Als Antwort erntete er ein so furchterregendes Lächeln, dass seine Nase wieder zu bluten anfing.

»Gut«, meldete sich Sebastiani zu Wort und stellte seine Tasse ab, »hören wir jetzt auf mit dem Spielchen, wer den Längsten hat. Wir haben uns hier aus gutem Grund eingefunden.«

»Und ich kann mir denken, dass der sich hier in diesem Karton befindet.«

»Gut gedacht, Enrico. Aber jetzt hör mir zu.«

Radeschi kam nicht dazu, seinen Kaffee zu trinken, da Sebastianis Ausführungen seine ganze Aufmerksamkeit beanspruchten.

»Was ich dir jetzt sagen werde, ist streng vertraulich. Der Presse haben wir nur eine knappe Meldung ohne irgendwelche Einzelheiten abgegeben. Bis wir beschließen, auch den Rest bekanntzugeben, bist du zum Schweigen verpflichtet.«

»Spann mich nicht auf die Folter, Loris, sondern erzähl mir, was so Schwerwiegendes passiert ist, dass ich diesen Überfall und Van Dammes Prügel über mich ergehen lassen musste. Hat euch die Razzia im autonomen Zentrum nicht gereicht?«

»Sie hat gereicht, Enrico, da kannst du ganz ruhig sein. Wir haben mehrere Baseballschläger gefunden, auch wenn keiner jemals beabsichtigt hätte, diesen Sport auszuüben; außerdem haben wir Metallstangen und Molotowcocktails gefunden ... Alles Utensilien, um die Trafohäuschen zu demolieren. Die Autonomen haben es auch sofort zugegeben: Sie sagten, sie hätten den Reichen das Fest verderben und sich für die Räumung der beiden autonomen Zentren in Pergola und Breda im vergangenen Monat rächen wollen. Achtzig von ihnen sitzen noch auf der Straße und sind fuchsteufelswild. Aber es wäre schwierig gewesen, die Beweise zu leugnen«, fuhr er fort, »denn vor der Razzia haben wir uns die Aufzeichnungen der Überwachungskameras an verschiedenen Punkten der Stadt angesehen. Wir wussten also schon, dass die Anschläge das Werk der Autonomen waren.«

»Aber das ist doch noch kein großer Erfolg, was soll's also ...«

»Stimmt, aber es ist noch etwas passiert.«

»Die entscheidende Frage ist doch im Augenblick: Haben die Autonomen auch mit den Morden zu tun?«, ging Cimurro dazwischen und nippte dann noch einmal an seinem Kaffee Montenegro.

»Mit den Morden? War es mehr als einer? Wen außer Biondi hat es denn noch erwischt?«

Jetzt war es Radeschi egal, dass er mitten in der Nacht von der russischen Armee heimgesucht worden war.

»Wen, Loris?«

»Deveuze, den Bürgermeister von Paris.«

»Ach du Scheiße! Und was hat der noch in Mailand gesucht?«

»Er wollte heute Morgen zurückfliegen, sein Flug sollte um neun von Linate gehen. Als er sich um acht immer noch nicht blicken ließ, sind seine Sicherheitskräfte in sein Zimmer eingedrungen und haben ihn tot auf dem Badezimmerboden gefunden. Stromschlag.«

Keiner der beiden anderen Beamten machte eine Bemerkung.

»Wenn ihr hier seid«, sagte Radeschi, »dann heißt das, dass ihr nicht an einen Unfall glaubt, stimmt's?«

Jetzt ergriff der Franzose das Wort.

»Es reicht, Sebastiani. Wir haben nicht viel Zeit, außerdem gibt es keinen Grund, ihm noch weitere Erklärungen zu liefern.«

Radeschi versuchte, Vrinks durchdringendem Blick standzuhalten, musste aber fast sofort den Blick senken. Dieser Mann jagte ihm Angst ein.

»Ist gut«, sagte Sebastiani beschwichtigend. »Wir kommen später darauf zurück. Jetzt zu uns. Wie du dir denken kannst, hat sich Interpol schon eingeschaltet. Daher habe ich Cimurro von der DIGOS und Vrinks vom französischen Geheimdienst mitgebracht, mit dem du ja bereits Freundschaft geschlossen hast. Wir haben dich geweckt«, hier lächelte er sadistisch, »weil wir dachten, du könntest uns einen Gefallen erweisen.«

Radeschi wurde laut.

»Auf keinen Fall! Ihr könnt nicht einfach so hier einfallen und einen Gefallen von mir verlangen! Ohne Haftbefehl, ohne alles. Ich zeige euch an, verdammt noch mal! Ich mach ein Theater, dass ihr euch noch umgucken werdet!«

An diesem Punkt hob auch Sebastiani seine Stimme.

»Jetzt mal ganz ruhig! Vor einer Stunde habe ich einen Beamten der *Polizia Postale* aus dem Bett geholt. Die wollen nämlich *dich* verklagen. Erinnerst du dich noch an den kleinen Streich mit dem Konto, den du diesem Regisseur gespielt hast? Schön. Der ist keineswegs vergessen, schon gar nicht von dem Typen. Wenn du uns jetzt diesen Gefallen erweist, ist die Sache erledigt. Wenn nicht, dann landest du vor Gericht.«

Enrico hatte diese Episode schon fast verdrängt, aber offensichtlich blieben seine Grenzüberschreitungen im Netz nicht unbemerkt. Im von Sebastiani erwähnten Fall hatte er aus Rache das Konto seines Nebenbuhlers geräumt, und wie es aussah, war die Sache von der Polizei unter die Lupe genommen worden.

»*Pigé*? Kapiert?«, spottete Vrinks.

Jetzt hätte Radeschi einen weiteren Fausthieb ins Gesicht riskiert, aber Sebastiani nahm ihn beiseite. Sie schlossen sich im Bad ein, um unter vier Augen miteinander zu reden.

»Dieses Spielchen gefällt mir nicht, Loris.«

»Mir auch nicht. Ich hab den französischen Geheimdienst am Hals, und glaub mir, darauf hätte ich gerne verzichten können.«

»Wer hat denn den eingeschaltet?«

Sebastiani fing wieder an, auf seiner Zigarre herumzukauen.

»Du wirst es nicht glauben, aber sie haben uns eingeschaltet.«

»Aber das Ganze ist doch in Italien passiert! Fällt das dann nicht in eure Zuständigkeit?«

»Die Angelegenheit ist komplizierter, als es aussieht.«

Radeschi hob fragend die Augenbrauen.

»Hör zu, als Deveuzes Leibwächter ihn tot aufgefunden haben, ahnten sie gleich, dass es kein Unfall war. Dazu muss man kein Genie sein. Schließlich war in der Nacht zuvor Biondi ermordet worden, und jetzt war ihr Bürgermeister tot. Auch ein Höhlenbewohner hätte da ein kriminelles Muster gesehen. Also sind sie zum Telefon gestürzt und haben eine Direktverbindung zu deinem Freund neben dir hergestellt. Der französische Geheimdienst hat nicht eine Minute lang geglaubt, dass es auch ein Unfall gewesen sein könnte, sondern sich sofort auf den Weg hierher gemacht. Noch während sie auf dem Weg waren, hat jemand aus Frankreich, von ganz oben, im Park Hyatt in Mailand angerufen und, sagen wir mal, alle rhetorischen Mittel eingesetzt, um den Direktor davon zu überzeugen, das Personal vom Zimmer fernzuhalten und nichts durchsickern zu lassen. Unsere französischen Nachbarn verstehen es, sich verständlich zu machen. Sie haben ihm ganz klar gesagt, dass das Hotel nicht nur eine beträchtliche Rufschädigung riskiert, sondern auch eine Millionenklage wegen fahrlässiger Tötung. Das hat den Direktor sofort überzeugt. Alle, die Bescheid wussten, haben den Mund gehalten, bis Vrinks und seine Mannschaft ein paar Stunden später eintrafen.«

»Und erst dann haben sie euch angerufen?«

»Nicht nur uns, sondern auch Interpol, SISDE, DIGOS und alle möglichen Minister. Wer ihnen so einfiel! Mit Sicherheit, um uns zu bremsen und so freie Hand für ihre Beweiserhebung zu haben. Ich habe den ganzen Tag mit Telefonaten und Meetings verbracht. Wir wissen mit Sicherheit, dass der Anschlag während des Stromausfalls stattgefunden hat. Die Saboteure müssen die allgemeine Verwirrung genutzt und sich ins Hotel geschlichen haben. Sobald sie dort waren, konnten sie sich ungestört an den Stromkabeln zu schaffen machen ...«

»Du hast von Anschlag geredet.«

»Allerdings. An den Stromleitungen im Bad wurde manipuliert, und die Sicherung wurde ausgeschaltet. Der Haartrockner und alle Schalter waren Mordwaffen. Deveuze starb mit dem Föhn in der Hand.«

»Alles klar. Dann sag mir jetzt, was ich tun soll.«

»Gestern Nachmittag haben wir bei der Durchsuchung des Leoncavallo ein paar Sachen beschlagnahmt, darunter einen Computer. Unsere Fachleute haben die letzten Stunden damit verbracht, ihn zu analysieren; anscheinend ist dabei herausgekommen, dass die Autonomen etwas mit dem Mord an Deveuze zu tun haben.«

»Inwiefern?«

»Genau deswegen sind wir hier. Das sollst du herausfinden. Wenn du das nicht innerhalb der nächsten Stunde schaffst, wird sich unser rasender Kollege neben dir die Genehmigung besorgen, alles abzutransportieren und von seinen eigenen Fachleuten analysieren zu lassen. Und wir erfahren dann nur noch das, was sie uns gnädigerweise erzählen. Du musst mir helfen. Ich hab ihnen erzählt, wenn *einer* die Untersuchung beschleunigen könnte, dann du. Mein Ruf steht auf dem Spiel.«

»Was ist in dem Karton?«

»Einer der beschlagnahmten Computer. Wir waren bis zu einem gewissen Punkt erfolgreich. Auf der Festplatte befinden sich Informationen über Deveuze, aber Lonigro steckt zwischen Passwort und verschlüsseltem Zeug fest. Jetzt bleibst nur noch du.«

Enrico nickte.

»Einverstanden, doch dann schuldest du mir was, klar?«

»Gut. Aber jetzt setz dich vor diesen Scheißcomputer, und hol raus, was rauszuholen ist.«

Select. Noir Désir. Play. Aux sombres héros de l'amer

Radeschi brauchte gerade mal eine Dreiviertelstunde, um das Geheimnis zu lüften. In der Zeit leerte Cimurro die Flasche Montenegro, und Sebastiani kaute entnervend langsam auf dem Rest seiner Zigarre.

Nur Vrinks ließ sich nicht eine Minute ablenken. Unbeweglich wie eine Marmorstatue saß er neben dem Journalisten und verfolgte jeden kleinsten Schritt. Der PC, den man ihm anvertraut hatte, war ein Beweisstück, und dieser Schreiberling im Bademantel gefiel ihm gar nicht.

Lonigro hatte während der Systemanalyse in der Questura einige Mails entdeckt, in denen auf den Stromausfall angespielt wurde. Sie waren auf CD gespeichert und stammten alle von einer E-Mail-Adresse: **zapata@hotmail.fr**. In der elektronischen Post war andeutungsweise von einem Anschlag, von Zeitplänen und Kurzschlüssen die Rede.

»Was den Inhaber dieses Accounts angeht …«, begann Radeschi.

»Den haben wir schon«, unterbrach ihn der Mann vom französischen Geheimdienst. »Von dir wollen wir den Inhalt dieser Datei.«

Bei diesen Worten tippte er auf den Bildschirm.

Die Datei hieß »GD«, was auf die Initialen des französischen Bürgermeisters hinwies: Guillaume Deveuze. Doch nicht deswegen hatten die Ermittler Verdacht geschöpft. Erst der Umstand, dass der Inhalt dieser Datei mehrfach verschlüsselt und daher vollkommen unleserlich war, hatte bei ihnen sämtliche Alarmglocken schrillen lassen. Die Datei war ein Tresor in einem Tresor. Eine Art russische Matrioschkapuppe gegen Eindringlinge. Und Radeschi musste jetzt Arsène Lupin spielen. Er besorgte sich ein paar Programme, um den Code zu knacken. Er startete das erste, musste sich aber nach ein paar Minuten fruchtloser Bemühungen geschlagen geben.

Mit dem zweiten ging es besser. Unter den Schlägen der russischen Software musste die Panzertür weichen.

Die Datei enthielt ein einziges Dokument: einen detaillierten Plan der gesamten Elektrik im Park-Hyatt-Hotel in der Via Tommaso Grossi.

Sebastiani und Cimurro traten zu ihnen. Vrinks saß mit offenem Mund da.

»Das hier kommt nicht von der üblichen Adresse, sondern von einem anonymen Server.«

»Das heißt?«

»Das heißt, dass der Absender unbekannt ist.«

»Aber man kann ihn doch zurückverfolgen, oder nicht?«, fragte Vrinks drängend.

Radeschi fing wieder an, die Tastatur zu bearbeiten. Fast unmittelbar darauf tauchte auf dem Bildschirm eine Reihe Ziffern und exotischer Namen auf. Es waren über den ganzen Erdball verteilte E-Mail-Adressen, die der Bösewicht genutzt hatte, um seine Spuren zu verwischen. Radeschi verfolgte sie zurück und sammelte dabei die Adressen wie Hänsel einst die Brotkrumen, um zum Ursprung – genauer gesagt zum Eingangspunkt im Netz – zurückzukommen.

Es war eine Reise um die Welt, über Malaysia, Südafrika, Bali, die Schweiz und Guatemala, aber sie dauerte nicht achtzig Tage, sondern nur zehn Minuten. Am Ende erschien eine Adresse in Paris auf dem Bildschirm. Vrinks notierte sie sich und verließ dann mit dem Handy am Ohr das Zimmer.

Die Jagd hatte begonnen.

SIEBTES KAPITEL
Il bicchiere dell'addio

Select. U2. Play. With or without you

Als der Bus plötzlich ausscherte, hätte der gelbe Blitz beim Zusammenprall mit dem Bürgersteig fast abgehoben. Radeschi gewann in letzter Sekunde die Kontrolle über sein Fahrzeug zurück und gab Gas, um nicht an der Leitplanke zerquetscht zu werden, die ihnen zu schnell entgegenkam.

Nadia erbleichte, klammerte sich noch fester an den Journalisten und stieß den klassischsten Fluch jenseits der Alpen aus:

»Merde!«

»Tut mir leid«, murmelte Radeschi, wiederholte das Manöver aber ein zweites Mal bei einem vorausfahrenden LKW.

Die Französin schnaubte, reagierte aber nicht mehr. Im Grunde hatte sie alles, was sie wollte.

Die gelbe Vespa raste mit Vollgas über die Viala Forlanini. Ziel: der Flughafen von Linate. Fahles Sonnenlicht fiel auf den Koffer, den der Fahrer sich notdürftig zwischen die Beine geklemmt hatte.

Die Stadt erwachte, und die Straßen füllten sich mit Pendlern. Enrico hatte die junge Frau zwanzig Minuten zuvor abgeholt und musste sich seitdem zwischen Bussen und Straßenbahnen hindurchschlängeln. Sein Gesicht war grau, denn er hatte kaum geschlafen und verspürte jetzt wenig Lust zum Reden. Auch Nadia war nicht gerade in Bestform. Nachdem sie wegen des polizeilichen Überfalls so früh aufstehen und dann auch noch umziehen musste, war sie nicht mehr richtig eingeschlafen.

Radeschi sprach kaum über den Zwischenfall und erwähnte lediglich, dass er der Polizei als Berater in Computerangelegenheiten diene und bei Notfällen häufig gerufen werde. Die junge Frau hatte nur kommentarlos genickt. Es war auch nicht wichtig: Gleich würden sie sich trennen, und das war das Einzige, was zählte.

Nach einem weiteren gewagten Überholmanöver auf der rechten Seite, diesmal an einem Taxi vorbei, hielt Radeschi an und schaltete den Motor aus. Er drehte sich eine Zigarette, während sich Nadia zum Einchecken anstellte. Sie wartete auf einen Flug vom Linate zum Charles de Gaulle. Siebzig Minuten, um aus dem Leben des Journalisten zu verschwinden.

Enrico rauchte verbissen und in tiefen Zügen. Er hätte jetzt gerne etwas Beeindruckendes gesagt, etwas, was dem Mädchen im Gedächtnis haftenbliebe. Aber ihm fiel nichts ein. Als sie schließlich mit geschlossenen Augen und dem Flugticket in der Hand vor ihm stand, küsste er sie sanft. Ohne ein Wort. Dann löste sie sich von ihm und zog ihren fuchsiafarbenen Koffer zur Boardingzone, ohne sich noch einmal umzudrehen.

Adieu.

Der Journalist blieb mit gesenktem Kopf auf seinem gelben Blitz sitzen. Erst da fiel ihm ein, dass sein Handy immer noch ausgeschaltet war. Er war vierzehn Stunden von der Welt abgeschnitten gewesen: ein Rekord.

Als er es einschaltete, sah er eine lange Liste von Nachrichten vor sich. Aber nicht von Freunden oder Frauen. Absender waren nur »Questura« oder *Corriere*. »Questura«, *Corriere*.

Die nächste Heimsuchung ließ nicht auf sich warten. Calzolaris Anruf erfolgte bereits nach wenigen Sekunden.

Radeschi rechnete mit einer ausgedehnten Strafpredigt, aber der Chefredakteur beschränkte sich auf genau zwei Wörter.

»Hierher, sofort«, befahl er und legte wieder auf.

Der *Corriere della Sera* hat seinen Sitz in der Via Solferino, einer der typischsten und schicksten Straßen von Mailand. Das Gebäude ist ein imposanter alter Palazzo, der vollständig restauriert wurde. Großzügig angelegte Räumlichkeiten, eine Bar, eine Kantine und sogar eine ganze Bibliothek inklusive Stapeln von Zeitungen und Zeitschriften des Konzerns nur für die Angestellten. Allerdings waren die Redaktionen, die in riesigen Großraumbüros untergebracht waren, zu dieser frühen Stunde noch leer und boten einen seltsam traurigen Anblick.

Aus unerfindlichen Gründen befand sich an diesem Tag nicht mal Calzolari an seinem Platz, sondern hielt sich im gegenüberliegenden Gebäude im dritten Stock auf, wo die *Gazzetto dello Sport* ihren Sitz hatte. Radeschi steckte sich die Kopfhörer seines MP3-Spielers in die Ohren und fing an, die stillen, langen Korridore zu durchwandern. Am Boden Linoleum, an den Wänden helles Holz, das hier und da von riesigen Farbfotos aus der Welt des Sports unterbrochen wurde.

An den Wänden des *Corriere* prangten riesige Porträtfotos von Montanelli, Terziani und sogar von Che, während hier, im Reich der Sportzeitung mit den rosa Seiten, Fausto Coppi, Valentino Rossi und sogar Barthez mit glänzender Glatze zu sehen waren.

Abgesehen von dem Wachmann, der Enrico eingelassen hatte, waren die philippinischen Reinigungskräfte die einzigen Lebewesen, auf die er traf. Wie fleißige Ameisen waren sie den ganzen Tag ununterbrochen tätig. Sie sammelten das Papier ein, das aus allen Büros quoll, und schwangen unermüdlich ihre Putzfeudel.

Calzolari befand sich in der Redaktion von *Corriere online*. Dort wurden ununterbrochen die neuesten Nachrichten veröffentlicht. Die Homepage wurde mit jeder neuen Information über den Stromausfall und die Morde an Biondi und Deveuze aktualisiert.

Auch im Netz hatte der Chefredakteur seinen unverwechselbaren Fingerabdruck hinterlassen. Heute hieß seine Schlagzeile: »Mordkomplott gegen die Bürgermeister.«

»Sehr originell«, bemerkte Radeschi.

»Ah, da bist du ja endlich«, empfing ihn der Chefredakteur. »Komm, wir werden schon erwartet.«

Kommentarlos folgte Enrico ihm.

Das Geheimnis lüftete sich ohne große Worte.

Denn endlich, nach jahrelanger Tätigkeit für die Zeitung, wurde Radeschi die Ehre gewährt, den Herausgeber kennenzulernen. Er hatte ihn zwar schon gesehen, ihn sogar auch mal gegrüßt, aber noch nie mit ihm gesprochen. Es war schon beeindruckend, jetzt in seinem Büro empfangen zu werden. Calzolari ging wortlos voran. Wahrscheinlich folgte auch er nur einer Anweisung.

Giorgio Ricci war ein imposanter, knapp zwei Meter großer Mann in den Sechzigern mit eisengrauem Haar. Er trug einen Bart und hatte leichtes Übergewicht. Jetzt, während er die Schlagzeilen der Konkurrenz überflog, hielt er eine angezündete Zigarette in seiner Linken und trug eine Brille auf der Nase. Als er Radeschi sah, beugte er sich über seinen riesigen Schreibtisch aus Nussbaumholz, schüttelte ihm die Hand und forderte ihn auf, Platz zu nehmen. Dann schwieg er.

»Haben Sie mich zu sich gerufen, um mich zu feuern?«, fragte Enrico schließlich.

Der Herausgeber lachte laut auf, während Calzolari sich zu einem Lächeln zwang.

»Aber nein, mein lieber Radeschi. Wenn überhaupt, dann wollen wir Sie belohnen. Wir bieten Ihnen Frankreich an!«

Die Einzelheiten wurden Calzolari überlassen. Er spulte sie ab, während sie vor dem Kaffeeautomaten standen, wo man auch rauchen durfte.

»Hier gibt es im Moment nichts für dich«, bemerkte er, während er in seiner Hosentasche nach Kleingeld suchte. »Ich habe fünf festangestellte Redakteure auf den Stromausfall angesetzt. Die andere Hälfte der Redaktion kümmert sich um Biondi. Es gibt zu viele Fernsehkameras, zu viel von allem. Für einen Spürhund gibt's nichts zu tun.«

Radeschi nickte und gab ihm ein paar Münzen, quasi als Obulus für zukünftige Gefälligkeiten. Calzolari bedankte sich mit einem kurzen Nicken.

»Wir haben etwas anderes für dich«, verkündete er in gönnerhaftem Tonfall.

»Das Exil, wie für einen Exterroristen?«

»Red kein dummes Zeug. Hast du nicht gehört, was der Boss gesagt hat? Es handelt sich um eine Beförderung!«

»Schön, aber was soll ich in Paris machen?«

»Was du am besten kannst! In der Scheiße wühlen. Dort nennt man so was *faits divers,* aber im Prinzip ist es das Gleiche: Reportagen aus der Welt des Verbrechens.«

Radeschi blieb skeptisch.

»Entschuldige, aber habt ihr nicht schon einen Korrespondenten da? Piccinini oder so ähnlich?«

»Petrini. Natürlich, und der wird dir auch Anweisungen geben.«

Er hielt kurz inne und suchte nach den richtigen Worten.

»Siehst du, Petrini ist ein Stubenhocker, die Straße ist nichts für ihn. Er interviewt Politiker und Künstler, rezensiert Bücher, macht den ruhigen Kram. Aber er hat viele Kontakte und könnte dir nützlich sein. Wir brauchen einen, der vor Ort Informationen sammelt, der uns auf dem Laufenden hält, was sich in Paris so tut, welche Entwicklung die Ermittlungen der *Sûreté* nehmen.«

Radeschi lächelte über Calzolaris Französischversuch. Der alte Chefredakteur verzog ebenfalls das Gesicht.

»Und wenn ich mich weigere, für einen aufgeblasenen Korrespondenten den Laufburschen zu machen?«

Calzolari schnaubte. Das hatte er vorausgesehen. Er fischte aus seiner Brusttasche einen Stift und kritzelte auf die Rückseite einer Quittung eine Zahl. Dann reichte er Enrico den Zettel.

»Täglich und netto«, verdeutlichte er. »Außerdem wohnst du in einem Viersternehotel direkt gegenüber der Oper.«

Damit war die Verhandlung abgeschlossen. Radeschi hatte akzeptiert.

Select. Modena City Rumblers. Play. Il bicchiere dell'addio

Nachdem Radeschi zum Kofferpacken entlassen worden war, widmete er sich seinen Haaren. Jedes Mal, wenn er eine Reise antrat, die länger als ein paar Tage dauerte, ging er vorsorglich zum Haareschneiden. Friseursalons mied er. Schließlich verlangte er nur eine ganz einfache Dienstleistung: kein Waschen, kein Föhnen, nur Schneiden, und zwar mit der Schere.

Der Friseur seines Vertrauens hieß Angelo und war ein kleiner, dicklicher Mann aus dem Süden, der das Rasiermesser an seiner Hose wetzte, während er sich mit seinen Stammkunden über die Fußballmeisterschaft unterhielt oder in andächtigem Schweigen Radio RAI hörte. Sein Laden war klein und düster wie eine Besenkammer und schien direkt aus den fünfziger Jahren in die Gegenwart katapultiert worden zu sein.

Enrico trat ein, grüßte, nahm sich eine *Corriere* und wartete, bis er an der Reihe war. Nach dem Haarschnitt fuhr ihm Angelo mit der Bürste voller Talkum über den Nacken, fragte aber erst gar nicht nach, ob er Brillantine auf die Haare geben sollte, die seit Urzeiten auf einem Regal einstaubte.

Acht Minuten Arbeit für elf Euro. Kurz darauf war der Reporter schon wieder zu Hause und duschte rasch, um das lästige Jucken zwischen Kopf und Kragen loszuwerden, das sich nach einem Haarschnitt unweigerlich einstellte.

Nach diesem Ritual gab er, noch im Bademantel, eine Nummer in sein Handy ein.

»Es gibt Neuigkeiten«, verkündete er dann ohne Einleitung.

Auf der anderen Seite der Leitung: Schweigen.

»Ich fahre morgen nach Paris. Ich soll dort den Mord am Bürgermeister untersuchen.«

»Da sind meine französischen Kollegen aber zu beneiden«, bemerkte Sebastiani. »Einen Rat möchte ich dir geben: Halte dich bedeckt, denn wenn du unvorsichtig bist, hast du niemanden, der dir den Arsch rettet. Im Gegenteil, Vrinks wird sich einen Sport daraus machen, dir so viele Steine wie möglich in den Weg zu werfen.«

»Danke, Loris. Du bist immer so aufbauend. Mit einem Freund wie dir sind Feinde überflüssig.«

»Bitte sehr und *bon voyage*.«

Kaum hatte Radeschi das Gespräch beendet, hörte er es an der Tür läuten. Er warf einen Blick auf die Uhr. Genau sechzehn Uhr.

»Was du heute kannst besorgen, das verschiebe nicht auf morgen«, sagte Fuster zur Begrüßung. Er freute sich wie ein Schneekönig, weil er innerhalb von achtundvierzig Stunden vom Kartoffelschäler in der Kombüse zum Zweiten Offizier auf der Brücke befördert worden war. Tatsächlich hatte Radeschi ihn mit einer heiklen Mission betraut: Er sollte in seiner Abwesenheit den Fortgang der Ermittlungen über den Stromausfall und Biondi beobachten. Des Weiteren sollte er ihn kontinuierlich mit detaillierten E-Mails auf dem Laufenden halten, während er selbst in Paris war. Außerdem, und dies war der heikelste Teil seiner Aufgabe, wurden ihm Buk und der Ficus anvertraut. Radeschis Schätze, seine *raisons d'être*.

Fuster war geschmeichelt.

»Gut, Diego. Ich übergebe sie dir zu treuen Händen. Ich verlasse mich auf dich. Aber jetzt los, die restlichen Einzelheiten erkläre ich dir unterwegs.«

»Wohin gehen wir?«

»Ich habe nur noch eines zu tun, bevor ich meine Zelte abbreche: ein Glas zum Abschied trinken.«

Einrichtung in dunklem Holz, selbstgebrautes Bier mit Mailänder Namen und schlechte Gesellschaft: das war das »Microbirrificio« von Lambrate. Wechselndes Publikum drängte sich in dem kleinen Lokal, in dem Selbstbedienung angesagt war. Man musste sich die Getränke an der Theke besorgen und dabei Geduld mitbringen, denn das Bier war nicht pasteurisiert und schäumte entsprechend, so dass ein schönes Frischgezapftes mindestens fünf Minuten dauerte. Radeschi trat ein und fühlte sich sofort wohl. In dieser Welt war er zu Hause.

»Aber trinkst du nicht nur Menabrea?«, fragte Fuster, als wäre er Enricos Biograph und nicht sein Assistent.

»Als Flaschenbier, ja. Aber wenn es frisch gezapft ist, nicht. Hier wird das beste Bier der Stadt gebraut. Dagegen ist alles andere nur schaler Ersatz. Aber jetzt komm, ich will dir jemanden vorstellen.«

Er hatte an der Theke einen Mann entdeckt, der ein leeres Glas vor sich stehen hatte: Antonio Sciamanna. Kleinkrimineller und eingefleischter Bewunderer von Renato Vallanzasca, dem Gauner, der ihm in seiner Jugend als Vorbild gedient hatte.

Dieser Pub war sein Büro: Hier liefen alle Fäden seiner Unternehmungen zusammen. Radeschi konnte mit Sicherheit sagen, dass Sciamanna hier Haschisch von den Nordafrikanern und gestohlene Computer von den Serben bekam, auch wenn er offiziell als Immobilienmakler arbeitete. Diese Tätigkeit verschaffte ihm ständig neue Kontakte und bot ihm gleichzeitig die Möglichkeit, seine anderen Geschäftsfelder zu erweitern. Zu seiner erlesenen Kundschaft gehörten vor allem Prostituierte auf der Suche nach Absteigen, wo sie ihrem Gewerbe nachgehen konnten. Die bekamen sie gegen Barzahlung und steuerfreie Provision.

Sciamanna war ein alter Freund von Radeschi und gleichzeitig sein Verbindungsmann zur Mailänder Unterwelt. Ein massiger Mann, der nicht viele Worte machte.

Außerdem ziemlich misstrauisch.

»Und er da?«

»Der ist in Ordnung, mein Assistent.«

Fuster lächelte verlegen und streckte zur Begrüßung sogar die Hand aus.

Sciamanna ignorierte sie.

»Was willst du?«

»Biondi. Weißt du, wer ihn um die Ecke gebracht hat?«

»Nee, da bist du an der falschen Adresse. Hier sind alle Lippen versiegelt. Der Tod des Bürgermeisters war für alle eine Überraschung, allerdings eine angenehme.«

Er stieß sein typisches fettes Lachen aus, das wie immer in einem Hustenanfall endete.

»Gib mir ein Bier aus«, befahl er dann.

Radeschi widersprach nicht. Sie bestellten drei Ghisa, ein vom Lokal gebrautes Bier, das eigens der Mailänder Stadtpolizei gewidmet war. Alle gezapften Biere waren *Milano doc*. Es gab Montestella, das seinen Namen dem kleinen Hügel im San-Siro-Viertel verdankte, der aus Trümmern aus dem Zweiten Weltkrieg aufgeschüttet worden war, dann Lambrate, Porpora – nach einer der Hauptstraßen des Viertels –, Brighella, Sant'Ambroeus und Domm, zu Ehren des Doms.

Schnell drängten sich die leeren Gläser auf dem Tisch,

und Fuster bemerkte staunend, dass die Runde stets auf Radeschi ging.

»Was kannst du mir erzählen?«, fragte Enrico bei der dritten Runde.

Sciamanna gackerte. Die Verhandlungen kamen endlich in Gang.

»Es gibt einen Abgeordneten des Stadtrats, der momentan zufällig auf der Seite der Regierungsmehrheit ist. Er gehört zur alten Garde und hängt sein Mäntelchen immer nach dem Wind. Eingefleischter Hurenbock, ständig auf der Jagd nach Koks, hat aber überall seine Finger im Spiel. Empfiehlt alles und jeden, vorausgesetzt, für ihn springt was dabei raus. Du weißt, was ich meine.«

»Wie wär's mit einem Namen und einem Tipp, wie man an ihn rankommt?«

Sciamanna schrieb mit dem Zeigefinger eine Zahl auf die Theke.

Radeschi seufzte.

»So viel habe ich nicht, Antonio ...«

»Dann kann ich nichts ...«

Sciamanna blieb das Wort im Hals stecken. Fuster wedelte mit einem Hundert-Euro-Schein vor seiner Nase herum.

»Geld regiert die Welt«, verkündete er. Dann wandte er sich zu Radeschi, der ihn sprachlos anstarrte, und sagte: »Das ist meine Notfallreserve.«

Enrico nickte.

»Dann spuck mal den Namen aus.«

Sciamanna brach erneut in Gelächter aus, bis er zu husten anfing, aber das hielt ihn nicht davon ab, das Geld einzustreichen und den beiden Journalisten die teuer bezahlte Information zu geben.

Select. Luca Carboni. Play. Ci vuole un fisico bestiale

Die Abendluft war eisig. Auch für die beiden Journalisten war es Zeit geworden, sich zu verabschieden.

Radeschi wühlte in seiner Hosentasche.

»Hier, Diego. Die Schlüssel zu meinem Reich.«

»Danke, Enrico, und mach dir keine Sorgen: Buk wird es bei mir gut ergehen, und den Ficus gieße ich regelmäßig.«

Radeschi nickte.

»Ich empfehle dir, die Augen offen zu halten. Allerdings scheint mir die Sache mit dem Stromausfall abgeschlossen zu sein. Aber die Ermittlungen im Mordfall Biondi verdienen unsere Aufmerksamkeit.«

»Natürlich. Biondi war ein großer Mann und ich …«

»Hast du ›ein großer Mann‹ gesagt?«, unterbrach ihn Radeschi verblüfft. »Weißt du, dass du der Erste bist, der ihn so nennt?«

»Was ist so komisch daran? Nach dem Kollaps wurde Biondi der beste Bürgermeister, den diese Stadt je hatte. Er hat gewissenhaft und besonnen regiert und dabei stets die Interessen der Gemeinschaft und nicht nur die einzelner Personen oder Firmen im Auge behalten. Seine Antismog-Maut war seit dem Referendum gegen Atomkraft die mutigste Umweltschutzmaßnahme in Italien.«

»Sag mal, Diego, du bist aber kein Radikaler oder so was in der Art? Einer, der nachts herumfährt und Käfige in Massenzuchtanlagen aufbricht oder in Pharmafirmen einbricht, um Beaglewelpen zu befreien, die als Versuchskaninchen missbraucht wurden? Und was die Atomkraft betrifft: Welchen Sinn hat es, keinen Strom aus Atomkraft mehr zu produzieren, wenn wir sie doch von den Franzosen kaufen?

Wenn die radioaktive Wolke sogar aus Tschernobyl zu uns gekommen ist, was ist denn dann mit Frankreich?«

»Genau, ich für meinen Teil bin dafür, überhaupt keinen Atomstrom zu kaufen. Von niemandem. Wir müssten nur erneuerbare Energien nutzen, und wenn das für unseren Bedarf nicht reicht, dann müssten die Italiener eben ihre Klimaanlagen ausschalten! In Japan ist es jetzt Vorschrift, dass alle Arbeitnehmer im T-Shirt zur Arbeit kommen, um so die umweltschädlichen Emissionen zu reduzieren.«

»Bravo! Nur dein Freund Biondi wäre mit solchen Vorschlägen einverstanden.«

»Ganz bestimmt! Und ich weiß nicht, was es da zu lachen gibt. Enrico, du stellst ihn ständig wie ein Monster dar, dabei war er gar keines. Er wollte wirklich die Probleme der Stadtbewohner lösen und nicht nur die Interessen der üblichen Gruppierungen bedienen. Er hat Politik jenseits aller Klischees gemacht. Das weiß ich, weil ihr alle gegen ihn wart. Er ist euch ans Geld gegangen, nicht wahr? Übrigens ist es ein reines Lippenbekenntnis, dass wir Europäer sind. In allen Umfragen sind wir die europafreundlichste Nation, aber nur, weil wir nichts kapiert haben: In konkreten Fällen können wir uns einfach nicht von unserer Provinzlermentalität befreien.«

»Jetzt geh nicht gleich in die Luft, ich hab ja nur gefragt. Um es zu verstehen.«

»Du willst es verstehen? Was gibt's da denn zu verstehen? Ich bin jemand, der sich über die Umwelt Gedanken macht, so! Ja, jetzt rümpfst du die Nase, mit deinem typischen Zynismus. Über die Schwärmerei der Jugend. Jetzt komm mir nicht mit Gemeinplätzen, die mir ständig um die Ohren gehauen werden, von wegen: Ein Linker mit zwanzig ist normal, aber ein Linker mit vierzig ist dämlich. Oder dass ich nur bei Greenpeace bin, um bei den Weibern Eindruck zu machen. Oder dass meine Unterschriftensammlungen vor dem Dom gegen Vivisektion, gegen Genmanipulation oder andere Schweinereien nur Zeitvergeudung sind und nichts bringen. Weißt du, was ich dir darauf antworte, Enrico? Ich glaube wenigstens an etwas. An was glaubst du denn, los, sag schon! An nichts. Höchstens an Nachrichten. Daran, sie als Erster zu bringen. Wie einen Knochen fürs Herrchen.«

Radeschi hatte aufgehört zu lachen. Mit einem solchen Ausbruch hatte er nicht gerechnet.

»Es stimmt, Diego. Ich glaube an gar nichts. Ich bin durch den ganzen Scheiß, den ich täglich sehe, hart geworden. Vielleicht sogar gefühllos. Ich nehme nichts mehr ernst, das ist eine Berufskrankheit, damit es mir nicht schlechtgeht. Ich bin nicht daran interessiert, die Welt zu retten. Ich lebe nur für meinen Hund, für meine Gewohnheiten und meine dummen, banalen Überzeugungen. Für Kleinigkeiten. Details, Tollheiten, schwärmerische Anwandlungen, die mir helfen, jeden Tag weiterzumachen. So bin ich eben. Einer, der meint, der schönste Song von Venditti sei *Modena,* der meint, dass Cappelleti nur in eine Brühe gehören, der nur frisch gezapftes Bier wirklich gut findet, der Croissants für den Gipfel französischer Kochkunst hält, der meint, die Engländer seien militante Alkoholiker, weil sie nur Schweinefraß zu sich nehmen, und der findet, dass die Alten uns etwas beibringen können, selbst wenn sie schon hochgradig verkalkt sind.«

»Bravo, ein tolles Glaubensbekenntnis!«

Sie schweigen.

»Tut mir leid, Diego. Ich bewundere dich. Weil du noch an etwas glauben kannst. Ehrlich.«

Das entsprach der Wahrheit. Radeschi hätte, wie sein Assistent, gerne etwas gehabt, woran er glauben, wofür er sich begeistern konnte.

Aber er war überzeugter Nihilist. Seine Großeltern waren in der Resistenza gewesen und hatten für die Freiheit gekämpft. Sie hatten Sinn in einem Ideal gesehen. Er hingegen konnte höchstens einem einzelnen Tag einen Sinn abringen.

Sie gaben sich die Hand. Eigentlich war Fuster als Assistent gar nicht so übel.

ACHTES KAPITEL
Chez Robert, electron libre

Select. Louise Attaque. Play. Je t'emmene au vent

Wenn man sich Paris bei Nacht nähert, gleicht es einem Planeten aus Licht. Zwischen der Seine und La Défense, zwischen Orly und der Porte de Clignancourt funkelt es schon aus mehreren Kilometern Entfernung in tausend verschiedenen Farben.

Radeschi war noch nie in der *Ville lumière* gewesen und fuhr nun mit dem TGV, den er etliche Stunden zuvor in der Stazione Centrale von Mailand genommen hatte, langsam hinein. Es hatte außer Frage gestanden, zu fliegen: Dazu hatte er zu viel Angst. Auf Schiffen fühlte er sich ebenfalls nicht wohl. Ihm wurde auch bei ruhiger See übel. Enrico hegte eine ausgeprägte Abneigung gegen die meisten Verkehrsmittel. Autos waren ein weiteres Beispiel. Er fuhr kein Auto, wenn auch nicht ganz freiwillig: Er hatte den Führerschein nicht geschafft. Nach vier gescheiterten Versuchen hatte er das Handtuch geworfen. Bei jeder praktischen Prüfung war er durchgefallen; Einparken war ihm einfach nicht gegeben.

Am Ende hatte sich die Vespa als Wahl fürs Leben erwiesen – gezwungenermaßen.

Die Metropole lugte neugierig zum Zugfenster herein,

während er sein vollgekritzeltes Notizbuch in Händen hielt. Während der Reise hatte er über die Ermittlungen nachgedacht und sich so gut wie möglich auf seinen Aufenthalt in der französischen Hauptstadt vorbereitet. Als ein paar Stunden zuvor die sanft geschwungenen Weinberge der Bourgogne an seinem Fenster vorbeigezogen waren, hatte er Nadia angerufen, um ihr zu sagen, dass er sie gerne treffen würde. Auch wenn er es kaum erwarten konnte, sie wiederzusehen, zwang er sich zur Geduld. Überraschungsbesuche waren heikel: Das hatte er am eigenen Leib erfahren. Nadia aber war begeistert gewesen und hatte ihn zu einer Studentenparty am nächsten Tag eingeladen.

»Warum nicht schon heute Abend?«, hatte er sich gefragt. Die Frage hätte er am liebsten auch ihr gestellt, hatte sich aber nicht getraut, sondern nur die Adresse notiert. Direkt danach hatte er Fuster angerufen.

»Wie läuft's in Mailand?«, begann er. Kaum war er weg, dachte er schon, dass irgendwas passiert sein musste. Allerdings ließ er seinem Assistenten keine Zeit zu antworten, sondern rückte direkt mit dem wahren Motiv seines Anrufs heraus: »Wie geht es Buk? Hast du den Ficus gegossen?«

Obwohl Radeschi Fuster erst seit kurzer Zeit kannte, hatte er ihm doch seine Wohnung anvertraut. Ohne lange nachzudenken, hatte er sich praktisch in seine Hände begeben. Irgendetwas an diesem jungen Mann weckte sein Vertrauen, und er neigte dazu, seinem Instinkt zu folgen. Hund und Ficus, das Bäumchen, das er wie einen Sohn liebte, würden bei ihm gut aufgehoben sein.

Fuster beruhigte ihn. Buk erfreute sich bester Gesundheit, und seine Zimmerpflanze wuchs und gedieh. Nach diesen Präliminarien begann der Assistent, Bericht zu erstatten.

»Es gibt was Neues über die Autonomen im Leoncavallo. Offenbar hat man bei der Durchsuchung Schlagstöcke und Molotow...«

»Das weiß ich«, unterbrach ihn Radeschi entnervt. »Denk daran, dass dies ein Auslandsanruf ist, der mich ein Vermögen kostet. Komm zum Punkt!«

»Schon gut. Ich habe Sebastiani angerufen und ...«

»Stopp, Entschuldigung: Du willst doch nicht sagen, dass der Alte dich angehört hat?«

»Doch, klar: Ich hab gesagt, ich riefe in deinem Namen an.«

»Sprich weiter.«

»Für die aus dem autonomen Zentrum sieht es schlecht aus. Sie werden einzeln verhört. In den Bunkern.«

Fuster bewies, dass er sich die Fachtermini, wenn man sie denn so nennen wollte, schnell aneignete. Die Bunker waren Zellen für *besondere* Vernehmungen.

Radeschi empfahl ihm, die Augen offen zu halten, und beendete das Gespräch, noch während der andere sprach.

Die Spur war vielversprechend, aber er wollte die Neuigkeiten nicht gefiltert, sondern direkt von der Quelle.

Sebastiani ging nach dem zehnten Klingeln dran.

»Ciao, Alter, wie geht's? Malträtierst du deine Verdächtigen dort, wo es keine blauen Flecken gibt, um sie zum Sprechen zu bringen?«

»Hattest du dich nicht vom Acker gemacht?«

»Doch, aber dank der modernen Technik können wir trotzdem reden.«

»Was willst du? Ich hab schon alles deinem Handlanger erzählt und keine Lust, noch mal von vorne anzufangen.«

»Schon gut. Nur eine Frage, ganz direkt: Glaubst du wirklich, dass die Autonomen die Bürgermeister umgebracht haben?«

»Die offizielle Antwort muss unter Verschluss bleiben. Momentan sind es unsere Hauptverdächtigen. Aber wir gehen auch anderen Spuren nach: organisiertes Verbrechen, Industrielle, denen Biondi auf die Füße getreten ist, politische Gegner und etwa eine Million Mailänder, die gegen die Maut waren.«

»Aber die Untersuchungen zum Stromausfall sind doch abgeschlossen, oder?«

»Da gibt es keinen Zweifel mehr. Marco Del Ponte, der sogenannte Referent des autonomen Zentrums, hat es frank und frei zugegeben. Sie haben den Strom abgeschaltet, um die Opernaufführung zu ruinieren. Dass Biondi in der Zeit gestorben ist, war seiner Aussage nach rein zufällig.«

»Aber nach den Räumungen hatten sie doch ein Motiv...«
»Ich muss jetzt Schluss machen«, unterbrach ihn Sebastiani.
»Eine letzte Frag...«

Der Polizist erfuhr nicht mehr, was der Journalist fragen wollte. Der TGV war von einem Tunnel verschluckt und die Verbindung unterbrochen worden.

Select. David Bowie. Play. Rebel Rebel

Erminio Petrini war ein ungewöhnlicher Mann. Als Radeschi zum ersten Mal vor ihm stand, begriff er, warum Calzolari ihn als »nicht für die Straße geschaffenen Stubenhocker« bezeichnet hatte. Er wog mindestens hundertfünfzig Kilo und trug einen langen schwarzen Bart, mit dem er aussah wie Rasputin. Er bewegte sich nur schwerfällig, wirkte aber umgänglich, weil er die ganze Zeit grinste. Sie hatten sich in der Lobby des Hotels verabredet. Das Hotel war ein moderner Bau in der Rue Richelieu, hinter der alten Börse. Was die Lage anging, war Calzolari nicht ganz ehrlich gewesen. Das Hotel befand sich nicht direkt vor der Oper, sondern zweihundert Meter dahinter. Aber angesichts der Tatsache, dass die Angabe aus dem Munde eines Journalisten stammte, handelte es sich um eine lässliche Sünde.

»Wo fangen wir an, Kollege?«, begann Petrini munter.

Radeschi zeigte ihm die Adresse, die der Computer des Leoncavallo ausgespuckt hatte: Rue de Rivoli 59.

»Weißt du, wo das ist?«

Sein Gegenüber nickte. »Woher hast du die Adresse?«

»Das ist eine lange Geschichte, aber ich versichere dir, es ist eine heiße Spur.«

»Wenn du es sagst«, erwiderte der andere achselzuckend. »Was steht denn da?«

»Ach, ich will dir nicht die Überraschung verderben.«

»Ist es weit bis dahin?«

»Wenn du willst, können wir zu Fuß gehen.«

Radeschi staunte, dass ein Koloss wie er einen Fußmarsch auf sich nehmen wollte. Aber er nahm den Vorschlag gerne an. Einen Spaziergang über die Avenue de l'Opéra und am Hotel Ritz an der Place Vendôme vorbei unternahm man schließlich nicht alle Tage.

An der Rue de Rivoli 59 sah man weder ein Schaufenster von Vuitton noch von Gaultier. Auch wurde keine Luxusschokolade von Lady Godiva präsentiert. Und das war merkwürdig, denn die Rue de Rivoli ist zwischen allem Chic und Charme so lang wie die Via Emilia und durchschneidet Paris von der

Place de la Concorde bis fast zur Bastille. Reicht sozusagen von der Vergangenheit bis in die Gegenwart der Republik.

Unter der angegebenen Adresse befand sich ein kunterbunter Mietpalast. Spruchbänder hingen von den schmiedeeisernen Balkonen, und ein riesiges stilisiertes Gesicht prangte an der Fassade.

Ein Leoncavallo im Zentrum von Paris, wo *Electricité libre* gefordert und auf einem zwölf Meter langen gelben Plakat gewarnt wurde: *Interdit aux public sur ordre de la préfecture de police.* Was in dem Umfeld eher wie ein Witz wirkte und nicht wie eine Warnung vor dem Betreten des Hauses.

Neugierig wandte sich Radeschi an seinen Begleiter.

»Schieß los«, forderte er ihn auf.

Petrini ließ sich nicht lange bitten.

»Willst du die ausführliche Version?«

»Eine Zusammenfassung tut's auch.«

»Okay. Die Geschichte beginnt am 1. November 1999, Allerheiligen also, als der KGB, bei dem es sich hier nicht um den ehemaligen russischen Geheimdienst handelt, sondern um das Akronym der ersten drei Hausbesetzer Kalex, Gaspard und Bruno, ein Haus in der Rue de Rivoli 59 besetzt, das sich im Besitz des Crédit Lyonnais und des französischen Staats befindet und bislang leer stand. Kurz darauf erklären sich etwa zehn Künstler bereit, das ziemlich heruntergekommene und mit toten Tauben, Spritzen und Müll verseuchte Gebäude wieder auf Vordermann zu bringen. Drei Ziele haben sie im Sinn: ein leerstehendes Haus wiederherstellen, den Künstlern Räumlichkeiten zum Arbeiten und Ausstellen bieten und zeigen, dass eine alternative Kulturpolitik möglich ist.

Das Kollektiv tauft sich auf den seltsamen Namen *Chez*

Robert, électron libre. Es organisiert Vernissagen, Aufführungen, Diskussionen, die für alle kostenlos sind. Wie du dir denken kannst, bleibt das nicht unbemerkt, und die Stadt zerrt die Künstler vor Gericht. Laut Urteil müssen sie am 4. Februar 2000 das Gebäude räumen, doch dank eines juristischen Tricks setzt ihr Anwalt ein Berufungsverfahren durch, bei dem ein Aufschub von sechs Monaten erwirkt wird. Die Presse stellt sich hinter sie und tauft die Bewegung *Squart* – eine Zusammenziehung von *Squat* und *Art*. Das Ganze ist so medienwirksam, dass zahlreiche Politiker sich öffentlich zugunsten der Hausbesetzer und Künstler äußern. Als der Winter, in dem ohnehin alle Räumungen ausgesetzt sind, vorbei ist, wartet das Kollektiv auf das Ergebnis der Pariser Kommunalwahlen, um zu erfahren, wie es weitergehen soll. Der Sieg der Linken verschafft ihnen einen weiteren Aufschub. Der neugewählte Kulturattaché Christophe Girard setzt sofort alle Hebel in Bewegung, um die Räumung zu verhindern. Denn laut Schätzung des Kultusministeriums ist *Chez Robert, électron libre* mit vierzigtausend Besuchern jährlich das Museum zeitgenössischer Kunst in Paris mit der dritthöchsten Besucherzahl. Sechs Monate später beginnt der Bürgermeister mit der Legalisierung des Zentrums, das sich unter einem künftigen ›Beschäftigungsbündnis‹ zwischen dem Kollektiv und der Kommune von Paris Lösungen erhofft. Als eine seiner letzten Maßnahmen hat Deveuze eine Studie in Auftrag gegeben, die Möglichkeiten der Legalisierung und Fortführung aller Aktivitäten des Kollektivs sondieren sollte, nachdem das Gebäude wieder in einen ordnungsgemäßen Zustand gebracht worden wäre. Bis zu einer Entscheidung ist das Zentrum allerdings für die Öffentlichkeit gesperrt.«

»Das war's?«

»Fast. Samstagnacht hat die Polizei eine Hausdurchsuchung veranstaltet«, erklärte Petrini. »Weißt du was darüber?«

Radeschi merkte auf: Die Aktion hatte stattgefunden, direkt nachdem er dem Mitarbeiter des französischen Geheimdienstes die Adresse gegeben hatte.

»Meinen Informanten zufolge«, fuhr Petrini fort, »hat man nur ein paar Computer gefunden. Die wurden beschlagnahmt. Die Hausbesetzer sind alle noch da. Aufgebrachter als je zuvor.«

»Ich würde gerne mal reingehen.«

»Dann rate ich dir, bis morgen zu warten, wenn es hell ist.«

Radeschi nickte.

»Was machen wir jetzt?«

»Welch eine Frage: essen natürlich!«

Select. Paola Turci. Play. L'uomo di ieri

Tabak- und weingeschwängerte Nacht. Radeschi hatte noch den Geschmack des süßen Weins auf der Zunge, als ihm die eisige Luft vom Fluss übers Gesicht fuhr.

Die Seine durchschnitt die Nacht wie ein leuchtendes Laserschwert. Von unten dröhnten Musik und die Rufe der Menschenmassen auf den Booten herauf. In diesem Ambiente eine selbstgedrehte Amsterdamer zu rauchen bescherte Radeschi ganz neue Empfindungen. Hinter ihm befand sich der Louvre und vor ihm der taghell erleuchtete stillgelegte Bahnhof von Orsay. Im Hintergrund erstrahlte der Eiffelturm, wie auf einer Postkarte. Über die Aussicht konnte man sich nicht beklagen.

Von Petrini hatte er sich eben erst verabschiedet, nach einem ausgedehnten Gelage in einem portugiesischen Restaurant bei Les Halles.

Angefüllt mit *Vinho verde*, hatte Enrico beschlossen, den Rückweg zu Fuß zu gehen. Der Korrespondent jedoch hatte dem Koch alle Ehre angedeihen lassen, indem er gut die Hälfte aller auf der Karte angebotenen Speisen bestellt hatte, und war der Versuchung, ein Taxi zu nehmen, verständlicherweise erlegen. Aus demselben Grund aber hatte Enrico sich für einen Spaziergang entschieden. Er hoffte, ein bisschen Bewegung würde ihm helfen, die *Lulas fitras* und den *Polvo* zu verdauen, die – in einem Traum aus Knoblauch und Zwiebeln – in seinem Magen rumorten.

Bevor sich Enrico und Petrini trennten, hatten sie noch kurz Zeit, sich über die Ermittlungen auszutauschen.

»Was für ein Mann war dieser Deveuze, Erminio?«

»Ein Gaullist, ein hundertprozentiger Parteifunktionär. Staatsmann und Verfechter des Parteigehorsams. Hat die Positionen seiner Partei, der *Union pour un mouvement populaire*, kurz UMP, als Hardliner vertreten. Kämpfte dafür, besetzte Häuser wieder nutzbar zu machen und die *banlieues* von der *racaille,* dem Pack, wie der neue Präsident der Republik es bezeichnet, zu säubern. Er wollte Argenteuil und etwa zehn weitere Hochburgen noch vor Ende des Jahres räumen lassen.«

»Auch die Rue de Rivoli 59?«

»Das weiß ich nicht. Die Studie ist noch im Gang, aber mit an Wahrscheinlichkeit grenzender Sicherheit hätte er sich positiv dazu geäußert, das Zentrum wieder der öffentlichen Ordnung zuzuführen. Abgesehen davon leben dort zig Hausbesetzer ganz friedlich. Wie ich bereits erklärt habe, werden sie seit Jahren schon von den Behörden geduldet. Wie das Leoncavallo in Mailand auch.«

»Also stehen wir wieder am Anfang.«

»Sieht so aus.«

Der Anblick der illuminierten Kathedrale von Notre Dame löste in Radeschi etwas aus.

Die Pärchen, die am langen Fluss entlangschlenderten, die funkelnde Stadt der Liebe, der Zufall, sich im selben Ort zu befinden … Plötzlich hielt er es nicht mehr aus. Er holte sein Handy aus der Tasche und suchte per GPS Nadias Adresse. Es trennten sie nur 1,3 Kilometer. Da musste er nicht lange nachdenken.

Er setzte sich in Bewegung, während seine innere Stimme ihn ununterbrochen mahnte, dass ein Überraschungsbesuch bei einer Frau hochriskant und daher keine gute Idee sei.

Er scherte sich nicht darum. Er schaffte es einfach nicht, noch einen ganzen Tag zu warten, bis er sie sah. Er war hier, und er wollte sie jetzt. Auf der Stelle.

Zehn Minuten später stand er vor Nadias Haus.

Er blickte hinauf. Alle Fenster waren dunkel.

Schlief sie?

Radeschi zündete sich eine Zigarette an, um nachzudenken.

Vielleicht war sie ausgegangen, vielleicht aber lag sie auch mit einem anderen im Bett …

Sie hatte sich doch für den folgenden Tag mit ihm verabredet, was hieß, dass sie keine Zeit hatte. Also?

Er hatte sich bereits einmal in der unangenehmen Lage

befunden, seine Freundin in flagranti mit einem anderen zu erwischen, und die Erinnerung schmerzte ihn immer noch.

Das wollte er nicht noch einmal riskieren.

Also verfiel er auf den Kompromiss, sie anzurufen. Er würde ihr sagen, dass er vor ihrem Haus stand, dann hatte sie den schwarzen Peter.

Sie konnte ihn heraufbitten oder wegschicken, konnte ihren Geliebten aufs Fenstersims drängen oder ihn im Schrank verstecken …

Nadias Handy war ausgeschaltet. Er trat zur Klingelleiste und überflog die Namen der Bewohner. Der dritte von oben lautete Colletti-Roux.

»Wer zum Teufel ist Roux?«

Er hatte nicht den Mut zu klingeln.

»Das musste ja so kommen«, seufzte er.

Als er in sein Hotel kam, erfreute er sich nicht an der Aussicht auf die angestrahlte Oper, sondern dachte wieder an den Mailänder Bürgermeister, der mit Rocephin ermordet worden war. Ein Keil treibt den anderen.

Biondis Beerdigung sollte am folgenden Tag stattfinden, die Messe im Dom würde Kardinal Rovelli lesen.

Von allen Seiten würde man Trauerbekundungen hören, auch wenn ein gewisses allgemeines Aufatmen nicht zu überhören war. Vor allem in den Reihen der Mehrheitsparteien, wo man nicht mal Biondis Beerdigung abgewartet hatte, um Walter Graziani, der bislang stellvertretender Bürgermeister gewesen war, als Biondis Nachfolger zu bestimmen.

Eine SMS von Fuster, der gerade vom Abendspaziergang mit Buk zurückgekommen war, übermittelte ihm die letzten Neuigkeiten: Im Frühjahr würde es Neuwahlen geben; bis dahin traten weder die Maut noch die anderen Umweltmaßnahmen in Kraft.

Der Reporter seufzte erleichtert, wie wahrscheinlich halb Mailand: Der gelbe Blitz würde nicht in der Garage irgendeines Sammlers Staub ansetzen, zumindest nicht fürs Erste.

Select. Elvis Presley. Play. Can't Help Falling In Love

Fuster hielt die Digitalkamera schussbereit im Anschlag.

Milanonera war jetzt unter seiner Ägide, zumindest für einige Tage. Radeschi hatte ihm die Website vorübergehend und mit einer einzigen Direktive anvertraut: »Schreib keinen Mist.«

Das erste Foto seiner Reportage würde ein Sarg sein, der von mehreren Männern durch die Menge getragen wurde.

Unzählige Filmkameras, die Mienen aller Beteiligten der Situation angemessen: die des derzeitigen Ratspräsidenten versteinert, die der Parteikollegen betrübt, die der politischen Gegner betreten, die der Witwe untröstlich. Das Ganze wirkte wie eine Inszenierung. Grotesk.

»Deutsche Autos sind auch nicht mehr das, was sie mal waren«, bemerkte Fuster, an seinen Nebenmann gewandt.

Der sah ihn bestürzt an, nicht, weil er das Offensichtliche aussprach, sondern weil er die Bemerkung über die Panne des Leichenwagens grausam und zynisch fand. Der selbstverständlich schwarze Mercedes, der die Leiche des Bürgermeisters transportiert hatte, war mitten auf der Piazza Duomo liegengeblieben. Unter der Motorhaube quollen beunruhigende Rauchwolken hervor und stiegen gen Himmel. Tausende von Menschen auf dem Platz und vor dem Fernseher konnten das peinliche Schauspiel mit ansehen, wie der Sarg von einem Leichenwagen in den anderen umgeladen wurde.

Fuster nahm die Szene auf und schickte sie per MMS an Radeschi. Sein einziger Kommentar war Murphys Gesetz: »Was schiefgehen kann, geht schief.«

Sebastiani beobachtete das Ganze, ohne eine Miene zu verziehen. Nur die wild in seinem Mund rotierende Zigarre verriet, wie nervös er war. Chefinspektor Lonigro hingegen hatte erst laut gelacht und es dann vorgezogen, im warmen Wagen auf seinen Vorgesetzten zu warten.

»Diesen Ausdruck kenne ich«, bemerkte Sebastiani, als er auf dem Beifahrersitz Platz nahm. »Was passt dir nicht?«

»Fabrizio Durini.«

»Der Sekretär?«

»Genau. Wieso erscheint er nicht zur Beerdigung des Mannes, mit dem er neun Jahre zusammengearbeitet hat?«

»Meinst du, dem müsste man nachgehen?«

Lonigro zuckte die Achseln.

»Da wir aus den Autonomen nichts rausgekriegt haben und sie momentan nur für den Stromausfall einbuchten können, meine ich: Ja, der Spur sollte man nachgehen.«

»Hast du die Adresse?«

Der Chefinspektor nickte und ließ den Motor aufheulen.

Der Polizeiwagen überfuhr beinahe Fuster, der heftig mit den Armen wedelte, um eine Frau auf sich aufmerksam zu machen. Nicht um sie anzubaggern, wohlverstanden, sondern um einen von Radeschis Aufträgen auszuführen.

»Beerdigungen sind doch nicht nur dafür da, um den geliebten Verstorbenen unter die Erde zu bringen«, hatte er erklärt. »Was glaubst du denn? Es sind intensive Momente gemeinschaftlichen Erlebens, wo Allianzen gebildet, Entscheidungen getroffen und Köder ausgeworfen werden.«

Genau das war auch Fusters Mission: Er sollte seine Angel auswerfen. Und die junge Frau, mit der er sich treffen wollte, sollte als Köder dienen. Mit ihrer Zustimmung, denn sie war von Beruf Callgirl und außerdem eine Freundin von Fusters Mentor. Ihr Künstlername: Melissa.

Radeschi hatte sie eines Nachmittags im November in Lambrate kennengelernt, über Sciamanna. Dieser Erstkontakt war sehr schnell in der Zeitung gelandet, denn als Journalist hatte Radeschi ihr Gespräch in ein Interview verwandelt, das am Samstag darauf im *Corriere* erschien. Mit dem Ergebnis, dass sich die Auflage verdoppelte. Von da an rief Calzolari bei jeder Nachrichtenflaute Radeschi an und forderte ihn auf, mit Hilfe seiner käuflichen Freundin einen reißerischen Artikel über die Welt der Prostitution zu entwerfen. In den vergangenen zwei Jahren hatte er bereits acht solcher Hintergrundreportagen verfasst, und jedes dieser Interviews hatte genauso viel gekostet wie die Dienstleistung, die Melissa üblicherweise anbot. Freundschaftspreise oder Nachlässe gab es bei ihr nicht. Sie hatte es auch nicht nötig, weil sie umwerfend aussah.

Enrico hatte sich aber als braver Sohn einer anständigen Frau wohl gehütet, Fuster darüber zu informieren, als er ihn beauftragte, Melissa wegen einer kleinen Privatermittlung zu kontaktieren.

»Nur Professionelle kriegen schneller ein Geständnis aus dir heraus als Richter«, hatte er lediglich gesagt. »Wenn ein Mann seine Unterhose ablegt, ist auch seine Seele entblößt.

Er verliert jegliche Zurückhaltung und erzählt dir alles. Ganz besonders, wenn du es ihm zu entlocken weißt.«

»Wer ist der Hengst?«, fragte Melissa zur Begrüßung. Einleitende Floskeln waren überflüssig.

Fuster zeigte ihr den Betreffenden in der Gruppe der angetretenen Politiker.

»Nur gegen Vorkasse.«

Der Jüngling gab ihr hundert Euro.

Die Frau schüttelte den Kopf.

Diego legte einen zweiten Hunderteuroschein nach.

Da nickte sie, ohne die Miene zu verziehen, steckte das Geld in ihr schwarzes Ledertäschchen und steuerte mit aufreizendem Hüftschwung auf das nichtsahnende Opferlamm zu.

Fuster wollte sich nicht das subtile Vergnügen nehmen lassen, die Transaktion auf seine Weise zu kommentieren, auch wenn die Frau ihn nicht mehr hören konnte.

»Mit dem Euro haben sich alle Preise verdoppelt.«

NEUNTES KAPITEL
Dans les passages il y a Paris

Select. Paolo Conte. Play. Parigi

Montmartre ist eine Sonnenterrasse, die nur dafür gebaut wurde, das Panorama der Hauptstadt zu genießen, die sich vor einem erstreckt, während man bequem in einem Café auf der Place du Tertre zwischen den Staffeleien der Maler und den runden Tischchen der Brasserien sitzt.

Das menschliche Genie hat auf der Hügelkuppe eine imposante, blendend weiße Kirche errichtet, die fast magnetisch zu einem Fußmarsch verlockt. Wenn man sie allerdings erst einmal erreicht hat, kann man auf eine Besichtigung ohne weiteres verzichten, ohne etwas verpasst zu haben. Stattdessen überkommt einen plötzlich das unangenehme Gefühl, sich mitten in einem modernen Konzentrationslager für willige Touristen zu befinden.

Dieser Gedanke kam Radeschi bei einem Bier namens 1664, während er die prickelnde Luft von Paris einatmete. Sie war so kalt wie die Flasche, die er in Händen hielt.

An diesem Morgen hatte er beschlossen, den Touristen zu spielen; die Ermittlungen konnten warten. Mit Petrini wollte er sich erst am frühen Nachmittag in seinem Büro an der Place de l'Odéon treffen.

Seine touristischen Ambitionen hatten sich ohne Vorwarnung beim *petit déjeuner* bemerkbar gemacht. Es war nicht leicht gewesen, den endlosen Wettstreit zwischen Croissant und Pain au Chocolat, seinem ärgsten Konkurrenten, zu entscheiden. Letzteres mag plebejischer sein, hat aber wahrscheinlich mehr Geschmack. Radeschi machte sich an einen direkten Vergleich und tauchte beide nacheinander, doch ohne zu einem Ergebnis zu kommen, in seine Tasse Café au lait. Diesen als Cappuccino zu bezeichnen, wie der Kellner es sich erdreistet hatte, wäre reine Ketzerei gewesen. Und genau an diesem Punkt öffnete sich die Büchse der Pandora. Einen Tag ohne Kaffee zu beginnen, oder besser: ohne einen richtigen, echten, schwarzen und heißen Kaffee, war für Radeschi unmöglich.

Der Portier des Hotels, ein Spanier mit listigem Lächeln, empfahl ihm die kleine Bar eines Römers in der Nähe, der Espresso wie in Italien machte. Sie befand sich in einer der *passages,* schmalen, langgezogenen Einkaufspassagen im quirligen Zentrum von Paris, in denen die Schaufenster zahlloser Geschäfte, Restaurants, Trödler und Läden aller Art glitzerten.

Beim Tässchen Espresso war Radeschi die Idee gekommen, sich ein wenig Zeit für eine Stadtbesichtigung zu nehmen.

»Dans les passages il y a Paris«, sagte er. Dies war die Inschrift eines Messingschilds am Eingang der Passage. Dahinter befand sich eine verborgene Welt im Herzen der Stadt, die gegenüber vom Hard Rock Café, dem Sinnbild der Globalisierung, endete.

Gestärkt durch seinen Espresso, ließ Radeschi sich im Strom der Passanten treiben und bummelte ohne festes Ziel umher. So kam er zur strengen, anonymen Fassade des *Figaro* und ging dann langsam den breiten Bürgersteig des

Boulevard Haussmann bis zum riesigen Poster einer Frau in Bikini hinunter, das auf der Fassade der Galeries Lafayette prangte. Dort hatte er nur noch ein Ziel: die strahlend weiße Kirche, die auf ihn herabblickte. Ein Spaziergang von einer Dreiviertelstunde, nur für den unvergleichlichen Blick auf die Stadt und ein mittelmäßiges französisches Bier.

Die Idylle des Augenblicks wurde wie üblich von Alan Sorrenti gestört.

»Wenn du dich noch mal hier blicken lässt, mach ich dich einen Kopf kürzer! Das kannst du auch in deiner Zeitung schreiben! Ach ja, und dein Geld kannst du vergessen, du Arschloch!«

Der Verleger hatte sich klar und deutlich ausgedrückt. Offenbar hatte der Auftritt bei Guglielmis Lesung Radeschis Schicksal als Verlagsberater besiegelt. Er hatte gerade eine seiner fragwürdigen Stellen verloren, machte sich aber keine Sorgen. In diesem Moment interessierte ihn nur die Erkundung von Paris.

Ohne Karte, aber mit dem GPS seines angeschalteten Handys, das er wie eine Wünschelrute vor sich hielt, hatte Radeschi alles, was er brauchte, um seinen ganz persönlichen Stadtrundgang zu starten. Die erste Etappe war weder der Eiffelturm noch die Kathedrale von Notre Dame.

Stattdessen entschied sich Enrico, vielleicht im Gedenken daran, was gerade unter der Madonnina stattfand, für einen Spaziergang auf dem Friedhof Père Lachaise, den er kannte, ohne je da gewesen zu sein. Denn er hatte ihn sich bereits unzählige Male im Internet angesehen. Gewiss, es war verrückt, virtuell einen Friedhof zu besuchen, aber er hatte es getan. Wahrscheinlich hatte auch das irgendwas mit dem Gesetz der kleinen Zahlen zu tun.

Er blieb nur kurz. Gerade mal lange genug, um sich mit einem jungen Italiener auf Jim Morrisons Grab ein Pfeifchen und ein Bier namens Peroni zu teilen und dem einzigen Dandy unter den Schriftstellern die Ehre zu erweisen, der in einem monumentalen Grabmal in ewigem Frieden ruhte.

Von dort aus fuhr er mit der Métro bis zur Haltestelle Châtelet. Verrauchte Cafés, Fastfoodrestaurants und die Röhren des Centre Pompidou, die hinter den Häusern hervorlugten. An der Place de l'Hôtel de Ville konnte er nicht widerstehen, genau vor der berühmten Straßenlaterne, die durch den fingierten Kuss von Robert Doisneau unsterblich geworden war, ein Foto zu machen. Von dort aus wandte er sich zur Seine. Er überquerte die Brücke und schlenderte dann über die Île de la Cité. Überall Touristen, aber auch viele Pariser, die in ihre eigene Stadt, in Frankreich und seine Grandeur verliebt waren – und, genau wie Radeschi, in ihre Hunde, die auf die Bürgersteige machen durften, ohne dass die Hinterlassenschaften entfernt wurden.

Sein Spaziergang führte ihn ans andere Ufer der Seine, bis er schließlich zum endlos langen Boulevard Saint-Germain gelangte. Nach einem guten Stück Weges landete er auf einem quadratischen, von Bäumen umgebenen Platz mit einem Brunnen in der Mitte, der von der berühmten Kirche Saint-Sulpice abgeschlossen wurde. Dank des *Da Vinci Codes* startete gerade eine Führung, bei der den Pilgern gezeigt werden sollte, wo genau der Albinomönch den Schlussstein gesucht hatte.

Da die Zeit drängte und er Hunger verspürte, suchte Radeschi in der Nähe ein Lokal, um Mittag zu essen. Dabei mied er so weit wie möglich die *resto pour les touristes*.

Er hatte Glück und fand ein Lokal mit riesigen Spiegeln

und hohen, stuckverzierten Decken. Ein Ambiente aus dem *début du siècle*. Es hieß »Maison de l'entrecôte«, und der Name war Programm. Es gab nur ein Gericht, und zwar Steak. Der Gast durfte lediglich entscheiden, wie er es zubereitet haben wollte. Radeschi gefiel diese Beschneidung seiner gastronomischen Freiheit.

Nach drei *Entrecôte saignante* zu einer halben Flasche Bordeaux und einer üppigen *Crème brulée* machte er sich schließlich auf den Weg zu Petrinis Büro.

Obwohl es bereits vier Uhr nachmittags war, schien der Korrespondent seine Verspätung mit Gleichmut hinzunehmen. Er verzehrte gerade ein kleines nachmittägliches *gouté:* ein kilometerlanges Baguette mit *foie gras, saucisson en croûte, flan de courgettes, truffade* und einem durchdringend stinkenden *Bleu d'Auvergne*. Dazu – man gönnt sich ja sonst nichts – eine Flasche roten Jahrgangswein von einem *Vigneron de Beaune*.

»Wer soll den hinwegraffen, wenn nicht eine Verdauungsstörung«, fragte sich Radeschi.

Vom Fenster aus hatte man einen prächtigen Ausblick auf den Jardin du Luxembourg.

»Du führst aber auch ein Hundeleben«, spottete Radeschi.

»Was soll ich sagen«, erwiderte Petrini und bestrich das Baguette mit dem Blauschimmelkäse. »Man tut, was man kann.«

Als er in sein Brot biss, klingelte das Telefon.

»Die Arbeit ruft«, sagte er mampfend und wischte sich den Mund mit einer karierten Riesenserviette ab. »Das ist Calzolari, wegen der Telefonkonferenz. Der ruft schon den ganzen Tag an ...«

Radeschi setzte sich und schenkte sich ein Glas Wein ein.

»Ist die Katze aus dem Haus«, hätte Fuster jetzt gesagt,

aber Enrico schimpfte sich schon für den bloßen Gedanken einen Idioten.

Calzolaris durchdringende Stimme dröhnte durch den Lautsprecher.

»Langsam tut es mir leid, dass ich dich nach Paris geschickt habe, Enrico. Ich könnte dich jetzt gut hier gebrauchen, während du auf unsere Kosten den Touristen spielst ...«

»Wieso, was ist passiert?«

»Biondis Sekretär ist soeben erhängt in seiner Wohnung gefunden worden.«

Petrini stieß einen Pfiff aus. Calzolari lieferte weitere Informationen über den Vorfall.

»Selbstmord oder Mord?«, unterbrach ihn Radeschi.

»Genau deswegen brauche ich dich ja hier: Das ist noch die Frage!«

Enrico hörte ihm schon nicht mehr zu, sondern gab eine Nummer in sein Handy ein.

»Du kannst mir gratulieren, ich weiß schon alles«, sagte er ohne jegliches Vorgeplänkel.

Calzolari schwadronierte weiter.

»Was denn alles, Enrico?«

»Biondis Sekretär.«

»Nein, was hat er denn gemacht?«

»Er hat sich seinen Hosengürtel um den Hals gelegt und sich am Kronleuchter seiner Wohnung aufgehängt.«

»Eine Sache, in die man Licht bringen müsste ...«

»Diego!«

»Tut mir leid.«

»Wieso weißt du noch nichts davon?«

»Was soll ich sagen? Sprich nie vom Strick im Hause des Gehenkten?«

»Du willst es ausnutzen, dass ich auf dich angewiesen bin, wie? Dann hör mir jetzt mal zu: Ruf Sebastiani an, und versuch, so viel wie möglich herauszubekommen. Wenn er nicht drangeht, belagere die Questura, bombardiere ihn mit Anrufen. Geh ihm auf die Eier, bis er dich anhört. Klar?«

»Glasklar.«

»Gut. Mit Melissa war alles okay?«

»Ich hab ihr den Hengst gezeigt, wie sie es nannte. Aber sie hat sich noch nicht gemeldet.«

»Du wirst sehen, das kommt schon noch.«

»Hoffen wir's. Wie heißt es so schön? Aus den Augen, aus dem ...«

Radeschi beendete das Gespräch, bevor Fuster ausreden konnte.

»Probleme mit deinem Assistenten?«, fragte Petrini, der sich ein weiteres Baguette mit Butter bestrich.

»Das Übliche. Aber jetzt muss ich gehen, Erminio.«

»Wohin denn?«

»Ich glaube, jetzt ist der Zeitpunkt gekommen, unsere Freunde, die Hausbesetzer, zu besuchen.«

Select. Negrita. Play. Sex

Das *Shakespeare & Co.* ist eine Buchhandlung, die in der Weltliteratur Geschichte gemacht hat, und dies völlig zu Recht. Sie befindet sich im Quartier Latin an der Seine, und in ihren Schaufenstern spiegeln sich die Fialen von Notre Dame. Allein der Besuch in diesem Heiligtum ist für einen aufstrebenden Schriftsteller die Reise wert. Aber wenn man eintritt, muss man aufpassen, was man anfasst, damit man nicht die Krätze bekommt. Mitten im Laden steht ein Metallbett, in dem der Legende nach Hemingway geschlafen hat. Wahrscheinlich war das Bett damals ebenso neu wie die Bettwäsche.

Als Radeschi seine Pilgerfahrt dorthin unternahm, waren alle Regale und Bücher mit Staub bedeckt, was den Besucher in die dekadente Atmosphäre der *Bohème* versetzte. Im schrillen Kontrast dazu drängten sich überall Touristen mit Digitalkameras um den Hals, iPods in den Ohren und sandalenbewehrten schwarzen Füßen.

Enrico war direkt vom Büro des *Corriere*-Korrespondenten in dieses phantastische Reich der Literatur gegangen und hatte nicht widerstehen können: Nach einer guten halben Stunde verließ er es wieder mit einem fast neuen Exemplar von Hemingways *Fiesta*. Draußen erwartete ihn eine Überraschung: Auf dem Bürgersteig vor dem Laden parkte eine Vespa Special. Perfekt, genau wie sein gelber Blitz, bis auf die Farbe. Diese hier war nachtblau.

Radeschi lächelte. Erfüllt von jenem Gefühl eines Durchschnittsitalieners im Ausland, der sich freut, wenn er Spuren seines eigenen alltäglichen Lebens noch Tausende Kilometer fern von der Heimat entdeckt.

Er drehte sich eine Zigarette und schlenderte langsam über den Pont Neuf.

Die Rue de Rivoli 59 lag nur zehn Minuten Fußmarsch entfernt.

Von innen sah *Chez Robert, électron libre* genauso aus wie alle besetzten autonomen Zentren, die Radeschi im Laufe der letzten Jahre in Mailand oder anderen italienischen Städten besucht hatte. Junge, entspannte Menschen, Bier, Zigaretten, ein allgegenwärtiger leichter Geruch von Marihuana,

Wandgemälde, zerschlissene Sofas, Poster von Che, Fidel und Zapata, Spontisprüche, dröhnende Bongos ...

Einzigartig waren hier nur die zehn bis zwanzig Gemälde auf den Staffeleien und die Skulpturen aus Marmor oder alltäglicheren Materialien, die in drei großen, der Öffentlichkeit zugänglichen Räumen ausgestellt wurden. Aber wie Petrini erzählt hatte, waren Besichtigungen vorübergehend untersagt; Radeschi selbst war eingelassen worden, weil er angab, einen Freund zu suchen. Es war nicht besonders schwer gewesen. Sie befanden sich nicht auf dem Corso Como in Mailand; hier gab es keine Kontrollen am Eingang.

In einem großen Raum entdeckte er eine Art Bar. Er bestellte ein Kronenburg zum symbolischen Preis von einem Euro und ließ sich an einem der drei runden Tischchen nieder, die jeweils von drei nicht zusammenpassenden Stühlen umgeben waren. Mehr Möbel gab es nicht. Er wusste weder, was er suchte, noch, wie er sich verhalten sollte. Wenn er angefangen hätte, sich umzuhören wie ein neugieriger Journalist, dann hätte man ihn sicher gleich wieder mit einem Fußtritt nach draußen befördert.

Aus dieser Verlegenheit befreite ihn ein irre wirkendes Mädchen mit roter Zöpfchenfrisur und Sommersprossen, in Jeans, deren Taille viel zu tief nach unten gerutscht war.

Das Mädchen setzte sich lächelnd zu ihm und stellte einen Schuhkarton auf den Tisch.

Radeschi hob eine Augenbraue. Sie lächelte und öffnete den Karton. Darin befanden sich weder Espadrilles noch Doc Martins, sondern *biscuits magiques*. Er erkannte sie am unverwechselbaren Geruch.

Die Rothaarige nahm sich einen und war nur zu gerne bereit, ihren Schatz mit jemandem zu teilen. Radeschi sagte nicht nein. Das Mädchen hieß Cristine und konnte nicht einen Moment still bleiben. Sie fragte ihn, woher er komme und was er hier mache. Er behauptete, im Urlaub zu sein.

»Spanier?«

»Italiener.«

»Dein Akzent ist *très charmant*.«

Enrico versuchte, die Steigerung seines Ansehens dahingehend zu nutzen, sie über die Hausdurchsuchung ein paar Tage zuvor auszuquetschen, aber sie bremste ihn sofort.

»Was interessierst du dich denn für die *keufs*? Bist du etwa auch ein Bulle?«

»Sehe ich so aus?«

»Also bist du von der Presse. *N'est-ce pas?*«

»Ist das so offensichtlich?«

Cristine lächelte. Dann, nach dem vierten Keks, hielt sie den Augenblick wohl für günstig, ihr eigenes Anliegen vorzubringen.

Radeschi konnte dazu nur ungläubig herumstammeln. Dann wiederholte er wie ein Papagei: »*Une pipe?*«

»*Oui*. Wie sagt ihr in Italien dazu? *Una sega?* Ich habe trockene Hände. *Le sperme, c'est magnifique pour la peau.*«

Die Rothaarige war eindeutig in Europa herumgekommen, wenn sie sogar den italienischen Terminus technicus für diese Spezialität kannte. Bevor er protestieren konnte – oder wollte –, zerrte sie ihn bereits die Treppe hinunter in einen dunklen, der Öffentlichkeit nicht zugänglichen Flur im Souterrain des großen Hauses.

Sie zog ihm den Reißverschluss auf und machte sich mit erstaunlicher Nonchalance ans Werk. Null Leidenschaft, nur Technik und Einsatz des Handgelenks. Dabei erzählte sie ihm von Paris, was man alles Tolles in der Stadt machen könne und wie außerordentlich das künstlerische Experiment der Rue de Rivoli 59 sei.

Radeschi war zwar von den Keksen ziemlich benommen und auch abgelenkt von der angenehmen Wärme, die sich langsam in seinem Unterleib ausbreitete, doch bemerkte er, dass sich vor ihren Füßen eine Falltür im Boden auftat. Eine untersetzte menschliche Gestalt schlich heraus, ohne sie wahrzunehmen. Denn sie standen in einer dunklen Nische an der Wand des Korridors.

»Was ist da unten?«

»*La chambre secrète,* aber das muss dich jetzt nicht interessieren. Oohh, da ist es ja, schön.«

Es hatte nicht viel gebraucht. Cristine fing an, sich die Hände einzureiben, als wäre es Nivea.

»Ein Geheimzimmer?«, fragte er und zog sich den Reißverschluss wieder zu. Sein Ton war fast professionell.

»*Oui,* aber sag's *personne!* Keiner weiß so genau, was da unten gemacht wird.«

Da wurde er von seiner Neugier überwältigt.

»Warte hier«, sagte er zu dem Mädchen.

Cristine zuckte die Achseln und rieb sich weiter die Hände ein. Radeschi hob die Falltür und stieg in die Tiefe. Er wollte Ali Babas Höhle inspizieren. Während er hinabkletterte, dachte er nicht an das Risiko, sondern ihn quälte eine Frage: Hatten die Flics dieses Loch schon entdeckt?

Select. Eric Clapton. Play. Running on faith

Ein winziges, aber perfekt klimatisiertes und schallgedämpftes Zimmer. Voller Computer und elektronischer Apparate.

Ein wahres Paradies für Nerds. Das entdeckte Radeschi nach einer Reihe von Stufen.

Acht Computer, Flachbildschirme, Scanner; das gesamte Equipment auf dem allerneuesten Stand.

Während der Hausdurchsuchung hatte die Polizei in einem der oberen Stockwerke zwei Computer sichergestellt, von denen wahrscheinlich die normalen E-Mails abgeschickt worden waren. Aber Enrico hätte wetten mögen, dass die verschlüsselte mit dem detaillierten Plan des Park Hyatt von dieser *War Games*-Höhle abgesandt worden war. Seine Aufmerksamkeit richtete sich auf einen HP-Scanner der letzten Generation, mit dem man ohne weiteres den Plan des Hotels hätte reproduzieren können. Es war ein kostspieliges Gerät, das sich ein Normalsterblicher für den Privatgebrauch kaum leisten konnte. In diesem Informatiknest wurde wahrscheinlich einiges umgesetzt.

Dieser Gedanke drängte ihn zur Eile. Er machte einige Fotos mit seinem Handy, bis er Geräusche im Korridor wahrnahm. Daraufhin steckte er das Handy weg und trat den Rückzug an. Doch wie es beste Kinotradition ist, sah er sich, als er die Falltür hob, Auge in Auge mit dem Zwerg, der zwei Minuten zuvor daraus aufgetaucht war. In den Händen hielt er eine Flasche Bier und ein belegtes Baguette. Und er sah wütend aus.

Radeschi dachte nicht lange nach, sondern versetzte ihm einen Stoß und verschwand in gestrecktem Galopp.

Von der Rothaarigen keine Spur.

Auf der Straße rannte er weiter. Hinter sich hörte er Schreie und Fußgetrappel von zwei Verfolgern. Er bog nach rechts ab und lief am Louvre vorbei. Niemand kümmerte sich um ihn oder die, die ihm nachliefen. Der Kleine wurde von einem ellenlangen Kerl mit schulterlangen Haaren und Tarnhemd unterstützt, in dem er sich wohl einen abfror.

Ein Grüppchen Japaner fotografierte vergnügt die Verfolgungsjagd.

Radeschi hetzte weiter über den Pont des Arts, eine Fußgängerbrücke aus Holz, wo er nur unter starkem Einsatz seiner Ellenbogen durch eine Schar Jugendlicher kam, die sich trotz der Eiseskälte hier versammelt hatten. Sie machten Musik, aßen Baguettes mit Paté und tranken Glühwein, während unter ihnen friedlich *bateaux mouches* voller Touristen dahinglitten.

Während der acht Sekunden, die der Journalist für die Hetzjagd über die Brücke brauchte, fuhr zu seinem Pech ein Kahn voller Italiener vorbei, die auf den üblichen Gruß verzichteten und stattdessen aus voller Kehle brüllten: »Italia Unoooooo!«

Obwohl Enrico mit Sorge bemerkte, dass seine beiden Verfolger näher kamen, gelang es ihm doch, mit dem zynischen, moralisch nicht einwandfreien Wunsch dagegenzuhalten, ihr Kahn möge untergehen.

Sein Herz hämmerte wie verrückt; hätte er seinen Lauf verlangsamt, wäre er zu Tode erschöpft zusammengebrochen. Aber es war die Trägheit der Masse, die ihn fortriss; seine Batterien waren längst leer. Er rempelte Touristen und *bouquinistes* an, aber niemand schritt ein, um ihm zu helfen. Die Hausbesetzer waren unermüdlich wie kenianische Mittelstreckenläufer und gewannen immer mehr Terrain.

Als Radeschi am Ende des Fußgängerwegs angekommen war, beschloss er, alles auf eine Karte zu setzen, und überquerte die Place Saint-Germain, ohne einen Blick auf den chaotischen Verkehr zu werfen. Sofort ertönten von allen Seiten Hupen und Flüche.

Seine überraschten Verfolger sahen sich gezwungen, an der Ampel auf Grün zu warten.

Damit hatte Enrico etwa zwanzig Sekunden gewonnen. Die musste er jetzt klug einsetzen. Er dachte nach.

Ins Quartier Latin zu rennen, das er ein paar Stunden zuvor gründlich erkundet hatte, wäre keine gute Idee gewesen, daher wählte er die Straße unmittelbar hinter dem Fluss. Kurz darauf befand er sich erneut vor *Shakespeare & Co.* Mit brennenden Lungen und pochenden Schläfen überkam ihn die Erleuchtung: Die nachtblaue Vespa stand noch dort, und, was noch wichtiger war, der Besitzer hatte sich gerade daraufgesetzt und den Zündschlüssel ins Schloss gesteckt.

Radeschi wagte nicht, ihn um Hilfe zu bitten, ihm den Ernst der Lage zu erklären. Es hätte ohnehin nichts genutzt. Sein Überlebensinstinkt überwog. Er entschied sich für einen Kopfstoß à la Zidane, mitten ins Gesicht. Ein unglaublicher Schlag auch für ihn. Der Unglücksrabe sackte mit gebrochener Nase zu Boden.

Mascaranti wäre stolz auf ihn gewesen. Allein die Vorstellung ließ ihn frösteln.

»Sorry, mein Freund«, wagte er gerade noch zu rufen, dann gab er Gas.

Seine Verfolger verpassten ihn um Haaresbreite.

Vor lauter Erschöpfung gingen sie fast in die Knie und hielten sich keuchend die Seiten.

Radeschi verabschiedete sich mit einem elegant in die Höhe gereckten Mittelfinger.

Die Parisrundfahrt auf dem Sitz der Vespa war besser, als er je erwartet hätte. Er fuhr die Seine bis zum Musée d'Orsay entlang, überquerte die Place de la Concorde und kam zu den Champs Élysées. Eisiger Fahrtwind am Kopf und den Arc de Triomphe vor Augen. Ein Bauwerk, das er bis dahin nur im Fernsehen bei der Schlussetappe der Tour de France gesehen hatte.

Die Stadtrundfahrt dauerte eine gute Stunde. Am Ende hielt der Reporter halb erfroren am Pigalle. Er schaltete den Motor aus und stieg ab, ließ den Zündschlüssel jedoch absichtlich stecken.

Er ließ sich einen Moment ablenken und tat so, als interessiere er sich für die Angebote eines der vielen Marktschreier, die hemmungsloses Vergnügen in einem ihrer Lokale versprachen.

Als er sich wieder umdrehte, war die Vespa verschwunden. Wie vorhergesehen. Er wollte doch nicht wegen Diebstahls eingebuchtet werden. Ärger hatte er schon genug.

Erst in diesem Moment überkam ihn das Gefühl, entkommen zu sein. Er entspannte sich, ging die Rue des Martyrs hinab und zückte sein Handy. Dann schickte er die Fotos vom Geheimzimmer per Mail an Fuster, um sie in Sicherheit zu bringen.

Plötzlich kam ihm ein böser Gedanke.

Er genehmigte sich eine Selbstgedrehte, um Pro und Contra der Idee abzuwägen, und schickte dann die Fotos, nach einem weiteren kurzen Zögern, auch an Vrinks. Mit kurzem, spöttischem Kommentar: »Ich gehe davon aus, dass ihr dieses Zimmer bei der Durchsuchung der Rue de Rivoli 59 ebenfalls entdeckt habt. Oder?«

Select. Louise Attaque. Play. Toute cette histoire

Radeschi saß auf der Terrasse eines Cafés auf dem Boulevard des Italiens und beobachtete die Passanten. Vor allem die Frauen. Die Touristen. Der Benetton-Megastore ragte auf die Place de l'Opéra. Angesichts dieser Kaufrausch-Szene fühlte er sich wie zu Hause, auf dem Corso Buenos Aires in Mailand. Nach seiner abenteuerlichen Flucht hatte er Alkohol in seine Blutbahn geben müssen, um die Angst zu vertreiben, die ihm immer noch auf den Magen schlug. Bei dem Versuch, sich den örtlichen Gegebenheiten anzupassen, hatte er viermal hintereinander den Marseiller Pastis *51* bestellt.

Allerdings trank er ihn unklugerweise praktisch unverdünnt, fast ohne Wasser, was dazu führte, dass er sich schwankend erhob und Starbucks ansteuerte.

Er wollte dort keinen Kaffee trinken. Von einem Starbucks-Gebräu war genauso abzuraten wie von der französischen Brühe. Ihm ging es um etwas anderes: kostenlosen Internetzugang.

Er bestellte ein Gesöff mit Sahne und Zimt, das zufälligerweise auch Koffein enthalten mochte. Dann setzte er sich an einen ruhigen Tisch, holte die Tastatur hervor und ging über sein Handy ins Netz. Als Erstes überflog er die Nachrichten des *Corriere*. In Mailand überschlugen sich die Ereignisse. Zwei ermordete Bürgermeister und dazu der rätselhafte Selbstmord von Biondis Sekretär. Das war zweifellos ein saftiger Happen.

Als Nächstes ein Blick auf *Milanonera:* Fuster schlug sich tapfer. Fotos von Biondis Beerdigung, präzise Berichterstattung, viele Kommentare von Besuchern.

Schließlich widmete er sich seinen persönlichen E-Mails.

Bis auf eine Mail seines Assistenten war nichts Interessantes dabei, nur zig Spams, die für Cialis und Viagra warben. Fusters E-Mail hingegen enthielt einen ellenlangen Bericht über die Lage in Mailand.

Da es ihm zu langweilig und auch zu unergiebig war, diese Epistel zu lesen, beschloss er, sich bei Skype einzuloggen und übers Internet zu telefonieren. In einer Anwandlung von Wortwitz hatte er sich für den Skypenamen *Radetzky* entschieden, nach dem österreichischen General. Jetzt hatte er Glück: Fuster war online. Er rief ihn zu einer Telefonkonferenz an: Ein Plausch von Angesicht zu Angesicht wäre wesentlich nützlicher als hundert Berichte.

Als das Bild erschien, sah er sein eigenes Wohnzimmer vor sich. Diego hatte sein Lager mit Sack und Pack bei ihm aufgeschlagen. Aber Radeschi regte sich nicht auf. Sein Assistent nahm seine Anweisungen sehr genau. Einer seiner Freunde bei der Polizei hätte das Pflichtbewusstsein genannt.

Wie üblich verlor er keine Zeit mit Begrüßung und Einleitungsfloskeln.

»Zeig mir Buk«, befahl er.

Der Jüngling beeilte sich, die Webcam auf den Hund zu richten, der diese ausgiebig abschleckte. Nachdem er sie geduldig mit dem Taschentuch abgewischt hatte, konnte die Unterhaltung wieder aufgenommen werden.

»Was ist mit dem Ficus?«

»Den hab ich gewässert. Willst du den auch sehen?«, spöttelte Fuster.

»Nein, ich vertraue dir. Jetzt erzähl mir die Neuigkeiten.«

»Wieso, hast du meine E-Mail nicht bekommen?«

»Hab ich dir nicht gesagt, du sollst mir nicht widersprechen?«

»Schon gut. Quantico hat die Autopsie von Deveuzes Leiche abgeschlossen.«
»Und?«
»Tod durch Ersticken.«
»Also kein Stromschlag durch den Föhn?«
»Doch. Ich erklär's dir, genau wie Quantico es mir erklärt hat. Wie du weißt, tritt bei einem Stromschlag eine Muskellähmung im Körper ein, so dass man den Gegenstand, der den Schlag austeilt, nicht loslassen kann. Nach einigen Sekunden stirbt man dann entweder an Herzversagen oder erstickt wegen Muskellähmung des Atemapparats.«
»Schrecklich.«
»Und sehr schmerzhaft, wie ich gehört hab.«
»Da findet wohl eine Verbrüderung zwischen den Assistenten statt.«
»Einigkeit macht stark.«
»Okay, verstanden.«
»Also, ein Bürgermeister-Serienmörder?«
Ein Gemeinplatz nach dem anderen. Radeschi beschloss mitzuhalten.
»Koinzidenzen geschehen niemals zufällig, Diego. Auch wenn ich noch Zweifel habe: Wenn Biondi nicht am Abend zuvor getötet worden wäre, hätten wir Deveuzes Tod vielleicht als Unfall betrachtet?«
»Willst du damit sagen, dass man die beiden Ereignisse auch getrennt voneinander betrachten könnte?«
»Der Gedanke ist mir gekommen; aber ich habe nicht genügend Beweise.«
»Also?«
»Also gehen wir anderen Spuren nach. Von Melissa was Neues?«

»Nein. Sie hat noch nicht von sich hören lassen.«

»Dann warten wir. Was kannst du mir denn über den erhängten Sekretär sagen?«

»So gut wie nichts. Nach dem, was man so hört, weisen alle Indizien auf einen echten Selbstmord hin. Aber endgültig wissen wir das erst nach der Autopsie.«

»Hast du noch Fragen an mich?«

»Was soll ich mit den Fotos machen, die du mir geschickt hast?«

»Mach davon Kopien, und halte sie für Sebastiani bereit. Sollte mir etwas Unerfreuliches zustoßen ...«

Select. Klassik. Giacomo Puccini. Play. Turandot

Mascaranti betrat kriegerisch das Büro.

»Vielleicht haben wir's geschafft!«, verkündete er, ohne seinem Vorgesetzten die Gelegenheit zu geben, gegen sein Eindringen zu protestieren.

Sebastiani bedeutete ihm mit seiner Zigarre, fortzufahren.

»Wie Sie von mir verlangten, habe ich alle Rocephin-Rezepte des letzten Monats überprüft. Es waren über zweihundert. Allein an die fünfzig in der letzten Woche.«

»Das scheint mir aber keine gute Nachricht zu sein ...«

»Das ist ja auch nicht alles. Lonigro, unser Informatik-Großmeister zweiter Klasse, hat mir mit dem PC geholfen. Um den Kreis der Verdächtigen einzugrenzen, haben wir die Namen aller Rezeptinhaber mit denen der Premierenbesucher verglichen. Raten Sie mal, was dabei herausgekommen ist!«

»Mascaranti! Spuck's aus!«

»Es sind zwei Personen übrig geblieben: ein Mann und eine Frau.«

»Genau das wollte ich hören«, sagte Sebastiani und stand auf, um seinen Mantel zu holen.

Der Zivilwagen hielt vor dem Haus in der Via Santa Sofia 33, in der Nähe des Bukowski-Pubs. Im gleichen Gebäude hatte ein berühmter Mailänder Maler sein Atelier.

»Bist du sicher, dass wir hier richtig sind?«

Mascaranti nickte.

»Vincenzo Magni. Die Adresse stimmt. Dritter Stock.«

Der Ispettore verließ den Wagen und klingelte. Ohne Ergebnis.

»Vielleicht ist er arbeiten?«

Noch bevor Sebastiani antworten konnte, steckte eine höchstens einen Meter fünfzig große, dickliche Concierge ihren Kopf durch die schwere Haustür aus Holz und schwang einen Besen wie eine Waffe.

»Wen suchen Sie?«, fragte sie.

»Vincenzo Magni. Der wohnt doch hier, oder?«

»Ja, im dritten Stock. Aber Sie können nicht zu ihm, er ist im Krankenhaus.«

»Tatsächlich?«

Der Anblick von Mascarantis makelloser Uniform löste der Concierge die Zunge.

»Ja, der arme Mann.« Es gelang ihr sogar, eine betrübte Miene aufzusetzen. »Letzten Donnerstag wurde er mit dem Krankenwagen abgeholt.«

Sebastiani fing an, auf seiner Zigarre zu kauen.

»Donnerstag, das war der sechste Dezember. Der Tag vor dem Stromausfall. Sind Sie sicher?«

»Ja, ich weiß es noch genau, weil er wie ein Besessener

brüllte. Soweit ich weiß, hatte er Schmerzen im Unterleib, die ihn fast in den Wahnsinn getrieben haben. Man hat ihn in die Poliklinik gebracht. Ich glaube, er ist immer noch dort.«

In der Klinik wurde die Aussage der Concierge bestätigt.

»Magni steht unter Beobachtung«, bekundete ein großer Arzt mit Krauskopf. »Er hatte eine urogenitale Infektion; morgen wird er entlassen.«

»Verzeihen Sie, Dottore, ich hätte noch eine Frage: Vor seiner Einlieferung hat der Patient Rocephin verschrieben bekommen. Können Sie uns etwas dazu sagen?«

»Daran ist nichts Ungewöhnliches. Rocephin ist ein häufig verwendetes Antibiotikum für diese Art Infektion. Wäre das alles? Ich hätte noch eine Visite ...«

»Ja, das ist alles, danke.«

Schweigend verließen die beiden Polizisten die Klinik.

»Wie ist es deiner Meinung nach abgelaufen?«, fragte Sebastiani, als sie wieder im Wagen saßen.

»Magni hat die Karte für die Scala gekauft, ist aber nicht hingegangen; als Biondi umgebracht wurde, war er im Krankenhaus. Ich würde sagen, er hat ein ausreichendes Alibi, oder?«

»Wer ist der andere auf der Liste?«

»*Die* andere. Marta Allegretti. Sie wohnt in der Via Forze Armate.«

Nachdem sie halb Mailand durchquert hatten, standen sie nun vor der verschrammten Haustür eines sechsstöckigen mausgrauen Miethauses. Neben einer von geschäftstüchtigen Ägyptern geführten Pizzeria, in der sich Angestellte zur Mittagspause drängten.

»Sollen wir nicht auch was essen?«, schlug Mascaranti vor.

Energisch schüttelte Sebastiani den Kopf.

»Später. Vielleicht.«

Der Ispettore seufzte und suchte nach dem Namen auf dem Klingelschild.

Als die Wohnungstür aufging, sah man ein kleines, bescheidenes, aber blitzsauberes Apartment. Aus einem Zimmer drang in voller Lautstärke *Turandot*.

»Sie wünschen?«

Sebastiani ließ die Zigarre kreisen.

»Sind Sie Marta Allegretti?«, fragte sein Untergebener.

Die Frau zögerte kurz.

»Ja, ich …«

Plötzlich verstummte die Musik.

»Gibt es Probleme, Marta?«

Die Stimme kam von einem Mann, der direkt darauf in einer Tür erschien, hinter der sich vermutlich die Küche befand. Er war an die achtzig Jahre alt, hatte schneeweiße Haare, grüne Augen und saß im Rollstuhl.

»Ich weiß nicht«, sagte Signora Allegretti stockend. »Diese beiden Herren haben nach mir gefragt.«

Der Mann musterte Mascarantis Uniform.

»Was will die Polizei von meiner Frau?«, fragte er barsch.

»Keine Sorge, Signore, wir wollten nur …«, setzte Mascaranti an, verstummte dann aber.

War es denkbar, dass zwei Achtzigjährige, von denen einer im Rollstuhl saß, Biondi vergiftet hatten?

Sebastiani hatte wohl denselben Gedanken, denn er kam ihm zu Hilfe.

»Entschuldigen Sie, es muss sich um ein Missverständnis handeln. Wahrscheinlich eine Namensverwechslung. Das passiert ständig. Wir suchen eine achtzehnjährige Studentin, die genauso heißt wie Ihre Frau. Offenbar hat jemand die Adressen vertauscht.«

Erleichtert lächelte die Frau.

»Dann ist es ja gut«, seufzte der Mann im Rollstuhl.

Die Polizisten verabschiedeten sich mit einer weiteren Entschuldigung. Kaum hatte sich die Wohnungstür hinter ihnen geschlossen, erscholl von neuem Puccinis Oper.

»Beim nächsten Mal überprüfe ich wohl besser das Alter, nicht wahr?«, flüsterte Mascaranti, als sie zum Wagen zurückgingen.

Dann fügte er hinzu: »Wollen Sie wissen, was ich denke?«

Der Vicequestore würdigte ihn keines Blickes, aber sein Untergebener war nicht empfindlich.

»Offenbar war der Mörder des Bürgermeisters eine der anderen dreihundertachtundneunzig Personen auf der Liste, die nicht in der Scala waren.«

»Genial, Watson«, sagte sein Vorgesetzter ironisch.

Mascaranti ließ sich aber nicht entmutigen.

»Jetzt gibt es für mich keinen Zweifel mehr, dass es die Autonomen waren! Nur sie wussten, dass die Premiere vom Stromausfall unterbrochen werden würde. Diese verdammten Typen haben an alles gedacht!«

Sebastiani antwortete nicht. Er kaute wie wild auf dem Rest seiner Zigarre herum, worauf der Ispettore begriff, dass er an diesem Tag wohl besser nicht mehr das Wort an ihn richtete.

ZEHNTES KAPITEL
Rital

Select. Telefon. Play. Cendrillon

Einzimmerapartment im vierten Stock eines Art-déco-Hauses auf der Rue Saint-Jacques mit hohen Decken und Holztreppen, die bei jedem Tritt knarrten.

Den ganzen Tag viel Betrieb wegen der Nähe zur Sorbonne.

Radeschi stieg die Treppe mit wachsendem Unbehagen hinauf, das er sich nicht erklären konnte, da er schließlich zu einer Party wollte.

Ein betrunkener Riese öffnete ihm.

»*Salut, mon vieux!*«

»*Salut, je suis un ami de Nadia. Est-ce que elle est là?*«, fragte er überakzentuiert.

»*Bien sûr! Avec sa copine Sylvie.*«

Radeschi tat so, als verstünde er nicht. Soweit er wusste, konnte *copine* auch ganz einfach ein Synonym für *Freundin* sein. Er bemühte sich, daran zu glauben, bis er sie auf dem Sofa sah. Eng umschlungen und heftig knutschend.

»Henri!«, rief Nadia, sprang auf und fiel ihm um den Hals. »Wie schön, dich hier zu haben! Das ist Sylvie!«

»Signorina Roux, *j'imagine*«, dachte er.

Die Blondine lächelte und gab ihm *la bise,* ein Küsschen

rechts und links auf die Wange, wie es in Frankreich zur Begrüßung üblich ist. Sylvie war umwerfend hübsch.

Radeschi wurde schwach.

»*Enchanté*, erfreut«, brachte er hervor.

»Das kann auch nur mir passieren«, dachte er bei sich.

»Andere Länder, andere Sitten«, hätte Fuster jetzt deklariert.

In Frankreich gab es die sogenannten *pacs*, eheähnliche Gemeinschaften von gleichgeschlechtlichen Partnern, und offenbar waren die beiden Mädchen ein Paar. Vor seinen Augen, nein, sogar hinter seinem Rücken!

Aber sein Instinkt eines dominanten Männchens, der schon vor Jahren bei ihm eingeschlafen war, regte sich nicht mal in diesem Augenblick. Radeschi war einfach sprachlos. Das war er immer, wenn es um Frauenthemen ging.

Der Riese erlöste ihn aus seiner peinlichen Lage. Er war zwar betrunken, aber nicht dumm. Er spürte das Unbehagen des Neuankömmlings und versuchte, ihn auf seine Weise aufzumuntern.

Er schleifte ihn ins Bad, wo er ihn aus der mit Wasser und Eis gefüllten Wanne ein Bier fischen ließ.

»*C'est dur, la vie, n'est-ce pas?* Das Leben ist hart«, kommentierte er tröstend und klopfte ihm mit seiner Pranke auf den Rücken.

Radeschi nickte und setzte sich eine Flasche 1664 an die Lippen.

Als er wieder aus dem Alkoholreservoir auftauchte, war die Party auf dem Höhepunkt. Ein Mädchen war unter allgemeinem Jubel mit einem Riesentablett aus der Küche aufgetaucht. *Le gâteau* - der Geburtstagskuchen. Sein Aussehen war nicht gerade vielversprechend; in Radeschis Augen war er eine braune Masse undefinierbarer Konsistenz.

Die Alkoholmenge, die er intus hatte, war zu Lasten seiner sozialen Hemmungen und seines guten Geschmacks gegangen.

»Was ist das denn für eine Scheiße?«, rief er.

»*Ce n'est pas de la merde, c'est Klug*«, berichtigte ihn Sylvie. »Eine Süßspeise aus Esskastanien und Rum.«

Nadia trat zu ihm und hakte sich bei ihm unter. Sie wusste, es war ein harter Schlag für ihn gewesen, daher versuchte sie ihn abzumildern, indem sie von etwas ganz anderem plauderte.

»Weißt du, Henri, dass du gerade, ohne es zu wollen, einen der berühmtesten Witze des französischen Kinos zitiert hast?«

»Tja, das war ganz leicht«, nuschelte er. »Aus welchem Film denn?«

»*Le Père Noël est une ordure.*«

»Auf Italienisch klingt das aber nicht so schön.«

»Es ist auch nie übersetzt worden.«

Den Rest des Abends versuchte Radeschi zu verdrängen, zu streichen, zu negieren. Er ertränkte ihn in der Badewanne, gemeinsam mit Luc, dem Riesen, der ihm aus lauter Dankbarkeit ein paar Trinklieder über den Pastis beibrachte, die sie bis zur Erschöpfung sangen:

51, je t'aime
J'en boirais des tonneaux
A me rouler par terre
Dans tous les caniveaux.

Um Mitternacht, als es Zeit für die letzte Métro war, verließ Radeschi die Party. Zum Abschied küsste er Nadia und Sylvie keusch auf die Wangen.

Von Luc hingegen verabschiedete er sich mit männlicher Umarmung und trat, ohne seine Jacke anzuziehen, auf die Straße, weil er hoffte, durch die Kälte einen klaren Kopf zu bekommen. Er hoffte vergeblich. Daher beschloss er, trotz der fortgeschrittenen Stunde und der Wucherpreise für Telefonate ins Ausland, sich von dem altgedienten Frauenhelden Sebastiani Rat zu holen. Natürlich irrte er auch hier.

»Zwei Lesben? Du Idiot, Enrico, bist du noch ganz bei Trost? Ich hätte mich auf sie gestürzt!«, verkündete der Polizist. »Erinnerst du dich noch an den Witz von Gastone Moschin in *Amici Miei*?«

Radeschi fahndete in seinem Gedächtnis. Dann fiel es ihm ein: Sebastiani sprach von den drei zwischen den 60er und 80er Jahren angesiedelten Kultfilmen: Fünf Müßiggänger aus Florenz vertrödelten mit Witzen, Abenteuern und sogenannten Zigeunereien ihre Zeit und brachten zwei Generationen Italiener zum Lachen.

»Ach, ist ja auch egal. Hab ich dich vielleicht bei etwas gestört?«, fragte Enrico und hoffte, dies möge der Fall sein.

»Noch nicht. Sie ist noch im Bad. Du weißt ja, wie das ist ...«

Radeschi gab vor zu verstehen. Dann ging er zum Gegenangriff über.

»Allerdings. Wer ist denn deine momentane sympathische Begleiterin? Die Nagelfeilerin?«

Noch während er sprach, stellte er sich vor, wie Sebastiani seinen Mund zu einem gezwungenen Lächeln verzog.

»Blödmann. Du weißt doch genau, dass sie im *Nails Lab*

arbeitet und Nägel modelliert, nicht feilt. Sie hat übrigens extrem erotische Fingernägel.«

»Eine anspruchsvolle Tätigkeit.«

»Du bist ein frauenfeindliches Arschloch.«

»Du hast mit deiner Lesbengeschichte angefangen.«

»Okay.«

»Und, wie ist sie? Hübsch?«

»Wird dieser Anruf nicht langsam ein bisschen zu teuer für dich?«

»Ist doch egal. Also, wie ist sie?«

Er bemerkte, dass sein Gesprächspartner zögerte.

»Sie ist eine *bakku-shan*«, sagte dieser schließlich.

»Was soll das denn sein, irgendein Dialekt?«

»Ach, hör doch auf! Das ist japanisch.«

»Und was heißt das dann?«

»Mit zwei Worten?«

»Genau.«

»Viel Arsch, wenig Gesicht.«

»Das sind aber vier Wörter. Außerdem weiß ich nicht, ob ich dich richtig verstehe.«

»Schon gut, es ist auch eigentlich etwas komplizierter. Soll ich es dir erklären?«

»Laut meiner Anzeige habe ich noch für mindestens zehn Minuten Akku und Guthaben.«

»Also, der Ausdruck kommt, wie ich dir bereits gesagt habe, aus dem Japanischen, ist aber vor allem in der angelsächsischen Welt verbreitet.«

»Sieh mal an, wie viel unser Vicequestore so weiß …«

»Um es kurz zu machen: Die Jugend benutzt es als Kürzel für eine Frau, die von hinten super aussieht, von vorne aber kein bisschen. Das hast doch selbst du schon erlebt, oder?

Du siehst eine von hinten, die dich anmacht, und dann dreht sie sich um, und die Magie verpufft. Mit einem Wort: *bakku-shan*.«

»Alles klar, Loris. Zu den melodischen Silben dieses poetischen Ausdrucks verabschiede ich mich von dir. Ich bin jetzt an der Métrostation. Eigentlich funktioniert mein Handy auch unterirdisch, aber ich hab Angst, dass es mir geklaut wird.«

»Dann *bonne nuit,* mein lieber gehörnter Freund.«

Select. Francis Cabrel. Play. La Corrida

»Sehr tüchtig, da gibt es nichts.«

Radeschi musste es zugeben: Sie hatten ihn wirklich gekonnt in dieses Pariser Erdloch gelockt.

Dass er viel Alkohol im Blut hatte und seine Laune im Keller war, reichte nicht als Rechtfertigung. Sie hatten ihn nach allen Regeln der Kunst gestellt, ihn überwältigt, als er am wenigsten damit rechnete. Er saß in der Falle. Blitzschnell überkam ihn die Gewissheit, dass ihm keinerlei Fluchtmöglichkeit blieb. Hinter ihm war nur gekachelte Wand.

Die Sache mit Nadia und Sylvie und das Telefonat mit Sebastiani hatten ihn abgelenkt. Er hatte gar nicht bemerkt, dass die beiden Typen wie Phantome aus dem Nichts aufgetaucht waren und ihn in ihre Mitte genommen hatten, kaum dass er die Treppe zur Métro hinuntergestiegen war.

Als er sie vor sich sah, erkannte er sie sofort. Der Kleine, der mit Bier und Baguette an der Falltür in der Rue de Rivoli 59 aufgetaucht war, und sein würdiger Gefährte, der Langhaarige mit dem Tarnlook, der die hundert Meter schneller lief als Carl Lewis. Radeschi war zwar überrascht, verspürte aber keine Angst. Ihm kam die Bohnenstange irgendwie vertraut vor. Selbst als der Kleine mit einer Pistole vor seiner Nase herumfuchtelte, überkam ihn keine Panik.

Die würde erst danach kommen. Wenn es ein Danach gab.

Der Typ mit der Pistole hielt seine kleinen, glühenden Augen fest auf Radeschi gerichtet. Er war nervös und bewegte sich ruckartig.

Radeschi starrte wie in einem James-Bond-Film auf den Schalldämpfer der Waffe, der zum Schutz vor neugierigen Blicken in ein Exemplar der *Le Monde* gewickelt war und nur knapp daraus hervorragte.

Weder die wenigen Passanten noch die Überwachungskameras würden ihm in dieser Situation helfen.

Jetzt bereute Enrico es bitterlich, seinen Elektroschocker in Mailand gelassen zu haben, obwohl er damit gegen eine Pistole wahrscheinlich kaum etwas hätte ausrichten können.

»*T'as fini de me casser les couilles, rital!* Du gehst mir nicht länger auf den Sack, du Spaghettifresser!«

Radeschi konnte sich nicht rühren.

Von Kopf bis Fuß gelähmt, stand er auf dem Bahnsteig der Station Strasbourg-Saint-Denis. Mit erhobenen Händen, wie in einem Western.

»*Baisse les mains, connard!*«, befahlen sie ihm.

Enrico gehorchte und kam sich vor wie ein Idiot. Dann klammerte er sich innerlich an ein Wort, das sein Angreifer kurz zuvor ausgestoßen hatte: *rital*.

Es war eines jener Wörter, die man lernt, sobald man den Fuß in *La douce France* setzt. Beleidigungen zu verstehen hilft, die Fassung zu bewahren, und *rital* klang, frei übersetzt, ein bisschen wie *terrone,* das Schimpfwort der Norditaliener für die Süditaliener.

Die Franzosen verfügen über eine große Auswahl an Spitznamen für Ausländer. *Roastbeef* für die Engländer, *ricain* für die Amerikaner, *rital* für die Italiener. Der Ursprung ist nicht gesichert, wahrscheinlich aber historisch: ein Kürzel von *Royaume d'Italie,* das den ersten Italienern, die nach Frankreich einwanderten, in den Pass gestempelt wurde. Selbst auf den Identitätsnachweisen stand abgekürzt *R. Ital.*

Doch das interessierte Radeschi in diesem Augenblick kaum. Vielmehr zerbrach er sich den Kopf darüber, woher sie wussten, dass er Italiener war. Denn bis dato hatten sie nicht das Vergnügen gehabt, auch nur zwei Worte miteinander zu wechseln.

Es gab nur einen Menschen, der ihnen das verraten haben konnte: das Mädchen mit den trockenen Händen. Cristine. Sie mussten sie ausgequetscht haben. Wenn nicht Schlimmeres. Eigentlich war es ja ihre Schuld, dass er das *chambre secrète* entdeckt hatte …

Diese zwei wussten ganz sicher, wie man an Informationen kommt, und die Rothaarige musste ihnen auch davon berichtet haben, was er sie gefragt hatte.

Da hatten die beiden Hausbesetzer eins und eins zusammengezählt. Ein italienischer Journalist hatte ihren geheimen Schlupfwinkel entdeckt; sie mussten ihn aufspüren und das Problem aus der Welt schaffen.

»*Tu es mort, rital*«, schrie der Kleine denn jetzt auch. Und das war ein Versprechen.

Aus dem Exemplar der *Le Monde* hörte man ein Zischen. Der Schuss ging genau in dem Moment los, als eine Métro in die Station einfuhr. Es stiegen nur wenige aus.

Die beiden Hausbesetzer entfernten sich in aller Ruhe und mischten sich unters Volk.

Radeschi sackte zusammen. Er hatte einen bitteren Geschmack im Mund und den beißenden Geruch von Kordit in der Nase.

Über ihm drehte sich alles: *les affiches* mit den neuesten Filmen, die riesige Ricardflasche und die Bucheinbände, die die Mauern bedeckten. Alles floss ineinander.

Er fühlte sich wie einer der Stiere in Hemingways Roman, den er in seiner Jackentasche hatte: zusammengebrochen in der Arena, nachdem er in einem unfairen Kampf mit ungleichen Waffen besiegt worden war.

Bevor er das Bewusstsein verlor, kreuzte sich einen Moment sein Blick mit dem des Langhaarigen.

Da endlich fiel ihm wieder ein, wo er ihn schon mal gesehen hatte.

Select. U2. Play. Instant Karma

Radeschis Mission in Paris endete bereits nach drei Tagen mit dem denkbar schlimmsten Ausgang: in einem Krankenzimmer im Hôpital Saint-Lazare, aus dem man einen Blick auf die Züge des nahe gelegenen Gare de l'Est hatte.

Der Arzt hatte ihm erklärt, er sei gerade noch mal davongekommen.

»Vous avez eu de la chance!«

Da konnte er ihm nur recht geben. Die Umstände waren für den Journalisten so günstig wie noch nie zuvor gewesen. Das kleine Kaliber der Tatwaffe und die nicht allzu geringe Entfernung hatten bewirkt, dass das von seinem Angreifer abgeschossene Projektil in seiner Bauchhöhle landete, wo die Ärzte es relativ leicht entfernen konnten. Ein weiterer glücklicher Umstand war, dass keine Arterie getroffen wurde. Und geradewegs *gottverfluchtes* Glück war es außerdem, dass das Buch des alten Hemingway das Projektil gebremst hatte. Die Macht der Literatur.

Jetzt hütete Enrico den Roman wie eine Reliquie in seinem Nachtschränkchen. Er war blutgetränkt und hatte ein Loch in der Mitte, aber lesen konnte man ihn noch.

Wenn man von den brennenden Schmerzen in der Bauchregion, der Transfusion mit einem Cocktail aus Substanzen, über die jeder Drogensüchtige gejubelt hätte, und dem erheblichen Blutverlust absah, ging es Radeschi gar nicht so schlecht.

Allerdings sah er direkt nach seinem Erwachen genau den Menschen vor sich, der ihm am liebsten gestohlen bleiben konnte: Léo Vrinks.

Der Mann wedelte lächelnd mit Fotos vom Bunker unter seiner Nase. Es waren nicht die, die er mit dem Handy verschickt hatte. Auf diesen hier sah man Polizisten, die das autonome Zentrum durchsuchten und den Scanner mit den gelben Siegeln der Justiz beschlagnahmten.

»Heute haben wir es durchsucht«, verkündete der Beamte der DGSE, »und demontiert.«

»Habt ihr sie verhaftet?«

Sein Gegenüber schüttelte den Kopf.

»Noch nicht.«

»Aber doch identifiziert?«

»*Bien sûr.*«

»Was sind das für Typen?«

»*Ce ne sont pas tes oignons*, das geht dich nichts an, Radeschi. Du kannst schon zufrieden sein, dass wir dich nicht wegen des tätlichen Angriffs gegen einen französischen Staatsbürger und des Diebstahls seiner Vespa anklagen.«

»*Touché, chef.* Aber eine Frage musst du mir beantworten: Wie konnten mich die beiden in einer Stadt mit zwölf Millionen Einwohnern aufspüren?«

»Ich wundere mich, dass du überhaupt fragst. Sie haben sich deiner Methoden bedient und dich zurückverfolgt. Wir untersuchen noch ihre Computer, aber eines kann ich dir schon verraten: Sie sind in den Server der größten französischen Mobilfunkgesellschaft eingedrungen und haben von dort den Zentralcomputer angezapft, um zu erfahren, mit welchem Handy die Fotos in der Rue de Rivoli 59 gemacht wurden. Dabei kamen deine Nummer und natürlich auch deine Daten heraus. Für zwei solche Computerfreaks war es dann kinderleicht, dich ausfindig zu machen. Wir haben es genauso gemacht: Das GPS deines Handys hat als Signal gedient. Kaum hatte ich deine Mail, hab ich dich lokalisieren lassen.«

»Ein bisschen spät, wie mir scheint.«

»Wenn überhaupt, dann ein bisschen früh, schließlich lebst du noch. Das war nicht geplant.«

»Ich hasse Bullen«, seufzte Radeschi. »Und ich hasse Technik.«

Vrinks lachte. Das erste Zeichen von Entspannung, seit sie sich kennengelernt hatten.

Radeschi wollte dies gerade ausnutzen, um ihm weitere Informationen zu entlocken, da erschien in der Tür plötzlich Petrinis imposante Gestalt. Er hielt eine Riesenschachtel Gebäck in der Hand.

Vrinks verabschiedete sich.

»Wir sehen uns noch«, sagte er, als er ging. Und Radeschi konnte nicht entscheiden, ob das als Versprechen oder als Drohung gemeint war.

Petrini sah zu, wie Vrinks das Zimmer verließ. Die beiden tauschten einen kühlen Gruß.

»Kennst du den?«, fragte Radeschi.

»Nein, aber er wirkt, wenn du mir den Ausdruck gestattest, so sympathisch wie ein Fuchs im Hühnerstall.«

Der Journalist lachte trotz seiner Verletzung.

»Also, Enrico, da hast du ja noch mal Schwein gehabt, wie?«, setzte der Auslandskorrespondent erneut an und stellte die Schachtel auf dem Nachtschränkchen ab.

»Ich hab dir Gebäck mitgebracht«, fügte er aufgeräumt hinzu.

»Danke, Erminio, aber der Arzt hat mir für die nächsten vierundzwanzig Stunden verboten zu essen, damit da drinnen alles wieder in Ordnung kommen kann.« Er fasste sich kurz an den Bauch.

Sein massiger Kollege zuckte die Achseln und fing an, die Schachtel auszupacken.

»Hast du was dagegen, wenn ich mich bediene?«

»Das fehlte ja noch!«

Der Inhalt der Schachtel verschwand in nicht mal fünf Minuten in Petrinis Bauch.

»Ich habe mit Calzolari gesprochen«, verkündete er zwischen zwei Bissen. »Er lässt dich grüßen und hat mir aufgetragen, nach deiner Version der Geschehnisse zu fragen. Außerdem darfst du natürlich nicht mit der Konkurrenz sprechen.«

»Schön, dass er sich Sorgen um mich macht.«

»Was willst du, *à la guerre comme à la guerre*. Krieg ist Krieg.«

»Jetzt fang du nicht auch noch mit Sprichwörtern an. Erzähl mir lieber, was du über die beiden Typen weißt, die mich angeschossen haben.«

»Zuerst du«, entgegnete Petrini.

Der Dickwanst hatte es drauf, und wie. Aus einer Tasche holte er ein kleines Diktiergerät hervor. Er musste Calzolari Bericht erstatten. Also erzählte ihm Radeschi vom Bunker, seiner Flucht und seinem Wortwechsel mit Vrinks. Er machte seine Zeugenaussage. Und die als Opfer.

»Aber nun, da wir die ganze Sache sortiert haben, musst du auspacken.«

Petrini wischte sich mit einem Taschentuch den Mund ab.

»Was soll ich dir erzählen? Mein Kontakt bei der französischen Justiz hat mir gesagt, sie hätten dich in einer Blutlache aufgefunden. Von den Überwachungskameras konnten ein paar anständige Aufnahmen isoliert und als Fahndungsfotos genutzt werden. Die Polizei hat das gesamte autonome Zentrum auf den Kopf gestellt, und dieses Mal sind sie mit einem Haufen Computermaterial rausgekommen. Aber bis jetzt wurde noch niemand verhaftet. Die Typen, die dir ans Leder wollten, sind wie vom Erdboden verschluckt. Ende der Nachricht.«

Der Auslandskorrespondent erhob sich mühsam und warf die Kuchenschachtel in den Papierkorb. Kurz bevor er das Zimmer verließ, drehte er sich noch einmal um.

»Gib auf dich acht, Enrico.«

»Du auch.«

»Übrigens, da draußen stehen zwei Mädchen, die nach dir gefragt haben.«

»Mädchen?«

Erminio zwinkerte ihm zu.

»Eine Dunkelhaarige, die aussieht wie Angelina Jolie, und eine Blonde, die auch nicht ohne ist. Sie halten Händchen.«

Nadia und Sylvie. Das schaffte er jetzt nicht, vor lauter Aufregung würde ihm wieder die Naht aufgehen.

»Kannst du ihnen sagen, ich müsste mich ausruhen?«

Petrini nickte und ging.

Enrico schloss die Augen.

Er öffnete sie wieder, als der TGV kreischend in die Stazione Centrale von Mailand einbog. Die Stimme von Alan Sorrenti weckte ihn. Er rieb sich die Augen. Die Nummer auf dem Display kannte er nur zu gut: die Questura von Mailand. Lustlos meldete er sich.

Aber es war nicht beruflich. Und eigentlich wartete er schon seit Urzeiten auf diesen Anruf.

Die junge Frau hatte erfahren, dass er angeschossen worden war. Sie machte sich Sorgen und wollte wissen, wie es ihm ging. Enrico frohlockte innerlich und freute sich riesig über ihre Aufmerksamkeit, auch wenn er sie nicht lange genießen konnte, denn plötzlich bekam er solche Schmerzen, dass er kaum atmen konnte und das Gespräch beenden musste.

Unter seinem Hemd brannte die Wunde. Das war normal. Er hatte das Saint-Lazare gegen ärztlichen Rat verlassen und die Heimreise überhaupt nur mit einer geballten Ladung Antibiotika antreten können.

Es stand nicht geschrieben, dass er auf französischem Boden sterben sollte, und er wollte nicht einmal das Risiko eingehen, Nadia noch einmal Hand in Hand mit ihrer blonden Freundin zu sehen.

Dieser Anblick schmerzte mehr als die Verletzung, die unter seinem Verband brannte.

ELFTES KAPITEL
Niente baci alla francese

Select. Vasco Rossi. Play. Vita spericolata

Mit kugelsicheren Westen und den Pistolen im Anschlag postierten sie sich zu beiden Seiten der Wohnungstür.

Von innen kam gedämpftes Winseln. Man hörte, wie der Hund knurrte und mit den Krallen an Holz kratzte.

Die Wohnungstür war nur angelehnt. Die beiden Polizisten warteten noch ein paar Sekunden, bis Mascaranti auf ein Zeichen von Sebastiani die Tür mit einem Tritt aufstieß.

»Polizei!«, brüllte er und streckte die Waffe vor sich. Der Vicequestore folgte ihm mit angelegter Beretta.

»Frei.«

»Hier auch.«

»Der Hund ist im Bad eingesperrt.«

»Dann lass ihn da. Zuerst überprüfen wir das Schlafzimmer.«

Das Wimmern kam von dort.

Vorsichtig näherten sie sich der Schlafzimmertür, die Mascaranti wieder mit einem einzigen Fußtritt aufstieß.

Ihr hoher Adrenalinspiegel hinderte sie nicht daran, in befreiendes Lachen auszubrechen.

Auf dem Bett lag nackt, mit einem Pflaster auf dem Mund und einem riesigen Verband um den Bauch ein Mann, den sie kannten. Und zwar nur zu gut.

Er war seit vielen Stunden ans Kopfende des Betts gefesselt und hatte sich zwangsläufig gehenlassen.

Mascaranti trat zu ihm und riss ihm das Pflaster vom Mund. Dabei kam der halbe Schnurrbart gleich mit.

»Aua, du bescheuerter Gorilla!«

»Vorsicht, sonst kleb ich's dir gleich wieder drauf!«, warnte der Ispettore und wedelte ihm mit dem Pflaster unter der Nase herum.

Sie sahen sich hasserfüllt an.

Sebastiani steckte sich eine Toscanello zwischen die Lippen und ließ sie sofort von einem Mundwinkel zum anderen wandern.

»Also, Enrico, was soll das denn jetzt: Bist du in die SM-Szene gegangen?«

Radeschi trug noch den Bauchverband, ein Souvenir vom Zwischenfall in der Pariser Métro. Dieses Verkehrsmittel brachte ihm eindeutig kein Glück.

»Was zum Teufel macht ihr hier?«

»Wolltest du vielleicht noch einen Tag hier so liegen? So wie es aussieht, hast du hier schon über zwanzig Stunden herumgelümmelt. Findest du das nicht ein bisschen übertrieben?«

»Wieso seid ihr hier?«

»Die Nachbarn haben die Polizei angerufen, weil dein Köter nicht aufhören wollte zu bellen, was ungewöhnlich ist. Daraufhin habe ich versucht, dich anzurufen, dich aber weder übers Handy noch über Festnetz erreicht. Da fing ich langsam an, mir Sorgen zu machen.«

Mascaranti konnte sein Lachen nicht unterdrücken. Es bereitete ihm außerordentliches Vergnügen, Radeschi in diesem Zustand zu sehen; sie hatten schon einiges zusammen erlebt, und nicht alles war für den Polizisten angenehm gewesen.

»Lass mal den Hund raus, bevor er sich völlig die Krallen an der Tür abwetzt«, befahl ihm sein Vorgesetzter.

Der Ispettore verließ das Zimmer.

Kaum waren sie allein, trat Sebastiani zum Bett und löste die Schlingen, die den Gefangenen mit den Händen über dem Kopf ans Kopfende des Bettes gefesselt hatten.

»Wer hat dir das angetan?«

»Kannst du dir das nicht denken?«

Der Polizist schüttelte den Kopf. »Wo ist er jetzt?«

Radeschi wies kurz Richtung Tür.

»Du hast Glück, dass er dich am Leben gelassen hat«, bemerkte der Vicequestore.

Sein Gegenüber schloss die Augen und versuchte, ein Bild in seinem Kopf zu vertreiben. Sebastiani hakte nach.

»Willst du mir nicht sagen, was zum Teufel passiert ist?«

»Das glaubst du nie.«

Er konnte nicht weitersprechen, denn Buk brach wie ein Hirsch aus dem Unterholz ins Zimmer herein, stürzte sich auf sein Herrchen und schleckte ihm begeistert das Gesicht ab.

Select. Jimmy Buffett. Play. Margaritaville

Das Darsena-Hafenbecken war ohne Wasser. Nur ein trauriger Sumpf hatte die endlosen Bauarbeiten an einem unterirdischen Parkhaus überlebt. Es war selbstmörderisch, mit dem Wagen und in der Erwartung, dass es fertiggestellt sei, in diese Gegend zu fahren. Und noch schlimmer war die Parkplatzsuche.

Die Navigli-Kanäle waren eine Explosion aus Farben und Stimmen, ein summender Bienenstock, trotz der Temperaturen, die eher zu Reykjavik gepasst hätten.

Radeschi kettete seine Vespa an eine Metallbalustrade auf der Vigevanese. Seine Wunde brannte, als würde sie in reinem Alkohol gebadet, doch das hielt ihn nicht davon ab, mit seiner Vespa herumzudüsen. Er hatte einen Bauchschuss und zwanzig Stunden Ankettung in seinem Bett überstanden, da konnte er doch wohl ein paar Schmerzen ertragen.

Er betrat das *Cape Town*. Strahlendes Lächeln und eisgekühlte Drinks allerorten. Im hinteren Teil fand er einen Tisch, wo er sich einen zerlesenen *Corriere* vom Stuhl pflückte.

Seit seiner Rückkehr aus Paris hatte er sich gezwungen, nicht an die Ermittlungen zu denken. Weder an die ermordeten Bürgermeister noch an die Hausbesetzer, die versucht hatten, ihn abzumurksen. Die Titelseite der Tageszeitung riss ihn jedoch trotz seines Widerstrebens brutal in die Wirklichkeit zurück.

Die Schlagzeile, die quer über die gesamte Seite lief, lautete: »Hausbesetzer planten Eroberung Mailands.«

Im dazugehörigen Artikel, der ohne Verfasser und daher wahrscheinlich eine Collage aus Indiskretionen und Tipps von Informanten war, stand etwas von einem gemeinsamen grenzüberschreitenden Komplott der autonomen Zentren von halb Europa, widerspenstige Bürgermeister zu beseitigen.

Radeschi schüttelte den Kopf, während er sich vorstellte, wie Mascaranti einzeln die Autonomen des Leoncavallo vorführen ließ, die in den Bunkern der Questura einsaßen. Zellen, die man besser mied.

Er schob die Zeitung von sich und bestellte ein Bier.

Dann sah er sich um. Das Lokal war, wie man so sagte,

trendy, das Publikum bestand aus Regisseuren und Akteuren von Commercials, um im coolen Slang zu bleiben. In den angrenzenden Pubs herrschte gähnende Leere, während man sich hier auf die Füße trat. Er war allerdings nicht freiwillig hier; Sebastiani hatte sich hier mit ihm verabredet, weil er die weibliche Fauna des Lokals schätzte.

Als er sein Bier ausgetrunken hatte, beschloss er, draußen auf ihn zu warten.

Sein erster Zug an der Zigarette löste einen heftigen Hustenanfall aus. Wenn man draußen bei knapp zwei Grad raucht und sich dann auf die Motorhaube eines Wagens stützt, ist einem nicht gerade nach Grüßen zumute.

Der Vicequestore parkte seinen GT direkt vor dem Lokal, und zwar mit blitzendem Blaulicht – und selbstgefälliger Befriedigung, dass ihm niemand einen Strafzettel andrehen konnte.

»Wir trinken kurz was und ziehen dann weiter, okay?«, fragte er und steckte sich eine Zigarre zwischen die Lippen.

Radeschi nickte. Alkohol hatte die Macht, ihn alles in einem anderen Licht sehen zu lassen. In einem freundlicheren. Vor allem die seelenlose Großstadt erschien ihm menschlicher, auch wenn die Zeiten des *Milanodabere,* der rauschenden Nächte, längst vergangen waren und sich ins Veneto verlagert hatten. Jeden Abend brausten LKWs mit Campari und Aperol über die Autobahn, um die durchzechten Nächte des Triveneto mit Spritz zu befeuern.

»Ich nehme ein Bier, und du?«

»Eine Margarita.«

»Herrgott, Loris, bist du auch schon so weit gesunken? Mittlerweile ist Mailand nicht mehr die Stadt des Ramazzotti, sondern der Margarita alla fragola. Margaritaville.«

»Wie der Song von Jimmy Buffett.«

»Jetzt sag nicht, den kennst du!«

»Ist das dein Ernst? Jimmy Buffett ist ein amerikanischer Sänger, wie es nur wenige gibt. Du weißt doch, dass er in Florida lebt, oder? Schön, er verbringt den ganzen Tag am Strand und trinkt, und in seinen Songs erzählt er vom Alkohol, von Frauen und vom Meer. Er wird auch als *Beach bum* bezeichnet, als Strandstreuner.«

»Mein Ideal.«

»Mag sein, aber da du für einen solchen Lebenswandel nicht genug Geld hast, musst du dich damit begnügen, Margaritas zu trinken.«

»Du hast recht, mein Alter, also nehme ich auch eine.«

Die Kellnerin servierte sie ihnen kurz darauf.

Sebastiani leerte seine mit zwei Schlucken. Radeschi tat es ihm nach.

»Wie lautet das Programm?«

»Lass deine schrottreife Vespa hier, was fährst du die überhaupt in deinem Zustand! Ich sollte dich verhaften lassen ... Jetzt fahre ich mit dir in ein Restaurant, das du lieben wirst.«

Select. Zucchero. Play. Donne

Das Lokal befand sich am anderen Ende von Mailand in der Via Lazzaro Palazzi. Es roch nach Fleisch und frischer Minze. *El paso de los Toros,* ein argentinisches Restaurant.

Dampfende *Parillada* und Rotwein lösten Radeschis Zunge. Ohnehin brannte er darauf, seinem Freund von den unglücklichen Liebesabenteuern der letzten Zeit zu erzählen. Daher stürzte er sich in einen Kurzbericht, dessen bedeutendere Passagen der Vicequestore mit dreckigen Witzen untermalte. So war Loris Sebastiani: ein waffenbegeisterter Bastard mit einer Leidenschaft für Toscanello und Pampero Riserva.

»Was machst du denn jetzt, wo die kleine Französin dich sitzengelassen hat?«, zog er Radeschi auf.

»Was soll ich denn machen? Jetzt wird eben nicht mehr französisch geküsst!«

Sie brachen in lautes Gelächter aus.

»Sehr schön, Enrico. Das ist die richtige Einstellung. Aber jetzt erzähl mir von gestern Abend.«

Radeschi schlug einen melodramatischen Ton an.

»Zwei Uhr nachts, und das Mädel und ich kehren von einem Abend im *Loola Paloosa* zurück. Wir sind stockbesoffen, aber bereit zu einer heißen Nacht.«

»Hör auf zu übertreiben.«

»Nein, im Ernst, Loris. Ich war vollgedröhnt bis zum Anschlag. Wahrscheinlich wegen der Antibiotika, die ich mit Alkohol runtergespült habe. Ich weiß es nicht. Jedenfalls zeigt sie mir ihre Korsage und fragt mich mit honigsüßer Stimme, ob ich Lust hätte, mit den Handschellen zu spielen.«

»Und du?«

»Was glaubst denn du, ich hab natürlich ›ja‹ gesagt! Ich hab schon mindestens seit der Mittelstufe die Phantasie, es mit einer Polizistin zu treiben.«

»Aber du weißt schon, dass es eine Straftat ist, mit öffentlichem Eigentum zu spielen? Wie auch immer, was kam dann?«

»Mittendrin hat Cristina angerufen …«

»Deine Exverlobte? Und du bist rangegangen?«

»Nein, eigentlich nicht«, räumte Radeschi ein. »Das erledigt das hypermoderne neue Handy ganz allein. Wenn es klingelt, kannst du es mit der Stimme steuern. Du sagst ›Gespräch annehmen‹, und dann bist du sofort auf Empfang.«

»Du bist so ein Blödmann!«

»Aber sie hat sich gar nicht aufgeregt. Sie hat das verstanden. Cristina war am Boden zerstört. Sie hat gehört, dass ich angeschossen wurde, und machte sich Sorgen. Dann hat sie angefangen zu heulen: Sie hätte alles falsch gemacht, sie wäre sich wegen ihres Neuen nicht mehr sicher, wir sollten wieder zusammen sein.«

»Ach du Scheiße!«

»Wem sagst du das! Alles nur Angst. Ich habe höchst einsilbig geantwortet. Als sie endlich auflegte, haben wir uns wieder in die Vollen gestürzt. Meine Polizistin hatte sich warmgehalten, wenn du verstehst, was ich meine.«

»Ich hab doch gesagt, du sollst nicht so übertreiben!«

»Wir waren also gerade wieder dabei, als …«

»Cristina noch mal anrief?«

»Schlimmer! Stella. Auch sie in Tränen aufgelöst. So wie es aussieht, ist auch der Regisseur, mit dem sie mich abserviert hat, nicht so toll. Sie hat ihn im Klo vom Hollywood beim Feiern erwischt, mit Koks und einer Schlampe, die die Beine breit gemacht hat …«

»Wie du das so schilderst, Enrico … Jetzt erkenne ich, dass du wirklich ein Literat bist!«

»Stell dir vor, sie wollte zu mir nach Hause kommen.«

»Und da hat die andere dir die Handschellen angelegt und sich aus dem Staub gemacht?«

»Nein, sie ist geblieben. Ich hab ihr die Sache erklärt, allerdings war sie jetzt doch abgekühlt.«

»Das kann ich mir vorstellen!«

»Jedenfalls sind wir wieder zur Sache gekommen. Aber dann war es ihr doch lieber, mir nicht die Handschellen anzulegen, sondern mich mit zwei Seidenschnüren zu fesseln. Sie meinte, sonst könnte ich mir die Handgelenke abscheuern...«

»Armes kleines Häschen...«

»Es wurde also gerade richtig heiß, als...«

»Du Schwachkopf, hattest du das Ding immer noch nicht abgestellt?«

»Das konnte ich doch nicht! Was, wenn wieder ein Notfall passiert wäre, wie letztes Mal? Ich hatte keine Lust, dass deine Ledernacken noch mal die Bude stürmen!«

»Okay, verstanden. Aber wer war es jetzt, noch mal Stella?«

»Ach was! Die kleine Französin, Nadia.«

»Die Lesbierin?«

»Sie ist keine Lesbierin. Jedenfalls nicht nur. Ist ja auch egal.«

»Was hat sie gesagt?«

»Schlimmer ging's gar nicht. Sie hat zuckersüß angefangen mit *Henri, mon amour,* und da hat die andere rotgesehen. Sie hat das Handy genommen und gegen die Wand geschleudert. Es ist in tausend Einzelteile zersprungen. Dann hat sie mir das Pflaster auf den Mund geklebt, damit ich still bin; schließlich hat sie sich angezogen, mich einfach auf dem Bett liegen lassen und sich aus dem Staub gemacht.«

»Nur zu verständlich. Und hat sie Buk im Klo eingeschlossen?«

»Nein, das war ich. Denn der Köter bellt, wenn die Mädels... also, wenn sie sich ein bisschen gehenlassen.«

Sebastiani lachte herzhaft.

»Was für eine Geschichte! Die müsstest du niederschreiben.«

»Ich werde darüber nachdenken, Loris. Aber jetzt habe ich ein dringlicheres Problem: Mein Handy ist Schrott. Könntest du mir nicht eines von denen leihen, die du nicht mehr benutzt? Ich hab kein Geld, um mir ein neues zu kaufen.«

»Aber dann musst du wieder zu Motorola zurück. Ich meine, ich hätte noch ein uraltes StarTac in irgendeiner Schublade.«

»Mit Akku?«

»Den kriegst du für fünf Euro neu bei irgendeinem Marokkaner. Der Haken ist ein anderer: Das Display funktioniert nicht. Man weiß nie, wer einen anruft.«

»Daran gewöhne ich mich schon.«

Der Vicequestore füllte ihre Gläser und sagte dann in verschwörerischem Ton:

»Ich hab mit Carla gesprochen. Es tut ihr sehr leid, was sie getan hat. Willst du sie anzeigen?«

»Was denn, Loris! Willst du sie etwa verteidigen?«

»Nein, das nicht; aber du könntest ihr die Karriere ruinieren, und nicht nur das. Es ginge um Freiheitsberaubung. Bis jetzt ist es nur eine Anzeige gegen unbekannt.«

Radeschi seufzte.

»Ich war einen ganzen Tag lang ans Bett gefesselt, im wahrsten Sinne des Wortes. Ich hätte sterben können, das hast selbst du gesagt! Abgesehen davon, dass ich mich angepinkelt habe und dein Mascaranti mir das ein Leben lang unter die Nase reiben wird.«

»Ja, darauf kannst du wetten. Trotzdem brauchst du nicht gleich zu verbittern: Es wäre sowieso irgendwann zu Ende gegangen. Die Rivolta hat einen schwierigen Charakter ... Hast du im Ernst geglaubt, etwas mit einer Polizistin anfangen zu können?«

»Was soll ich denn dazu sagen? Es war doch unsere erste Verabredung!«

Jetzt wurde Sebastiani philosophisch.

»Es ist schwer, langfristig harmonisch mit einer Frau zu leben. Ich hab das nie geschafft. Im Gegensatz zu meinen Eltern, die hatten nie Probleme. Und weißt du auch, warum? Sie hatten ihr Geheimnis: das Esszimmer. Das hat sie getrennt und geschützt. Er hatte seinen Fußball, sie ihre Seifenopern.«

»So einen Scheiß kannst du dir für Grußkarten aufheben!«

»Darf ich dir mal was sagen, Enrico? Du bist zynisch und verbittert, genau wie meine Exfrau. Stell dir vor, sie war so unerträglich bissig, dass sie sogar unsere Anwälte beim Scheidungstermin gegeneinander aufgebracht hat. Jetzt prozessieren die beiden in eigener Sache.«

»Es reicht mit dem Wein, Loris.«

»Da hast du recht.«

»Nach diesem hier hören wir besser auf.«

»Einverstanden, aber du hast mir noch immer keine Antwort gegeben.«

»Ich zeig sie nicht an. Zufrieden? Sag ihr, sie kann ganz beruhigt sein.«

Der Polizist lächelte und wollte sich erheben.

»Warte, vorher sollst du mir noch was über den Stand der Ermittlungen erzählen.«

»Heute Abend bitte nicht mehr. Wir wollen doch nicht Berufliches und Privates vermischen.«

»Jetzt fang nicht auch noch mit der Phrasendrescherei an. Mir reicht schon Fuster!«

Schwankend standen sie auf. Sie mussten nicht mal um eine *doggy bag* für Buk bitten.

Der Kellner hatte sie ihnen schon zusammen mit der Rechnung gebracht.

Das waren die kleinen Privilegien der Stammkunden.

ZWÖLFTES KAPITEL
Racaille

Select. REM. Play. Daysleeper

Dampfender Kaffee auf dem Nachttisch, Handy auf den Knien und Buk ausgestreckt auf dem Bettvorleger. Radeschi lag im Bett und widmete sich der Lektüre der internationalen Presse.

Obwohl der Angriff auf ihn schon drei Tage zurücklag, sorgte er in der französischen Presse weiterhin für Aufsehen. *Le Parisien* präsentierte die Ungeheuerlichkeit – oder besser: die Ungeheuer – gar auf Seite eins.

Auch der *Corriere* erkannte dem Vorfall eine gewisse Bedeutsamkeit zu und hatte Petrinis Interview mit ihm veröffentlicht. Es war ein Schlagzeilenartikel, dessen unterschwellige Botschaft lautete: Als engagierter Journalist ist man immer in Gefahr, selbst wenn man nicht aus Bagdad berichtet. Das war natürlich Schwachsinn, aber zumindest war dieses eine Mal nicht er derjenige gewesen, der ihn verzapft hatte. Er hatte lediglich als Zeuge fungiert.

Le Parisien hingegen setzte noch eins drauf und betrieb Panikmache, indem er die Namen und Fotos der Gesuchten veröffentlichte. Wie es aussah, ließ sich versuchter Mord an einem Journalisten gut verkaufen.

»Die beiden Täter sind noch auf freiem Fuß. Das nächste

Opfer könnten Sie sein«, drohte die französische Boulevardzeitung.

So etwas hätte sich nicht mal Calzolari getraut. Auf die ominöse Schlagzeile folgte ein Kurzartikel mit der Zusammenfassung der Ereignisse und biographischen Angaben zu den Gesuchten. Radeschi studierte ihre Gesichter. Zwei junge Männer. Der Langhaarige hieß Marc Boyer, der Kleine Lionel Perez. Beide waren in den Zwanzigern, aufgewachsen in der *banlieue*. Sie hielten sich mit Gelegenheitsarbeiten über Wasser und verbrachten die meiste Zeit im *chambre secrète* in der Rue de Rivoli 59.

Enrico griff zum Telefon. Der Anruf ging ins Ausland, war aber notwendig.

»Ciao, Erminio.«

»Warte mal«, hörte er ihn nuscheln.

Dann klirrendes Geschirr und Besteck. Er warf einen Blick auf die Uhr. Halb vier: Der Fettsack war beim Nachmittagsimbiss.

»Da bin ich wieder. Tut mir leid, ich hatte den Mund voll ... Wie geht's?«

»Gut, danke. Ich fühl mich wieder wie neu. Ich brauche ein paar Informationen von dir.«

»Dafür bin ich ja da, mein Lieber.«

»Ist die Rue de Rivoli 59 immer noch geöffnet?«

»Wie immer. Nach der Hausdurchsuchung und der Entdeckung des unterirdischen Bunkers hat die Polizei ihre Zelte abgebrochen. Allerdings nicht, ohne vorher alle Computer zu beschlagnahmen und die Identität aller Bewohner festzustellen. Jetzt geht alles wieder seinen normalen Gang. Die Autonomen sind es gewohnt, die Flics im Haus zu haben.«

»Von Boyer und Perez noch keine Spur?«

»Nein, nichts. Sie sind verschwunden. Die *Sûreté* hat an alle Zeitungen Fahndungsfotos ausgegeben. Stell dir vor: Sie hat sogar die Wände der Métro damit tapeziert!«

»Was kannst du mir über einen Pariser Stadtteil namens Argenteuil sagen?«

»Ach, das Lieblingsviertel von Sarkó, dem neuen Präsidenten. Das ist natürlich ironisch gemeint, weil er in seiner Wahlkampagne ständig gegen die Leute gewettert hat, die dort wohnen. Er hat sie *racaille* genannt, Gesindel. Deveuze musste die Räumung von zig Cités in diesem Viertel unterschreiben. Sie sollen dem Erdboden gleichgemacht werden, weil dort ein Einkaufszentrum gebaut werden soll. Wieso fragst du?«

»Weil die beiden, die mir ans Leder wollten, da aufgewachsen sind.«

»Ich hab vergessen, dir zu sagen, dass die Polizei deren Elternhäuser durchsucht hat, für den Fall, dass sie sich dort versteckt halten. Sie haben nur verbrannte Erde hinterlassen. Aber keine Spur von den beiden.«

Als Radeschi das Gespräch beendete, hatte er eine neue Theorie. Eine, die ihn ein weiteres grenzüberschreitendes Telefonat kostete.

»*Bonjour, tu n'es pas mort alors?*«

»Danke der Nachfrage, Vrinks, aber glücklicherweise noch nicht.«

»Wir haben sie noch nicht geschnappt, falls du deswegen anrufst ...«

»Könnt ihr sie nicht auf dieselbe Weise aufspüren wie mich?«

»*Mais bien sûr!* Gott sei Dank haben wir dich, der uns so tolle Ratschläge geben kann ... Daran haben wir schon gedacht, was glaubst du denn? Aber die Handys der beiden geben keine Signale mehr ab. Die Typen sind schlau und haben sofort ihre SIM-Karten weggeschmissen.«

»Verstehe.«

»Sonst noch was?«, fragte Vrinks, als wolle er das Gespräch beenden. Radeschi zögerte kurz, ging dann aber zur Attacke über.

»Ich rufe an, um dir einen Deal vorzuschlagen.«

Der andere lachte.

»Wir sind hier nicht in Italien, Enrico. Die DGSE paktiert nicht.«

»Dann machen wir es so: Ich unterbreite dir meinen Vorschlag. Sollte der Erfolg haben und du schnappst sie dank meiner Idee, gewährst du mir zwei Minuten, um mit meinen Angreifern zu telefonieren, einverstanden?«

»Leidest du am Stockholmsyndrom?«

»Machst du's?«

»Sag an, was du dir ausgedacht hast.«

Radeschi gehorchte.

Vrinks fing an zu lachen.

»*Tu es fou!*«, sagte er und beendete das Gespräch.

Select. Deep Purple. Play. Smoke on the water

Rauch erfüllte das Zimmer, wie eine träge, tiefhängende Wolke. Kein Mensch hielt sich an das Rauchverbot innerhalb der Questura, und schon gar nicht in Sebastianis Büro. Cimurro steckte sich eine Marlboro nach der anderen an; Lonigro und Mascaranti rutschten unbehaglich auf ihren Plastikstühlen hin und her und mussten sich ein Päckchen Pall Mall und einen überfüllten Aschenbecher teilen. Der

Vicequestore hatte seine Zigarre, allerdings unangezündet, und begnügte sich seit einer guten Viertelstunde damit, auf ihr herumzukauen.

Die Lage war alles andere als rosig: Biondi war seit einer Woche tot, und sie hatten noch immer keine vielversprechende Spur.

»Den stellvertretenden Bürgermeister würde ich aus dem Kreis der Verdächtigen ausschließen«, sagte Cimurro gerade. »Ich hab meine Kontakte in der Politik befragt, aber es ist nichts dabei herausgekommen. Graziani scheint sauber zu sein. Ein hundertprozentiger Vertreter des Parteiprogramms. Familie, Religion und Partei. Wenn auch nicht unbedingt in dieser Reihenfolge; einer, der weder aus der Reihe tanzen will noch kann. Außerdem hat er wohl kein Motiv, eine Haftstrafe zu riskieren, da er bei den ursprünglich angesetzten Wahlen in acht Monaten ohnehin der Kandidat der Koalition gewesen wäre. Ein derartiges Manöver wäre viel zu gefährlich gewesen, auch wenn Biondi am laufenden Band für Katastrophen sorgte. Aber wenn es danach ginge, müssten wir hier in Italien Hunderte in öffentlichen Ämtern umbringen lassen, oder? Außerdem ist Graziani kein bisschen entscheidungsfreudig. Der berät sich sogar mit den Parteispitzen, wenn er aufs Klo gehen will. Habt ihr ihn mal gesehen? Der sieht aus wie einer, der den ganzen Tag am Postschalter sitzt ...«

»Wir haben begriffen, was du meinst«, unterbrach ihn Sebastiani. »Lonigro, hast du was Neues über die Industriellen erfahren?«

»Ich meine, wir könnten auch Emiliano Bassoli von unserer Liste streichen.«

»Ist das der mit dem Zuliefererbetrieb in Sesto San Giovanni?«

»Genau. Wie ihr wisst, stand nach den neuen Verordnungen viel für ihn auf dem Spiel. Aber letzte Woche hat er einen Vertrag mit einem Unternehmen unterzeichnet, das darauf spezialisiert ist, Fabriken nach den neuen Normen umzurüsten. Das kostet ihn zwar ein Vermögen, aber er muss nicht dichtmachen. Er hat bereits eine Anzahlung von hunderttausend Euro geleistet.«

»Also?«, fragte Sebastiani mahnend.

»Er war es nicht. Welchen Sinn sollte es haben, so viel Geld auszugeben, wenn man doch weiß, dass der Bürgermeister stirbt und die Reformen auf Eis gelegt werden?«

»Stimmt, das ergibt keinen Sinn. Was weißt du über den Russen?«

»Bei Roman Vulfowitsch sieht die Sache schon ganz anders aus. Es war nicht leicht, bei den zig Gesellschaften und Tochtergesellschaften durchzusteigen, die die Brillenfabrik kontrollieren. Aber am Ende haben wir es doch rausgekriegt: Unser guter Roman bleibt sich treu. Er hat noch nicht mal so getan, als würde er die Firma umrüsten. Totale Fehlanzeige. Als hätte er gewusst, dass das Umweltgesetz platzen würde ...«

»Also konzentrieren wir uns auf ihn?«, unterbrach ihn Cimurro.

»Und die Autonomen?«, brummte Mascaranti. »Sie haben zwar noch nicht den Mord gestanden, aber mir scheint es eindeutig, dass sie es waren, zusammen mit ihren französischen Kumpanen ... Sie haben die Bürgermeister ermordet, um ihre verfluchten autonomen Zentren zu erhalten.«

»Nun mal langsam«, bremste ihn der Vicequestore. »Ich hab eben erst mit der DGSE telefoniert: So einfach ist das nicht.«

»Was sagt Vrinks denn? Haben sie eine Spur?«, fragte Lonigro drängend.

»Er hat Folgendes erzählt: Wie ihr wisst, hat man vor einigen Tagen auf Radeschi geschossen ...«

»Schade um die Kugel.«

Ein Blick des Vicequestore genügte, dass Mascaranti weitere Bemerkungen im Hals steckenblieben.

»Es waren zwei, die versucht haben, ihn zu beseitigen«, fuhr Sebastiani fort, »und sie sind noch nicht gefasst worden. Das autonome Zentrum in der Rue de Rivoli 59 hat ein sogenanntes Geheimzimmer, eine Art Computerbunker, wo die Polizei den Scanner gefunden hat, mit dem der Plan vom Park-Hyatt-Hotel hier in Mailand gescannt wurde. Außerdem fand man mehr als genug illegales Material. Offenbar handelte es sich um einen Stützpunkt von Software-Piraten, die illegal CDs, DVDs, Filme und alles mögliche andere verbreitet haben.«

»Als eine Art alternative Selbstfinanzierung?«, fragte Lonigro.

»Allerdings. Und die DGSE ist überzeugt, dass es sich bei den beiden um die militante Fraktion einer ziemlich weitverzweigten Organisation handelt. Sie versuchen jetzt, das Netzwerk ihrer Kontakte aufzuspüren, und wühlen dazu im Leben der beiden herum. Ratet mal, womit Lionel sein Lotterleben finanziert hat. Er war in einer Wäscherei angestellt, und zwar bei der Hotelkette des Hyatt!«

»Aber da hat doch Deveuze in Mailand gewohnt!«

»Genau. Und da die Uniformen des Personals in allen Hotels der Kette gleich sind, ist jetzt auch klar, wie sie reingekommen sind! Perez wird sich eine Portiersuniform besorgt haben, einfach aus der Wäscherei!«

»Wahrscheinlich hat er sich auf die gleiche Weise den Plan des Hotels besorgt.«

»Genau.«

»Entschuldigt mal«, schaltete sich Lonigro ein, »aber wieso hat er ihn per Mail geschickt? Das war doch ein unnötiges Risiko. Er hätte ihn doch auch mitbringen können, oder?«

»Wenn er nach Italien gefahren wäre, ja. Aber Perez hat für die Tatzeit ein wasserdichtes Alibi: Er war bei der Arbeit und hat Säcke mit schmutziger Wäsche auf LKWs verladen. Zwei Kollegen können das bezeugen.«

»Also war ein anderer der Mörder, richtig?«

»Wahrscheinlich sein Kumpan.«

»Es war bestimmt nicht so leicht, den Plan in die Hände zu bekommen …«

»Wie ihr euch vorstellen könnt, ist ein Plan von den Elektroleitungen der Hotels sensibles Material, das dem Personal der Wäscherei bestimmt nicht zugänglich ist. Perez muss ihn sich über Umwege besorgt haben. Vielleicht hat er jemanden bestochen, oder er hat sich ins Computersystem des Hotels gehackt.«

»Mit dem Equipment in ihrem Bunker war das bestimmt nicht schwer.«

»Die nicht chiffrierten Mails beweisen, dass der Plan, für einen Stromausfall zu sorgen, erst seit einer Woche im Netz kursierte. Ziemlich wenig Zeit also, um einen Mordanschlag zu organisieren. Perez und Boyer müssen ihn in Windeseile vorbereitet und die Aufgaben verteilt haben. Der eine sollte sich um den Plan der Stromleitungen kümmern, während der andere nach Mailand fuhr und darauf wartete zuzuschlagen. Im Leoncavallo hat er dann nur wenige Stunden vor dem Anschlag die chiffrierte Mail von Perez empfangen. Er hatte gerade mal genug Zeit, den Plan zu studieren. Unseren Informationen zufolge hat Boyer auf verschiedenen Baustellen in Paris als Elektriker gearbeitet. Also war es für ihn ein Kinderspiel, die Sicherungen und Deveuzes Föhn zu manipulieren.«

»Das verstehe ich nicht«, unterbrach ihn Mascaranti verwirrt. »Was haben die Leute aus dem Leoncavallo mit alldem zu tun? Waren sie einverstanden, Deveuze umzubringen?«

»Das wissen wir noch nicht. Vielleicht haben die Franzosen ihnen nur so viel erzählt, wie es für sie günstig war.«

»Und gar nicht erwähnt, was sie mit Deveuze vorhatten«, schloss Cimurro.

»Was meinst du, Lonigro?«

»Ich weiß nicht. Die Festgenommenen leugnen weiterhin. Sie waren schon dreimal im Bunker, aber keiner ist von seiner Version abgewichen. Alle behaupten, sie wüssten nichts von dem Mord und hätten nur der Stadt das Licht abdrehen wollen.«

»So kommen wir nicht weiter«, seufzte der Vicequestore. »Was machen wir denn jetzt mit den Autonomen: Lassen wir sie etwa frei?«

Aus Mascarantis Mund klang diese Frage wie das Jammern eines Kleinkinds, dem man gerade sein Lieblingsspielzeug kaputtgemacht hat.

»Ja, wir haben nichts, um sie weiterhin festzuhalten. Aber sie kommen wegen des Stromausfalls vor Gericht, und das wird übel für sie, du wirst sehen«, versuchte Lonigro ihn zu trösten.

Der Ispettore verließ mit gesenktem Kopf den Raum.

Cimurro und Sebastiani konnten nur mühsam ihr Lachen unterdrücken.

DREIZEHNTES KAPITEL
VideoTube

Select. Franco Battiato. Play. Cuccurucucu paloma

Drei Sterne, kein Mond. Nur Wolkengebirge.

Doch nicht mal die sah Diego. Er saß auf seiner Skarabäus und hielt, während er die von der Weihnachtsbeleuchtung erhellten Straßen entlangsauste, den Blick starr auf den weißen Mittelstreifen geheftet. Nur noch elf Tage bis Weihnachten, aber jetzt war keine Menschenseele unterwegs. In dieser Nacht starb man vor Kälte, und auch er hätte es vorgezogen, zu Hause zu bleiben. Aber er hatte etwas entdeckt, was keinen Aufschub duldete. Etwas, was man nicht am Telefon erzählen konnte. Etwas, was er Radeschi zeigen musste. Auf der Stelle.

Er sprang von seinem Motorroller und hielt sich nicht damit auf, ihn anzuketten. Da er noch die Hausschlüssel hatte, schloss er auf und rannte die Treppe hinauf, bis er außer Atem und keuchend vor der Wohnungstür seines Mentors ankam.

Enrico empfing ihn im Schlafanzug. Sein müder Blick verriet, dass er gerade ins Bett gehen wollte.

Buk erlöste ihn aus seiner Verlegenheit, als er hinter seinem Herrchen auftauchte und ihn ansprang.

»Was ist denn los?«, fragte Radeschi und ließ ihn ein.

»Eine Bombe, Enrico. Im Ernst!«

Er konnte kaum still stehen und war hochrot im Gesicht.

»Ich habe was entdeckt...«, setzte er an, verstummte aber plötzlich.

»Wo denn?«, hakte Radeschi nach, der ihn noch nie in einem solchen Zustand gesehen hatte.

»Im Internet.«

Erneute Pause. Fusters Wangen glühten.

Enrico versuchte, ihm aus seiner Verlegenheit zu helfen.

»Es ist doch kein Vergehen, sich mit dem Internet einen runterzuholen. Dafür braucht man sich nicht mal zu schämen: Schließlich wächst das Netz nur dank der Pornos.«

Aber auch das schien den jungen Mann nicht zu beruhigen.

»Du verstehst das nicht.« Wieder stockte er.

Es ging um etwas anderes, ganz eindeutig.

»Verdammt, Fuster, was hast du dir denn angesehen? Bist du Sodomist? Stehst du auf Exkremente?«

Sein Gegenüber schüttelte heftig den Kopf.

Radeschi öffnete den TV-Schrank. Dort bewahrte er seinen Rum auf. Und jetzt musste er seinen verdammten Assistenten zum Reden bringen. Er füllte ihm ein Glas bis zum Rand.

»Trink das, *cul sec.*«

»Wie?«

»Auf ex.«

Fuster gehorchte.

Radeschi schenkte nach.

»Noch mal.«

Der junge Mann stürzte den Rum hinunter. Endlich schien seine Verlegenheit zu weichen.

»Okay, Champion. Jetzt pack aus. Welche erschütternde Entdeckung ist zwei Gläser Matusalem Gran Reserva wert? Aber ich warne dich, wenn es nur Scheiß ist, kaufst du mir eine neue Flasche, und ich bin sicher, dass du dafür deinen Papa um Geld anhauen musst. Die ist nämlich nicht billig.«

Fuster antwortete nicht, sondern ging zum Computer, der ständig online war.

Er rief *Emule* auf, ein Programm für File Sharing, über das die halbe Welt Filme und MP3-Tracks aus dem Netz herunterladen konnte. Gratis.

Er gab den Titel des neuesten James-Bond-Films ein, der für das kommende Weihnachten als Blockbuster angekündigt war.

Radeschi sah ihm zu, ohne einzuschreiten. Er war gespannt, was jetzt kam.

Fuster begnügte sich nicht mit James Bond, sondern lud auch noch vier Filme herunter, die das Wort »Milano« im Titel hatten. Es waren italienische Krimis: *Milano violenta, Milano odia: la polizia non può sparare, Milano calibro nove* und *Milano rovente.*

»Was zum Teufel machst du da?«

»Warte.«

Zumindest musste er nicht lange warten. Nahezu der einzige Luxus, den Radeschi sich erlaubte, war ein Breitbandanschluss. In zehn, höchstens zwanzig Minuten würden all diese Filme abspielbereit auf seiner Festplatte sein.

Da Fuster offenbar entschlossen war, ihm bis zum Ende des Downloads nichts zu verraten, beschloss er, in der Zwischenzeit Kaffee zu machen: Es würde eine lange Nacht werden. Buk erleichterte sich vor der Balkontür auf dem Parkett. Er war schon seit zwei Stunden unruhig um das Sofa herumgelaufen und hatte immer wieder mit der Schnauze zum Haken mit der Leine gewiesen.

Radeschi aber hatte ihn ignoriert und musste jetzt den angemessenen Preis dafür zahlen. Mit Eimer und Schrubber machte er sich ans Werk. Als er die Fenster aufriss, um den Boden trocknen zu lassen, verkündete Fuster, der Download sei abgeschlossen.

Er begann, die Unstimmigkeiten aufzuzählen. »Zunächst einmal haben alle fünf Dateien exakt dieselbe Datenmenge: 766 MB.«

Radeschi zog eine Augenbraue hoch. Wie hoch ist die Wahrscheinlichkeit, dass zwei Hände voll Sand genau die gleiche Menge Sandkörner enthalten? Sie tendiert gegen null.

»Zweite Besonderheit«, fuhr der Assistent fort und startete die Vorführung der Filme.

Ohne große Überraschung entdeckte Enrico, dass alle Dateien trotz unterschiedlicher Namen den gleichen Film enthielten. Das erklärte Fusters Aufregung.

Zunächst präsentierte ein roter Schriftzug am unteren Rand des Monitors den Hauptdarsteller: Senio Biondi, Bürgermeister von Mailand. Darunter stand in grellem Gelb eine Internetadresse, wo man den Film online sehen konnte.

Radeschi riss ungläubig die Augen auf.

»Ich wollte eigentlich Ugo Piazza in Di Leos Film sehen«, erklärte Fuster, »und nun sieh dir an, auf was ich stattdessen gestoßen bin. Das zeitgenössische Kino besteht wirklich nur noch aus Sex und Gewalt.«

Er hatte noch nicht zu Ende gesprochen, da klingelte sein Handy. Er ging dran und hörte eine Minute zu, ohne etwas zu sagen.

Als er das Telefonat beendete, sah Radeschi ihn fragend an.

»Melissa«, erklärte Fuster. »Sie hat sich endlich gemeldet. Die schlechte Nachricht lautet: Sie hat gerade erst unseren Stadtverordneten ausgequetscht. Im wahrsten Sinne des Wortes.«

»Bitte verzichte auf deine gewagten Metaphern. Was hat sie gesagt?«

»Sie hat nichts aus ihm herausbekommen. Der Typ behauptet, Biondis Nachfolge habe schon seit einer Ewigkeit festgestanden. Ein Monat mehr oder weniger hätte nichts geändert. Der Mord an Biondi hat die Sache nur beschleunigt. Zwar hat niemand damit gerechnet, aber wirklich getroffen hat es nur wenige.«

Radeschi nickte und schenkte sich sein zweites Gläschen Matusalem ein. Das erste hatte er getrunken, ohne es überhaupt zu bemerken. Bei der dritten Runde fing sein von Sebastiani geerbtes altersschwaches StarTac an zu läuten.

»Bist du zu Hause?«

»Es ist fast Mitternacht. Du weißt doch, dass ich mit den Hühnern zu Bett gehe.«

»Umso besser; es wird dich nicht viel Zeit kosten: höchstens zwanzig Zeilen. Die Seiten sind alle schon fertig, aber der Artikel kommt auf die erste, als letzte Neuigkeit. Setz dich vor deinen Computer, und schreib was zusammen. Das Thema wird dir liegen: Es hat schon den ganzen Abend Hinweise in der Redaktion gehagelt. Willst du mal raten, worum es geht?«

»Um den Porno mit Biondi?«

»Wenn du das schon weißt, warum hast du mich nicht längst angerufen?«

Calzolari konnte man einfach nicht kalt erwischen!

Radeschi schrieb rasch seinen Artikel und mailte ihn an

den Chefredakteur. Kurz gab er sich der trügerischen Hoffnung hin, damit sei seine Arbeit erledigt, aber dann klingelte sein Handy erneut.

»Enrico? Ich brauche mal deinen Rat.«

Sebastianis Ton duldete keinen Widerspruch. Trotz der späten Stunde.

»Was machen wir jetzt?«, fragte Fuster, der bis dahin auf dem Parkett gesessen und Buks Bauch gekrault hatte.

»Wir fahren zur Questura. Ganz Mailand weiß schon über das Liebesleben der Squaw Pelli di Luna Bescheid ...«

»*Cuccurucucu paloma.*«

»Bravo, Diego, es gefällt mir, wie du meine Zitate aufgreifst.«

»Das war leicht. Battiato ist doch ein Klassiker, ich hab all seine Platten zu Hause; du weißt ja, Schallplatten haben einen weicheren Klang als CDs.«

Radeschi nickte, während er auf einem Bein hüpfte, um sich die Hose anzuziehen. Er hatte keine Zeit, sich über Fusters Plattitüden aufzuregen. Nicht um Mitternacht und nicht mit einer solchen Nachrichtensensation.

Select. Samuele Bersani. Play. Giudizi Universali

Die Schritte der Journalisten hallten dumpf in den menschenleeren Gängen der Questura wider. Fuster trottete eingeschüchtert hinter seinem Mentor her, während Radeschi sich in diesem Gebäude wie zu Hause fühlte. Es war keine Menschenseele zu sehen, ganz im Gegensatz zu sonst, wenn eine Vielzahl von Angestellten die Gänge bevölkerte. Die Rufe, das Klicken der Tastaturen, das Klingeln der Telefone und das Donnern der Stempel waren verstummt. Nur hier und da drangen aus einem der wenigen erleuchteten Büros gedämpfte Stimmen.

Da kam Carla Rivolta aus einem dieser Büros. Sie hatte die Haare zu einem Pferdeschwanz zusammengebunden, und ihre Uniform war nach dem langen Arbeitstag nicht mehr so makellos wie sonst. Ihre Blicke trafen sich. Die junge Frau hielt Enricos Blick stand. Dann lächelte sie, trat zu ihm und gab ihm einen Klaps auf die Wange.

»Bist du wegen neulich Abend noch wütend auf mich? Nein, oder? Tut mir leid, aber ich konnte das Gejammer deiner Exfrauen einfach nicht mehr ertragen ...« Sie lächelte erneut. »Danke auch, dass du mich nicht angezeigt hast, das war sehr nett von dir. Schließlich haben wir doch auch Spaß miteinander gehabt, oder?«, flüsterte sie ihm ins Ohr. »Du hast sehr nett ausgesehen, so angebunden. Ich mache jetzt Feierabend, aber vielleicht sprechen wir uns in den nächsten Tagen mal, okay?«

Radeschi brachte kein Wort heraus. Fuster sah der Polizistin ein bisschen zu aufmerksam nach.

»Was machst du da? Starrst du ihr auf den Hintern?«

Radeschis Stimme hallte im Korridor wider, und unmittelbar darauf steckte Sebastiani den Kopf aus seinem Büro.

»Was zum Teufel macht ihr denn? Los, kommt rein!«

Er winkte sie herein, ohne sein Handy vom Ohr zu nehmen. Offenbar war der Sprecher am anderen Ende der Leitung sehr aufgeregt. Der Polizist beschränkte sich darauf, zuzuhören und in mehr oder weniger regelmäßigen Abständen ein zustimmendes Knurren von sich zu geben.

»Alles klar, danke«, sagte er schließlich.

Radeschi und Fuster hatten in der Zwischenzeit auf dem

Fensterbrett Platz genommen, da die einzigen beiden Stühle in dem kleinen Büro bereits von Lonigro und Cimurro besetzt waren.

»Gut«, begann Sebastiani. »Da jetzt alle da sind, können wir ja anfangen. Enrico, ich brauche deine Hilfe.«

Mit diesen Worten drehte er den Computerbildschirm so, dass alle ihn sehen konnten.

»Erklär uns das mal!«, forderte er ihn auf.

Auf dem Monitor sah man Biondi beim wüsten Liebesspiel.

»Viagra?«, wagte Radeschi sich vor.

»Ach, Quatsch! Sieh doch mal genau hin.«

Das Bild konzentrierte sich nun auf Biondis Gegenüber.

»Aber ist das nicht ...?«, stammelte Fuster. Bis dahin hatte er gar nicht auf Biondis Gespielen geachtet.

»Genau«, bestätigte Lonigro.

»Jetzt weiß ich endlich, was ein Sekretär für besondere Aufgaben hat.«

»Deine Witze werden immer schlechter, Enrico.«

»Ich weiß. Aber das liegt wohl daran, dass ich so müde bin. Außerdem sind solche Pornos normalerweise nicht mein Fall.«

»Ist schon gut, lassen wir das. Ich habe Neuigkeiten«, setzte Sebastiani erneut an. »Zunächst einmal habe ich mit Quantico telefoniert. Direkt nachdem ich die Aufnahme hier gesehen habe, habe ich ihm befohlen, Überstunden zu machen.«

Radeschi und Cimurro wechselten einen Blick.

»Er hat die Autopsie an Fabrizio Durini, Biondis Sekretär, gerade abgeschlossen«, fuhr er fort. »Es besteht kein Zweifel daran, dass es Selbstmord war. Kein Zeichen von äußerer

Gewaltanwendung. Er ist erstickt, und die Hämatome am Hals entsprechen der Schlinge.«

»Jetzt wird alles viel klarer«, verkündete Lonigro.

»Allerdings«, bestätigte Radeschi und zündete sich eine Selbstgedrehte an. »Jetzt wissen wir, warum Durini sich selbst terminiert hat: Er wollte die Schmach nicht erdulden, die dieser Film über ihn gebracht hätte.«

»Sich selbst terminiert?«, flüsterte Cimurro Fuster ins Ohr.

»Aus *Terminator*«, erklärte der junge Mann. »Manchmal drückt er sich gerne so aus.«

»Schon seit einiger Zeit«, schaltete Lonigro sich ein, »gibt es Gerüchte, der Bürgermeister sei zumindest bisexuell, wenn nicht gar schwul. Obwohl er hartnäckig die Hetero-Fassade aufrechterhielt, gab es viele Skeptiker. Aber in diesem Punkt ist Biondi – auch nach seiner geistigen Umnachtung, wenn man es mal so nennen darf – eisern geblieben und hat weiterhin die Parteilinie vertreten: keine Homoehe, besonderer Schutz für die traditionelle Familie, keine Adoptionsmöglichkeiten für Singles und Homosexuelle.«

Nun wandte Sebastiani sich an Radeschi.

»Kommen wir zum Grund, aus dem wir dich hergerufen haben, Enrico. Was kannst du uns über diese Aufnahmen sagen? Warum sind seit heute so viele Kopien davon in Umlauf?«

»Ich kann mir das nur so erklären, dass die Aufnahmen über eine Tauschbörse unbekannter Nutzer verbreitet wurden. Besser gesagt: Wie einige von euch sicher wissen, trifft man in der *Peer-to-peer*-Welt oft auf Fälschungen. Meistens werden sie von den Usern selbst verbreitet, und zwar mit einem ordnungsgemäßen Schriftzug oder Ähnlichem, was die

Kopien als Fälschungen ausweist und so verhindert, dass sie heruntergeladen werden. Aber was wir hier sehen, kommt mir eher vor wie eine richtige Rufmordkampagne.«

Die Polizisten nickten.

»Fuster und ich haben als Muster einige Filme heruntergeladen, die aktuell in den Kinocharts sind: Aber in allen ist nur Biondi zu sehen, insbesondere in allen mit dem Wort ›Milano‹ im Titel. Der Urheber des Ganzen wollte ihn bloßstellen, und alle Welt sollte es sehen. Die Medien haben davon schon Wind gekommen und sind mit der Frage beschäftigt, welche Teile sie veröffentlichen können …«

»So weit sind wir auch schon«, unterbrach ihn Lonigro schroff. »Von dir wollen wir Folgendes wissen: Wieso sind diese Aufnahmen plötzlich überall?«

»Im Netz gibt es bestimmte zeitliche Abläufe. Bevor so ein Video eine derartige Verbreitung findet, muss es erst einmal einer herunterladen und in Umlauf bringen. Wahrscheinlich ist alles von einem einzigen Computer ausgegangen, der ursprünglichen Quelle, und hat sich von dort aus vervielfacht. Es ist ein langsamer Prozess, und man kann unmöglich vorhersagen, wie viel Zeit die Verbreitung braucht. Um den Prozess zu beschleunigen, muss man dafür Werbung betreiben, damit möglichst viele Personen das Video über ihren eigenen Computer weiterverbreiten.

Es ist mittlerweile eine beliebte Taktik, aktuelle Blockbuster für so etwas zu verwenden, weil alle diese Filme herunterladen wollen. Ich gehe davon aus, dass dank dieses Tricks in den letzten Stunden die größtmögliche Verbreitung erreicht wurde. Ich wette, Durini hat das Video ebenfalls so entdeckt. Er hat sich einen Film bei *Emule* heruntergeladen und eine böse Überraschung erlebt.

Sobald die Leute merken, dass sie anstelle von James Bond oder Harry Potter einen Porno heruntergeladen haben, löschen sie die Datei, und die Verbreitung lässt bedeutend nach. Aber mittlerweile wird das Video um die ganze Welt gegangen sein.«

»Kann man denn nichts gegen die Weiterverbreitung machen?«

»Ich fürchte, nein. Nicht bei der Methode, die ich gerade beschrieben habe. Es ist die beliebteste Taktik, sich an Exfrauen zu rächen, die sich bei Vergnügungen der hemmungsloseren Art haben filmen lassen. Mittlerweile scheint es eine Art Volkssport zu sein, Pornovideos ins Netz zu stellen. Paris Hilton ist damit berühmt geworden! Wenn man das Passwort für die Site und ein paar entsprechende Hinweiswörter im Titel hat, kann man sicher sein, dass das Video innerhalb von vierundzwanzig Stunden im ganzen Land, und nicht nur da, heruntergeladen wird. Und die arme Ex kann sich dem virtuellen Pranger nicht mehr entziehen.«

»Schrecklich.«

»Stimmt, und man kann nichts dagegen machen, weil man nicht weiß, wie viele Kopien in Umlauf sind. Denn die Leute benennen das Video um, schneiden ein paar Teile heraus und veröffentlichen diese weiter, so dass man es unmöglich bis zum Urheber zurückverfolgen kann. Frag mal deine Freunde von der *Polizia Statale,* ob ich Stuss erzähle.«

»Aber man kann den Film doch zumindest aus dem Internet entfernen, oder?«

»Genau«, schaltete Cimurro sich ein. »Das Video ist ja auch auf Sites wie YouTube zu sehen.«

Radeschi lächelte.

»Sagen wir mal, die Site funktioniert genau so wie YouTube, aber die Inhalte sind ganz andere. Die Site heißt PornTube, und der Name erklärt alles. Hier werden Videos veröffentlicht, auf denen man Prominente beim Ficken sieht. Eine Menge Möchtegernstarlets, die Tuten und Blasen üben.«

»Geschliffene Wortwahl«, bemerkte Lonigro spöttelnd.

»Ich versuche, mich der Sache im Ton anzupassen. Denn wenn man von Pornos spricht ...«

»Könnte man es nicht schwärzen?«

Radeschi verzog den Mund.

»Das ist nicht so einfach. Die Seite befindet sich auf einem amerikanischen Server. Ihr müsstet die dortigen Behörden kontaktieren und einen Missbrauch anzeigen. Bis dahin hätte es aber schon die ganze Welt gesehen.«

Stille trat ein. Nur das Video surrte weiter über den Bildschirm.

»Es muss in einer Sauna gefilmt worden sein, irgendwo in Deutschland, Österreich oder der Schweiz. Die Wörter auf den Schildern sind deutsch«, bemerkte Lonigro.

»Meiner Meinung nach war es in Zürich«, sagte Fuster.

Alle drehten sich nach ihm um. Radeschi stellte die naheliegende Frage:

»Wieso kommst du auf Zürich?«

»Ich bin darauf gekommen, weil der Bürgermeister letzte Woche wegen einer Verkehrstagung dahin gefahren ist.«

»Tja, in dieser Sauna war jedenfalls ganz schön viel Verkehr.«

Sebastiani starrte Radeschi finster an.

»Die Aufnahmen müssen mit exzellenten Mikrokameras gemacht worden sein, die man im Fernsehen auch bei verdeckten Aufnahmen verwendet. Die sind ziemlich teuer«, meldete sich Cimurro. »Wir benutzen sie auch bei Observierungen.«

»Dann bezweifle ich, dass es der Typ mit den drei Nasenpiercings war, der im autonomen Zentrum den Sprecher gemacht hat. Der, den wir viermal verhört haben. Er scheint mir nicht der passende Typ zu sein.«

»Mir auch nicht«, räumte Sebastiani ein. »Hier haben wir es mit Profis zu tun. Profis mit einem Geldgeber im Rücken.«

VIERZEHNTES KAPITEL
Swissknife

Select. Franz Ferdinand. Play. Walk away

Cimurro warf einen Blick auf seine Armbanduhr. Elf Uhr vier. Er hatte sich die Haare schneiden und sich ordentlich rasieren lassen. Er trug einen Kamelhaarmantel, eine schwarze Hose und Lederschuhe; jetzt ähnelte er in nichts mehr dem australischen Krokodiljäger, den er normalerweise verkörperte.

Mascaranti hatte sich auf einem der gegenüberliegenden Gebäude postiert und behielt ihn mit einem Teleobjektiv im Auge. Lonigro saß im Laderaum eines Lieferwagens, der am Anfang des Corso di Porta Venezia parkte, und beobachtete ihn über einen Monitor, der mit den Überwachungskameras auf der Piazza San Babila verbunden war.

Wieder warf der Mann von der DIGOS einen Blick auf die Uhr. Vom Geldgeber immer noch keine Spur. Er zündete sich seine hundertste Zigarette an und kam allmählich zu der Überzeugung, dass er sich nicht mehr blicken lassen würde.

Gerne hätte er seine Zweifel über Funk kundgetan, aber das war unmöglich. Da er sicher durchsucht werden würde, durfte er weder ein Funkgerät noch Mikrofone bei sich tragen. Und auch keine Waffe.

Er war also quasi nackt, abgesehen von dem kleinen GPS-Gerät im Absatz seines rechten Schuhs – unerlässlich für den Fall, dass seine Schutzengel ihn aus den Augen verlören.

Das ganze Szenario hatte sich Radeschi in Absprache mit Sebastiani und dem Team ausgedacht. Sie wollten den Mann fassen, der das Pornovideo mit Biondi in Auftrag gegeben hatte.

»Können wir den Urheber aufspüren?«, hatte Cimurro bei der Planung der Operation gefragt. »Den Ersten, der den Film ins Netz gestellt hat?«

Wie immer hatte sich das ganze Team im Büro des Vicequestore zusammengefunden.

Radeschi saß mit einer Tasse Kaffee und einer Selbstgedrehten vor dem PC; Sebastiani lehnte an der Wand und kaute an seiner Zigarre; Lonigro verfolgte mit finsterer Miene jeden Schritt des Reporters auf dem Computer; Fuster saß ein wenig abseits und machte sich Notizen.

»Bei diesen File-Sharing-Programmen ist es unmöglich, die ursprüngliche Quelle ausfindig zu machen. Mittlerweile wird derjenige, der den Film ins Netz gestellt hat, ihn schon längst wieder auf seinem PC gelöscht haben.«

»Also können wir nichts machen?«

»Uns bleibt nur noch eine Hoffnung: Wir könnten uns in den Server von PornTube hacken.«

»Na toll«, meldete sich Lonigro. »Gibt es keine legale Möglichkeit?«

Der Journalist schüttelte den Kopf.

»Nein, und auch das Hacken wird kein Spaziergang. Die Pornoseiten sind nicht nur super geschützt, sondern auch mit der neuesten Technologie ausgestattet. Ihr wisst doch, warum, oder? Wem würde es nicht gefallen, über die Autobahn zu rasen, ohne Maut zu bezahlen? Hier ist es dasselbe: Alle wollen sich stundenlang Pornos reinziehen, ohne auch nur einen Cent zu berappen.«

»Du bist doch so erfindungsreich«, unterbrach ihn Sebastiani. »Wie gedenkst du also, in dieses super geschützte System einzudringen?«

»Mit einem Fallschirm.«

»Bitte?«

»Ich will euch nicht mit technischen Details langweilen. Nur so viel, damit ihr es grob versteht: Was macht der Pilot eines Jagdbombers, der weiß, dass sein Flugzeug abstürzt und zerschellen wird?«

»Er springt mit dem Fallschirm ab?«

»Genau. Ich gedenke, denselben Mechanismus zu nutzen. Ich verbinde mich mit ihrem Server, und zwar mit diesem schönen, kleinen Programm, das ein Hacker aus Marseille erfunden und sogar *Parachute* getauft hat. Dann verlangsame ich mehr und mehr ihre Prozesse. Stellt euch eine Gruppe Gangster vor, die in die Verkehrszentrale einer Stadt eindringt und anfängt, Schilder umzustellen, Einbahnstraßen umzuleiten und mit den Ampelfarben herumzuspielen …«

»Es gäbe einen Megastau.«

»Genau, alles wäre blockiert und verstopft. In der Informatik ist es dasselbe. Bevor alles vollkommen zum Erliegen kommt, hat der Computer, auf dem die Website sich befindet, noch eine Alternative: Er übergibt an einen anderen, ähnlichen Computer, wo alles noch frei ist und ordnungsgemäß funktioniert. Sagen wir mal, er übergibt ihm den Staffelstab und hängt sogar noch einen Fallschirm dran, wo allerdings auch ein Spion wartet, der, wenn er erst mal gelandet ist …«

»Die fünfte Kolonne bilden wird! Wir haben's kapiert, Enrico. Hör auf zu labern, und beeil dich.«

»Ganz ruhig, Loris, während meiner Erläuterungen habe ich bereits unser Marseiller Torpedo abgeschossen. In wenigen Sekunden sollten wir drin sein. Dann stehen uns alle Daten zur Verfügung.«

»Was genau suchen wir denn?«, schaltete Cimurro sich ein.

»Die Namen aller Nutzer, die auf dieser Website registriert sind. Hier, da haben wir es doch schon. Ich suche die Datei mit Biondi, prüfe, wer sie eingegeben hat, *et voilà*.«

Auf dem Bildschirm erschien ein Namensregister.

»SaunaMan?«, platzte Sebastiani heraus. »Und das soll uns weiterbringen?«

»Und ob! Natürlich ist das ein Deckname, aber diese Nummer daneben ist die IP-Adresse und sagt uns genau, wo unser Voyeur sitzt.«

»Sag an!«

»Warte, ich gebe die Nummer von SaunaMan in die elektronischen gelben Seiten, das heißt in das *Domain Name System,* dann werden die Daten verglichen, und siehe da: Via Pietro da Marliano 32, Bellinzona, Schweiz. Unser SaunaMan heißt im echten Leben Luca Brunner.«

Radeschi hatte noch nicht zu Ende gesprochen, da hatte Cimurro schon Interpol in der Leitung.

»Wiederhole noch mal den Namen und die Adresse.«

Select. Talking Heads. Play. Psycho Killer

»Den Geldgeber kenne ich nicht. Für mich ist er nur eine Stimme am Telefon; in meiner Branche ist Diskretion alles.

Er hat mich vor etwa zehn Tagen angerufen. Er sprach ausgezeichnet Englisch, aber man merkte, dass es nicht seine Muttersprache war. Er hatte es sehr eilig und sagte, der Auftrag müsse innerhalb von achtundvierzig Stunden ausgeführt werden. Ich sagte, das sei unmöglich, zuerst müsse man sich über den Preis und die Einzelheiten einigen ... Aber er hatte bereits an alles gedacht. Noch während wir telefonierten, ließ er mich übers Internet mein Konto kontrollieren: Er hatte mir über eine Luxemburger Bank einen Vorschuss von fünfzigtausend Franken überweisen lassen.

Damit hatte er plötzlich meine ganze Aufmerksamkeit. Nicht nur wegen des Geldes, sondern auch, weil ich mich fragte, wie zum Teufel er an meine Bankdaten gekommen war.

Aber dann ließ ich die Frage fallen, um mich auf das zu konzentrieren, was er von mir wollte.

Es war alles schon geplant. In meinem E-Mail-Account, das ich ihm nicht angegeben hatte, hatte ich Fotos von den beiden, die ich filmen sollte, und den Buchungsbeleg für ein Hotelzimmer.

Er kannte die Pläne der beiden Männer, die ich aufnehmen sollte; er wusste, dass sie in einer bestimmten Sauna in der Badenerstraße auftauchen würden. Er sagte, das sei eine ihrer Gewohnheiten. Es sei schon mehrfach vorgekommen, und sie hätten sogar eine Sauna für sich reserviert. Es war also alles vorbereitet.

Einen Tag später war ich mit meiner Ausrüstung in Zürich. Das Equipment ist so klein, dass es in einen Beutel passt. Ich ging also wie ein ganz normaler Gast in die Sauna, hab die Mikrokamera platziert und mich vergewissert, dass sie funktioniert. Dann bin ich ins Hotel zurückgekehrt, das direkt gegenüberliegt, und habe die Aufzeichnung vorbereitet. Ihr habt ja keine Ahnung, was die Holzbänke darin mitmachen müssen …

Am nächsten Tag sind die beiden gegen drei Uhr nachmittags in der Sauna aufgetaucht und haben sich eine gute halbe Stunde miteinander vergnügt. Ich hab alles aufgezeichnet.

Kaum waren sie weg, bin ich zurück, hab die Kamera geholt und bin nach Hause gefahren, wo ich mich an die Arbeit gemacht habe. Als Erstes habe ich das Video auf PornTube veröffentlicht: als Beweis, dass der Auftrag erfolgreich ausgeführt wurde. Dann hab ich den Auftraggeber angerufen, über ein Handy mit italienischer Nummer, die er mir gegeben hatte, und ihm die Webadresse gegeben, wo er das Video sehen konnte. Er fand es gut. Dann hat er gesagt, ich sollte mal auf mein Konto schauen. Da warteten bereits weitere fünfzigtausend Franken auf mich. Ich war euphorisch, hab aber sofort weitergemacht, weil ich noch zwei Aufgaben zu erledigen hatte, für die ich schon bezahlt worden war. Auf Vertrauensbasis sozusagen. Die erste war, das Video so weit wie möglich im Netz zu verbreiten. Und als Zweites sollte ich die DVD mit dem Originalfilm einem Boten von UPS geben, der schon nach einer knappen halben Stunde bei mir klingelte. Ich habe alles ganz genau ausgeführt. Ende der Geschichte.«

Lonigro schaltete die Aufnahme aus.

»Also, das ist Brunners Geständnis, das von der Schweizer Polizei aufgezeichnet wurde. Was machen wir jetzt?«

»Meiner Meinung nach hat der Schweizer eine Kopie der DVD für sich behalten«, bemerkte Mascaranti.

»Und was ändert das?«

»Damit können wir den Geldgeber noch mal anrufen

und sagen, seine DVD sei nur eine Kopie, und wenn er das Original wolle, müsse er uns noch mal Geld überweisen.«

»Uns?«

»Es sind schon zu viele beteiligt.«

»Das funktioniert nicht«, entgegnete Lonigro. »Was soll er mit einer weiteren Kopie? Wenn er eine will, lädt er sich die aus dem Netz runter.«

»Andere Ideen?«, fragte Sebastiani.

»Wir rufen ihn an und bitten ihn um ein Treffen. Schließlich haben er und Brunner sich nie gesehen.«

»Na toll, Enrico, und was sagen wir dann?«

Radeschi strahlte.

»Wir erpressen ihn«, erklärte er, als wäre das die natürlichste Sache der Welt. »Wir sagen ihm, wir wüssten, wer er sei, weil wir den Weg seines Geldes zurückverfolgt hätten, bevor es auf dem Konto des Schweizers landete.«

»Kann man das denn?«, fragte Cimurro.

»Theoretisch schon, aber ich kenne keinen, dem das je gelungen wäre.«

»Versuchen wir's trotzdem«, sagte Sebastiani. »Wir haben nichts zu verlieren.«

»Ein Problem gibt es aber«, wandte Lonigro ein. »Vielleicht hat Brunner seinen Geldgeber nie gesehen, aber können wir sicher sein, dass auch das Gegenteil der Fall ist? Soweit Brunner uns berichtet hat, ist dieser Mann ziemlich gut informiert ...«

»Darüber würde ich mir keine Sorgen machen«, erwiderte der Vicequestore. »Die Maskenbildner vollbringen mittlerweile wahre Wunder – außerdem: Wenn ich mir dieses Polizeifoto so ansehe, würde ich sagen, Brunner hat ziemlich viel Ähnlichkeit mit Cimurro. Findet ihr nicht?«

Die anderen nickten.

Der Mann von der DIGOS schüttelte resigniert den Kopf.

»Glaubt ihr im Ernst, der wird anbeißen?«

Select. Coolio. Play. Gangsta's paradise

Er hatte nur ein bisschen Geld und einen Pass mit weißem Kreuz auf rotem Grund bei sich.

Cimurros neue Identität. Die Angaben belegten, dass er am 16. Mai 1972 in Bellinzona geboren war. Sein neuer Name lautete: Luca Brunner.

Der Schweizer hingegen befand sich augenblicklich in einer Zelle im Gefängnis von Lugano. In Schutzhaft, bis die Operation abgeschlossen war.

Um sich zu beruhigen, überquerte Cimurro mit raschen Schritten die Fläche zwischen Leinwand und Brunnen.

»Hier kann mir nichts passieren«, sagte er sich immer wieder. »Einen zentraleren Platz als diesen gibt es in ganz Mailand nicht.«

Radeschi und Fuster behielten ihn durch das Schaufenster einer großen Bekleidungskette gegenüber dem Brunnen im Auge. Sebastiani hatte ihnen ausdrücklich verboten, sich innerhalb des Aktionsradius aufzuhalten, und dieses Verdikt hatten die beiden natürlich auf ihre Art ausgelegt. Als sie den Mann von der DIGOS bartlos und gepflegt vor sich sahen, hatten sie Mühe, ihn zu erkennen. Ohne Lederjacke und Sonnenbrille war er ein völlig anderer Mensch.

Der Polizeibeamte wurde von seinen eigenen Vorstellungen gequält. Die Techniker der Polizei hatten die ganze Nacht mit dem Versuch verbracht, das Handy des Geldgebers zu lokalisieren. Ohne Erfolg: Es war abgeschirmt. Auch von dem E-Mail-Account, über das er mit Brunner kommuniziert hatte, gab es keine Spur mehr. Es war deaktiviert und gelöscht. Sie hatten es eindeutig mit einem Profi zu tun.

Als Cimurro sich zum wiederholten Male vor der Leinwand umwandte, um die Strecke zurückzugehen, tauchte am hinteren Ende der Piazza ein grauer SUV mit verdunkelten Rückfenstern auf. Ein Lexus RX. Er hielt auf der gegenüberliegenden Seite des Platzes. Dann stieg aus einer der hinteren Wagentüren ein Schrank auf zwei Beinen. Ein Koloss ganz in Schwarz mit rasiertem Schädel und ohne Mantel, trotz der Kälte. Meister Proper im Unterhemd.

Beim Anblick dieses Kerls begriffen alle Polizisten im Umkreis, dass ihre Zielperson sich in diesem Wagen befand.

Sebastiani sprang vom Hocker der Bar, in der er die Szene beobachtet hatte, und kontaktierte über Funk Lonigro und Mascaranti.

»Lass ihn nicht in den Wagen steigen«, befahl er. »Wenn der, den ich in Verdacht habe, drinsitzt, kommt Cimurro dort nicht mehr lebend raus. Unserem Mann gefällt es gar nicht, erpresst zu werden.«

Cimurro war wohl zu demselben Schluss gekommen. Und als der Schrank in Schwarz auf ihn zusteuerte, bekam er es langsam mit der Angst zu tun.

Der Vicequestore lehnte sich an eine Säule der Arkaden vor dem Teatro Nuovo und tat so, als würde er telefonieren.

Cimurro und der Schrank wechselten ein paar Worte, dann folgte Cimurro ihm. Er sah sich nicht um, weil er wusste, wie so etwas laufen musste.

»Wann können wir zuschlagen?«, krächzte Sebastianis Stimme über Funk.

»Wann Sie wollen.«

»Wir warten, bis er fast im Wagen ist, dann schreiten wir ein. Auf mein Zeichen.«

Die zwanzig Meter, die Cimurro noch vom Wagen trennten, schienen endlos.

Lonigro fixierte unbeweglich die Monitore. Fuster und Radeschi hatten sich für ein Taxi angestellt, ohne dass ihnen auch nur das Geringste der Szene entging.

Mascaranti war eilends vom Dach gekommen, um sich zu den Männern seines Teams zu gesellen, die sich unter die Menge gemischt hatten. Als Passanten, Touristen, Boten. Alle Männer der Questura hatten einen Kopfhörer im Ohr und waren bereit einzugreifen. In der Via Senato warteten zwei Zivilfahrzeuge mit laufendem Motor. An der Piazza della Scala ebenso.

Dann geschah alles ganz schnell.

Cimurro und Meister Proper warteten auf Grün, um den Zebrastreifen zu überqueren. Der Lexus hatte sich langsam in Bewegung gesetzt, um ihnen entgegenzukommen.

Fünf Meter, drei, zwei …

»Jetzt!«, befahl Sebastiani.

Sirenengeheul stieg in den Himmel. Cimurro zeigte bemerkenswert schnelle Reflexe und stieß dem Riesen so heftig den Ellbogen in die Seite, dass der in die Knie ging. Aus dem Nichts tauchten drei Männer mit gezückten Pistolen und Dienstmarken auf, um einen Angriff des Riesen zu verhindern.

Der Fahrer des SUV ließ sich von diesem Ausfall der Ordnungskräfte nicht beeindrucken und fuhr mit schlitternden Reifen davon.

Mascaranti feuerte gegen das Ungetüm sein gesamtes Magazin leer. Doch ohne Erfolg, es war gepanzert.

Sebastiani hatte das vorausgesehen und befahl, wenn auch mit Zahnschmerzen, es zu rammen.

Die Zivilwagen, die von vorne und hinten auftauchten, zögerten nicht, sondern rasten wie ferngesteuerte Autos auf den Lexus zu. Es war eine filmreife Szene, die den erhofften Effekt erzielte.

Der SUV hätte noch wenden können, aber der Unfall hatte für eine Massenkarambolage gesorgt und den Verkehr völlig lahmgelegt.

Es blieb nicht mal eine Sekunde, um den Vorfall zu verarbeiten, da plötzlich Roman Vulfowitsch aus der hinteren Wagentür schoss. Er war ganz in Weiß gekleidet wie ein kolumbianischer Drogenbaron und rannte los wie eine Gazelle. Geschickt wich er einem als Gasarbeiter verkleideten Beamten aus, der ihn festhalten wollte, und steuerte geradewegs auf die Kirche zu, die dem Platz seinen Namen gab.

»Nicht schießen«, befahl Sebastiani. »Wir wollen ihn lebend!«

Dass der Geldgeber der Russe war, hatte Sebastiani schon begriffen, als die Tür des Lexus' zum ersten Mal aufging. Der Riese in Schwarz, Leibwächter und Mädchen für alles, war ihm schon bei der Premiere in der Scala aufgefallen, als er die Walküren mit der Hummer-Limousine begleitete. Ein Kerl wie er blieb nicht unbemerkt.

»Was soll das, Diego?«, schrie Radeschi. »Mach keine Dummheiten!«

Aber Fuster hatte eines bereits von seinem Meister gelernt: Niemals auf vernünftige Ratschläge hören.

Er rannte los, schlängelte sich zwischen den blockierten Wagen hindurch und steuerte direkt auf den Mann in Weiß zu.

Der Russe hatte mittlerweile den Vorplatz der Kirche erreicht, wo kurz zuvor ein dickes Motorrad, Marke BMW, gehalten hatte. Der Fahrer drosselte den Motor und hielt einen Helm für den Flüchtenden bereit. Vulfowitschs Plan B.

Plötzlich stellte Lonigro sich dem Russen in den Weg und schwang einen Schlagstock. Aber er konnte ihn nicht stoppen. Der Russe wich geschickt dem Hieb des Polizisten aus und schlug ihn mit einem rechten Kinnhaken k. o. Vulfowitsch war schnell und durchtrainiert.

Dann stand ihm Fuster plötzlich gegenüber, wie in einem Duell.

Vulfowitsch musterte ihn: Er war das letzte Hindernis zwischen ihm und seinem Fluchtfahrzeug.

Der Russe griff mit gesenktem Kopf an, überzeugt, gegenüber dem blonden Jüngelchen mit dem Kindergesicht im Vorteil zu sein.

Diego neigte sich zu einer Seite, wich seinem Angriff aus, drehte sich dann um sich selbst und streckte ihn mit einem Fußtritt nieder. Vulfowitsch brach sofort zusammen, und der Motorradfahrer gab Gas, um Fuster zu überfahren. Da zerriss ein Pfiff die Luft.

Mit einem Mal vollzog sich alles wie eine Filmsequenz von Tarantino. Am Anfang in Zeitlupe, dann tausendfach beschleunigt und am Schluss in normaler Geschwindigkeit.

Das Motorrad verlor die Kontrolle und prallte in ein Schaufenster. Sebastiani, die Zigarre im Mund und die Waffe im Anschlag, stand reglos da wie Clint Eastwood und starrte auf den vollkommen verblüfften Fuster und die Blutlache, die sich langsam unter dem toten Motorradfahrer ausbreitete.

Es war Radeschi, der sie als Erster erreichte und dabei wie wild Fotos mit seiner Digitalkamera schoss.

»Verdammt, Diego, du hast mir ja gar nicht gesagt, dass du Karate kannst!«

Fuster lächelte.

»Ich hab vor fünf Jahren aufgehört. Mit dem schwarzen Gürtel. Aber wie heißt es so schön: Gelernt ist gelernt.«

»Ja, ja, allerdings hast du dich nicht daran erinnert, als ich dir den Elektroschock verpasst habe.«

»Das war doch was völlig anderes! Schließlich hattest du mich kalt erwischt! Außerdem war der hier unbewaffnet …«

Radeschi schüttelte den Kopf. »Meinst du? Dann sieh mal genau hin.«

In der Jacke des Russen konnte man den Kolben einer Pistole sehen. Vulfowitsch bewegte sich, kam aber nicht daran, weil ein Schwarm Polizisten ihn überwältigte. Sie legten ihm Handschellen an und führten ihn gemeinsam mit seinen Leibwächtern ab.

Am nächsten Tag landete Fuster auf der Titelseite des *Corriere*. Auf dem Foto des Aufmachers, vier Spalten breit, mit dem Mann, den er überwältigt hatte. Es war ein Bild, das entfernt an die Aufnahme eines Hochseefischers erinnerte, der triumphierend seinen Fang präsentiert.

Radeschi hatte genau den Augenblick für die Ewigkeit festgehalten, in dem sein Assistent mit dem Fuß Vulfowitschs Gesicht neu modellierte. Die italienische Antwort auf Bruce Lee.

Als Calzolari dieses Foto sah, schnellte seine Begeisterung in ungeahnte Höhen. Genau wie seine Wertschätzung für Enrico, der sich mit Artikeln, Fotos, Hintergrundberichten und einem Interview mit dem Helden des Tages in einer einzigen Nacht fiebrigen Arbeitens ein Honorar gesichert hatte, das ihn und Buk mindestens einen ganzen Monat über die Runden bringen würde.

FÜNFZEHNTES KAPITEL
Wofür man mordet

Select. Roberto Vecchioni. Play. Luci a San Siro

Ein Zimmer im Studentenwohnheim, IKEA-Möbel, glimmende Räucherstäbchen und Puzzles an den Wänden: Das war Fusters Bude, in die Radeschi zum ersten Mal seinen Fuß setzte. In Händen hielt er ein Exemplar des *Corriere* und eine Flasche Matusalem-Rum, die er in Glitzerpapier gepackt hatte. Als Geschenk. Es galt, die Titelseite und den Mut des Mannes, den er jetzt voller Stolz als seinen Assistenten bezeichnete, gebührend zu feiern. Fuster lächelte.

Er dankte Enrico für die Flasche, spülte zwei Gläser im Spülbecken aus und füllte sie bis zum Rand.

»Auf uns«, sagte er dann und hob das Glas.

»Cin.«

Diego leerte das Glas in einem Zug und schob dann eine CD in die Stereoanlage.

Jetzt wollte er es seinem Meister in allen Bereichen zeigen, auch im musikalischen. Sein ehrgeiziges Ziel war, Paolo Conte mit seinem Klavier zu untergraben.

»Was ist denn das für ein Scheiß?«, herrschte Radeschi ihn an. Respekt und Höflichkeit waren schon wieder vergessen.

»Du machst wohl Witze? Das ist Roberto Vecchioni. Eine Legende für uns Mailänder.«

»Wir sind beide keine Mailänder. Ich komme aus der Bassa und du aus Modena!«

»Und wenn schon. Er ist einer der ganz Großen. Und dieses Lied hier, *Luci a San Siro,* ist großartig. Es spiegelt eine ganze Epoche.«

»Hör auf, Fuster! Ich ertrag solches Geschwätz jetzt einfach nicht.«

Die Tür zum Bad ging auf. Ein schlankes, hochgewachsenes Mädchen mit tropfnassen blonden Haaren und weißem Handtuch um den Leib kam ins Zimmer. Sie sagte nichts, sondern winkte nur zur Begrüßung, während sie sich zur Kochnische begab, um sich einen Kaffee zu machen.

Radeschi warf Diego einen fragenden Blick zu.

Der zuckte die Achseln.

»Eine Kommilitonin von mir.«

»Ach«, sagte Enrico, ohne den Blick von ihr zu lösen.

Sein Assistent packte ihn am Arm.

»Was steht denn heute auf dem Programm?«

Sie waren jetzt ein Team. Radeschi kam wieder zu sich.

»Sebastiani hat uns in sein Büro zitiert. Wie es aussieht, ist der Fall mit dem Russen noch nicht gelöst.«

Im Büro des Vicequestore klingelte zur Abwechslung mal das Telefon. Die beiden Reporter traten ohne anzuklopfen ein. Drinnen hielten sich Lonigro und Cimurro wie üblich an ihrem Päckchen Pall Mall fest. *Crocodile Dundee* war zurückgekehrt. Von Mascaranti keine Spur.

Der Vicequestore begrüßte die beiden Neuankömmlinge mit einem Nicken und hob den Hörer ab.

»Dein Freund von der Presse hatte recht«, begann der Mann am anderen Ende der Leitung.

Sebastiani brach in schallendes Gelächter aus.

»Warte, ich stell dich mal laut. Könntest du das noch mal wiederholen?«

»Dein Freund von der Presse hatte recht.«

Sebastiani lächelte weiterhin. Enrico grinste triumphierend. Vrinks Stimme klang sehr weit weg und wirkte eher wie ein Flüstern.

»Wir haben die beiden Gesuchten geschnappt.«

»Glückwunsch! Wo hatten sie sich versteckt?«

»Wo wir wahrscheinlich nie gesucht hätten, wenn nicht Radeschi mit seinem kranken Hirn es vorgeschlagen hätte ... Sie waren in dem Bunker, wo wir den Scanner und das ganze Computerzeug beschlagnahmt hatten. In der Rivoli 59 gibt es einen Hintereingang. Dadurch müssen sie reingekommen sein, direkt nachdem wir verschwunden waren. Die anderen Besetzer haben mitgespielt. Sie haben sogar unsere Siegel an der Falltür wieder angebracht, stell dir das mal vor. Als wir noch mal alles prüfen wollten, kam ich mir vor wie ein Idiot. Ich konnte einfach nicht glauben, dass die beiden da drin waren. Aber dann ...«

»Nichts ist, wie es scheint.«

»Klappe, Fuster. Sprich weiter, Vrinks.«

»Als wir in den Bunker eindrangen, haben sie sich sofort ergeben; sie hielten es dort nicht mehr aus. Ohne Tageslicht, nur mit Dosenkost. Marc Boyer, der Langhaarige, sah wirklich ziemlich schlecht aus.«

Radeschi stellte sich die Szene vor. Er hatte das Gesicht des Langhaarigen vor Augen, genau wie er es in Paris gesehen hatte, als er halbtot auf den Bahnsteig der Métro fiel. In jenem Moment hatte er ihn wiedererkannt. Er hatte ihn schon mal in Mailand getroffen, und zwar an einem Stand im Leoncavallo; lächelnd und mit herunterhängenden Haaren hatte er einen Keks in der Hand gehalten und ihnen ein Stück vom Himmel angeboten. Und dann war ihm ein Detail aufgefallen, während er sich verletzt am Boden wälzte: der Anstecker vom *Milan Alternative Obei Obei Fest* des Leoncavallo an seinem Tarnhemd.

»Habt ihr sie schon verhört?«

»Das war eigentlich nicht nötig. Sie haben angefangen zu singen, kaum dass wir ihnen die Handschellen angelegt hatten.«

»Internationales Komplott der autonomen Zentren gegen die in den Bürgermeistern verkörperte Staatsmacht?«, soufflierte Sebastiani.

»Nicht ganz. Erwiesen ist, dass die beiden nur ausführende Kräfte sind. Einfache Spielfiguren. Aber bald werden wir auch die Namen ihrer Auftraggeber erfahren.«

»Anarchisten? Hausbesetzer?«

»Nicht unbedingt. Sie sind bestimmt auch zum Teil verantwortlich, aber unserer Ansicht nach waren sie hauptsächlich das Mittel zum Zweck. Wir glauben, dass das Leoncavallo und das Rivoli 59 gemeinsam für den Stromausfall gesorgt haben. Das hat die Gruppe um Perez und Boyer genutzt, um Deveuze umzubringen.«

»Was war denn das Motiv? Denn wenn der Bürgermeister sie gar nicht räumen lassen wollte, warum haben sie ihn dann umgelegt?«, fragte der Vicequestore.

»Argenteuil«, mischte Radeschi sich ein. »*N'est-ce pas,* Vrinks?«

»*Chapeau, mon vieux.* Du hast es erfasst. Und mich zum zweiten Mal überrascht. Wir glauben in der Tat, dass die beiden Typen und ihre Gruppe hauptsächlich private Gründe hatten. Denn Deveuze wollte die *banlieues* sanieren, nach präzisen Vorstellungen von *Monsieur Le Président*. Nach seiner Rückkehr aus Italien hätte er die Räumung der Cités von Argenteuil unterzeichnet.«

»Aber er ist nie zurückgekehrt.«

»Genau. Aus diesem Grunde stehen auch die Häuser noch, in denen die Familien der beiden Kerle, und vermutlich auch die ihrer Komplizen, wohnen.«

»Willst du damit sagen, sie hätten das ganze Chaos nur veranstaltet, damit Mama und Papa ihre Wohnung behalten können?«

»*Oui.*«

»Und, was kommt jetzt?«

»Tja, die beiden Besetzer und ihre Komplizen, die wir bald schnappen werden, haben mit lebenslänglich zu rechnen. Durch den Tod des Bürgermeisters wurde das Projekt gestoppt, zumindest bis zu den nächsten Wahlen. Bis dahin sind alle Genehmigungen verfallen, und die Familien können für ein paar Jahre aufatmen ...«

Jetzt konnte Fuster nicht mehr an sich halten.

»Die ganze Welt ist ein Dorf.«

»So sieht's aus«, bestätigte Vrinks. Dann fragte er: »Bist du noch da, Enrico?«

»Ja.«

»Ich bin ein Mann, der zu seinem Wort steht. Ich übergebe jetzt an Lionel Perez, den Mann, der auf dich geschossen hat. Du hast zwei Minuten, ab jetzt.«

Es reichte eine Minute.

»Warum wolltest du mich umbringen?«, fragte Radeschi.

Der andere antwortete mit nur einem Satz.

»*Rien de personelle, rital.* Nichts Persönliches, Spaghettifresser.«

Dann beendete er das Gespräch.

Im Mailänder Büro blickten alle sich ungläubig an.

»Was sollte denn das?«, fragte Sebastiani.

Radeschi zündete sich eine Selbstgedrehte an.

»Dass wir unter anderen Umständen beste Freunde hätten werden können.«

»*C'est la vie*«, bemerkte Fuster und erntete dafür allseits böse Blicke.

Select. Urge Overkill. Play. Girl, You'll Be A Woman Soon

Die junge Frau am Schalter mochte höchstens zwanzig Jahre alt sein. Brille, Pferdeschwanz, schlanke Figur, einfarbige Uniform. Ein Namensschild am üppigen Busen: Stefania.

Sie war dazu ausgebildet, jedem Kunden geduldig dieselbe Frage zu stellen: »Buon giorno, was kann ich für Sie tun?«

Die Zweigstelle war menschenleer. Ein wartender Briefbote, eine geschlossene Glastür neben dem Schalter und nur eine Angestellte. Die Situation war ideal.

Mascaranti trat einen Schritt vor, genau wie Sciacchitano, der ihn begleitete. Beide trugen Uniform und die Miene derer, die eine wichtige Mission zu erfüllen haben. Auch sie spulten eine Floskel ab, wohl wissend, dass sie für das, was sie verlangten, eigentlich eine richterliche Anordnung gebraucht hätten. Aber das hätte Zeit gekostet, und die hatten sie nicht: Also musste ihr Dienstausweis genügen.

Mascaranti zeigte seinen und setzte Mastinoblick und Raucheratem ein.

»Polizei«, bellte er, nur für den Fall, dass die junge Frau es immer noch nicht begriffen hatte. »Wir brauchen ein paar Informationen. Können Sie uns behilflich sein, Stefania?«

Er artikulierte den Namen überdeutlich.

Die junge Frau wurde rot und geriet in Aufregung.

»Ja sicher, worum geht's denn?«

Der Polizist lächelte versöhnlich.

»Wir müssen alles über ein ganz bestimmtes Päckchen wissen.«

Stefania zögerte keinen Moment.

»Datenschutz hin oder her«, sagte sie zu sich. »Aber das ist die Polizei.«

Folgsam begab sie sich zu ihrem Computer, während der Polizist zufrieden nickte.

In Sebastianis Büro herrschte seltsame Hochstimmung. Nach tagelanger Depression wirkten dank der Verhaftung des Russen und der beiden Pariser Hausbesetzer alle deutlich entspannter. Nur der Vicequestore nicht.

»Es ist noch zu früh für Triumphgeschrei. Vulfowitsch können wir nur den Auftrag für das Video nachweisen, nicht aber den Mord an Biondi. Er und sein Hofstaat waren schon weg, als der Bürgermeister in der Gallerìa zusammengebrochen ist. Dafür gibt es mehrere Zeugen.«

»Das heißt noch gar nichts: Er könnte sich ein Alibi besorgt haben, während einer seiner Handlanger die Drecksarbeit erledigt hat«, wandte Cimurro ein.

»Daran habe ich auch schon gedacht, aber es kommt mir nicht sehr wahrscheinlich vor. Aus folgendem Grund: Warum hätte er die ganze Sache in der Sauna aufziehen und finanzieren sollen, wenn er den Bürgermeister umbringen wollte? Da hätte er sich doch die Mühe sparen können, oder nicht?«

»Stimmt. Außerdem hätte er ihn mit einer Kalaschnikow umbringen können und nicht mit einem Antibiotikum«, setzte Lonigro noch eins drauf.

»Folglich bleibt uns die eine, und zwar nicht unwesentliche Frage: Wer hat Biondi ermordet?«

Radeschi erhob sich.

»Ich habe eine Idee. Wechseln wir doch mal für einen Moment die Perspektive, und tun wir so, als wäre Vulfowitsch nicht der Mörder, sondern der, wenn auch indirekte, Verantwortliche für den Mord.«

»Du sprichst in Rätseln. Was genau willst du damit sagen?«

»Dass das Video der Auslöser war, das Motiv für den Mord. Ich bin zu der Überzeugung gelangt, dass es nur eine mögliche Lösung gibt.«

Da stürmte Mascaranti in Sebastianis Büro und unterbrach den Journalisten in seinen Ausführungen.

»Ich komme von UPS«, verkündete er, »und habe wichtige Neuigkeiten!«

Enrico trat beiseite; er würde später auf seine Theorie zurückkommen.

»Los, erzähl schon«, forderte Sebastiani ihn auf.

»Wie befohlen, bin ich losgezogen, um Informationen über das Päckchen einzuholen, das aus Brunners Haus geholt wurde. Der Absender hat bar bezahlt. Ich hab hier seine Angaben, glaube aber, dass sie uns nicht besonders nützen: Mario Rossi als Absender ist so ein häufiger Name, der muss gefälscht sein ... Aber das Mädel am Schalter hat sich an ihn erinnert. Offenbar war er jemand, den man nicht so leicht vergisst. Sie hat ihn als zwei Meter großen, kahlköpfigen Riesen beschrieben, der wie ein Leichenbestatter gekleidet war.«

»Einer von Vulfowitschs Handlangern.«

»Der Typ hat als Absenderadresse die in Bellinzona angegeben und als Zustelladresse eine hier in Mailand. Ihr werdet es nicht glauben, aber sie lautet: Corso Italia 41. Sagt euch das was?«

»Das ist doch Biondis Adresse!«

»Es wurde zum Bürgermeister geschickt!«

»Was sollte denn das? Wollten sie ihn erpressen?«, überlegte Lonigro.

»Das glaube ich nicht«, schaltete sich Radeschi ein. »Genau darauf wollte ich ja hinaus, bevor ich unterbrochen wurde. Vulfowitsch wollte Biondi empfindlich treffen, und zwar sowohl beruflich als auch privat.«

Er hielt kurz inne, damit allen der Sinn seiner Worte aufging.

Aber Mascaranti konnte seinen Eifer nicht zügeln. Vor allem, wenn er damit dem verhassten Reporter das Feld überließ. Daher erzählte er ohne Umschweife weiter.

»Wie ihr wisst, muss man bei UPS auf einer Art elektronischer Tafel unterschreiben, wenn man ein Paket bekommt. Die Unterschrift wird digitalisiert und automatisch an die Zentrale geschickt, damit der Versandstatus der Pakete ständig eingesehen werden kann. Ich hab mir die Unterschrift geben lassen. Seht mal.«

Alle beugten sich vor, um sich aufmerksam das Gekritzel anzusehen.

»Das ist doch nicht Biondis Unterschrift«, bemerkte Lonigro.

»Das sieht aus wie ein P. Warte mal: Piccinini.«

»Wir Idioten! Warum haben wir daran nicht früher gedacht?«, fragte Sebastiani und setzte sich in Bewegung.

Alle drehten sich zu ihm um. Er stöberte fieberhaft zwischen den Schriftstücken, die über seinen Schreibtisch verteilt waren.

»Was suchen Sie denn?«, fragte Mascaranti zaghaft.

»Die Liste mit den Rocephin-Rezepten. Wo hab ich die denn hingetan?«

»Aber die haben wir doch schon überprüft …«

»Aber nicht die richtigen Nachnamen! Ah, da ist sie ja.«

Sebastiani überflog die Namen auf der Liste. Plötzlich hellte sich seine Miene auf. Er umkringelte einen Namen mit einem Stift.

»Seht mal.«

»Wie blöd von uns, nicht schon früher daran gedacht zu haben!«, platzte es aus Lonigro heraus.

»Wir haben sie über den Namen ihres Mannes gesucht, wie er auf der Karte für die Scala stand; deshalb haben wir die Übereinstimmung nicht schon vorher bemerkt.«

»Jetzt wird alles klar«, bemerkte Cimurro.

»Tut mir leid, aber ich kapier's nicht«, meldete sich Fuster. »Wer hat denn nun das Päckchen vom Bürgermeister angenommen?«

»Jedenfalls ganz sicher nicht er«, sagte Lonigro ironisch. »Als der Empfang bestätigt wurde, saß er gerade im Flieger von Zürich nach Mailand.«

»Also?«

Alle waren aufgestanden. Sebastiani zog sich bereits seinen Mantel an.

»Also machen wir uns auf den Weg; da gibt es jemanden, der uns eine Menge zu erklären hat.«

Select. Vinicio Capossela. Play. Che coss'è l'Amor

Der Frau kamen wie auf Kommando die Tränen.

»Als ich dieses verfluchte Päckchen in Händen hielt, brach meine ganze Welt zusammen«, flüsterte sie.

Arrogant, elegant und gepflegt, gebräunter Teint, Haare zu blond, um nicht gefärbt zu sein, und fixiert in einer Dauerwelle im Retrolook. Leichtes Make-up, das sich jetzt aufzulösen begann.

Sebastiani und Lonigro saßen unbehaglich auf dem schwarzen Ledersofa im großen Wohnzimmer. Vor ihnen stand, in einem engen cremefarbenen Etuikleid, die Dame des Hauses, Rosa Piccinini, verwitwete Biondi.

»Am Morgen vor der Premiere in der Scala kam ein Bote mit einem Päckchen aus der Schweiz, dessen Absender mir unbekannt war. Ich dachte sofort, es sei eine Überraschung von Senio, der sich zu der Zeit geschäftlich in Zürich aufhielt. Schmuck, ein Armband, eine Uhr …«

Sie verstummte, um sich die Tränen abzuwischen, die ihr über die Wangen liefen und schwarze Spuren hinterließen.

»Als ich es öffnete, sah ich, dass es eine DVD war. Ich schob sie in den DVD-Player, und plötzlich brach meine Welt zusammen. Sie brauchen mich gar nicht so anzusehen; ich bin nicht naiv, wissen Sie?«

Die beiden Polizisten wechselten wortlos einen Blick.

»Natürlich hatte ich schon einen Verdacht, aber ich zog es vor, die Augen davor zu verschließen. Ich wollte den grausamen Gerüchten nicht glauben, die seit einiger Zeit kursierten. Überall wurde geredet, sogar unter seinen Parteifreunden! Aber man weiß ja, dass man immer mit Gerede rechnen muss, wenn man in der Öffentlichkeit steht. Daher habe ich dem nicht viel Gewicht beigemessen, es war mir lieber, die Vorstellung einfach auszublenden. Sie zu vergraben. Deshalb war es auch ein Schock für mich, Senio so zu sehen. Ein riesiger Schock. Alles, was wir uns zusammen aufgebaut haben, war mit einem Schlag zerstört. Ich konnte es nicht glauben. Ich wollte es nicht glauben! Ich hätte es noch ertragen, wenn er mich mit einer der Frauen betrogen hätte, die ihm ständig über den Weg liefen. ›Hostessen‹ nennen die sich, man stelle sich das mal vor! Das gehörte zum Spiel, das war der kleine Preis, den ich für all das zu bezahlen hatte. Schließlich kehrte Senio jeden Abend zu mir zurück. Aber ihn mit einem Mann zu sehen hat mich vollkommen niedergeschmettert! Und dann auch noch mit Durini! Wie oft war er zum Abendessen bei uns! Eigentlich ständig. Und erst jetzt begriff ich, warum, ich Idiotin! Sie waren ständig zusammen. Sie waren das eigentliche Paar!«

Wieder unterbrach sie sich und schluchzte hemmungslos.

»Für Senio war ich nur eine Tarnung. Ein Paravent, hinter dem er sich verstecken konnte. Ein Ablenkungsmanöver, um die bösen Zungen zum Schweigen zu bringen. Um zu zeigen, dass er ein anständiger, integrer, zuverlässiger Mann war. Zwar hatten wir keine Kinder, aber die Leute werden gedacht haben, dass wir vielleicht keine bekommen können. Aber nein! Senio hat mich nie gewollt!

Was den Sex betrifft, so hatte er mich schon seit einer Ewigkeit nicht mehr berührt. Und selbst wenn, dann war er, wenn ich jetzt so zurückdenke, nie besonders leidenschaftlich. Aber in diesem Video sieht er aus, als würde er zum ersten Mal wirklich lieben. Mit Leidenschaft und Hingabe. Mit einer Zärtlichkeit, die ich an ihm nicht kannte.«

Jetzt glühten ihre Wangen.

»Der Schmerz war unerträglich, so als hätte man mir einen spitzen Dolch mitten ins Herz gestoßen. Ich konnte nicht so tun, als wäre nichts passiert, ich konnte einfach nicht mehr mit diesem Mann leben!«

Jetzt weinte die Frau nicht mehr. Aus ihren grünen Augen sprach Entschiedenheit, und ihre Stimme verriet keinerlei Unsicherheit mehr.

»Ich hasste ihn. Ich war blind vor Wut. Je öfter ich diese Bilder sah, desto mehr fühlte ich mich betrogen, verraten und gedemütigt. Ich konnte es nicht mehr ertragen; dieser Bastard hatte mein Leben ruiniert. Dafür wollte ich mich rächen, er sollte bezahlen. Aber wie? Ich versuchte, ganz ruhig nachzudenken, bis mir eine Idee kam. Eine ganz einfache und doch spektakuläre Idee: das Rocephin. Ich wusste noch, wie es beim ersten Mal war, und erinnerte mich ganz genau an die Worte des Arztes: Sollte es noch mal passieren, könnte es das Ende für Senio bedeuten. Es war nicht schwierig, mir das Antibiotikum zu besorgen. Ein einziger Anruf genügte: Welcher Arzt verwehrt schließlich der Frau des Bürgermeisters ein Rezept? Ich hatte geplant, ihn im Theater zu töten. Er sollte bei der Premiere in der Scala sterben, auf dem Gipfel seiner bewegten Karriere, dann würden alle ihn so in Erinnerung behalten. Der Bürgermeister im Frack, in der Ehrenloge zusammengebrochen, dahingerafft von einem Herzinfarkt, mit der untröstlichen Gattin an seiner Seite. Das perfekte Verbrechen!

Ich bereitete die Spritze zu Hause vor und steckte sie in die Tasche. Als Senio nach Hause kam, erwähnte ich die DVD mit keinem Wort, sondern begrüßte ihn wie üblich mit einem Lächeln und einem Kuss. Ich strahlte, war schon im Abendkleid, bereit für die *Aida*.

Ich wollte zuschlagen, sobald die Lichter ausgingen, am Anfang des zweiten Aktes. Ein Stich durch die Hose ins Bein, dann wäre er bei der Live-Weltübertragung gestorben. Aber der Stromausfall zwang mich zu improvisieren ...

Als wir im Tumult der Menge die Scala verließen, meinte ich, die Situation zu meinem Vorteil nutzen zu können. Daher nahm ich in der Gallerìa, zwischen tausend lärmenden Menschen, allen Mut zusammen und rammte ihm die Spritze ins Fleisch. Senio ist sofort zusammengebrochen. Er hat nicht mal gemerkt, dass ich es war. Ich hab die Spritze in meiner Tasche verschwinden lassen und mich dann über ihn gebeugt.

Innerhalb von fünf Minuten war er tot.

Ich weinte, aber nicht aus Verzweiflung, o nein! Ich war frei und spürte nichts als Erleichterung. Sie wissen ja nicht, wie süß Rache sein kann.«

Select. The Doors. Play. The End

Die Weihnachtsbeleuchtung spiegelte sich im weißen Marmor des Doms.

Es war ein eisiger Abend, alle Geschäfte hatten bereits geschlossen, nur eine Handvoll Unerschrockener vergnügte sich auf der Eisbahn, die die Stadt in der Mitte der Piazza hatte anlegen lassen.

Drei Männer spazierten mit hochgezogenen Schultern und tief in den Taschen vergrabenen Händen in die Gallerìa Vittorio Emanuele II.

Sebastiani steckte sich eine Zigarre zwischen die Lippen. Radeschi tat es ihm mit einer Selbstgedrehten nach; er hatte ein Telefonat hinter sich, das mehr als eine halbe Stunde gedauert hatte.

Das Geständnis der Witwe Biondi würde im *Corriere* des folgenden Tages der Aufmacher sein. Sebastiani hatte ihm nur bröckchenweise davon erzählt, doch das reichte schon, um die Aufmerksamkeit aller Mailänder zu wecken.

Diego folgte ihnen mit schweren Schritten.

»Vulfowitschs Plan, Biondi zu ruinieren, hat perfekt funktioniert«, bemerkte Radeschi und zündete sich die Zigarette an. »Dieser teuflische Russe hatte es drauf.«

»Ich hab dir doch gesagt, dass die eigentlich Gefährlichen die Frauen sind«, entgegnete sein Freund. »Wenn du sie richtig triffst, werden sie zu Bestien.«

»Sie war wohl lieber die Witwe eines Mannes auf dem Höhepunkt seines Erfolgs als die Gattin der Hauptfigur eines Schwulenpornos, die Zielscheibe des allgemeinen Spotts.«

»Mit deiner Eloquenz triffst du es genau. Vielleicht benennt man ja jetzt ein Museum oder eine Piazza nach ihm.«

»Vielleicht aber auch ein Wellnesszentrum mit Sauna und türkischem Bad.«

Die beiden brachen in Gelächter aus. Im Gegensatz zu Fuster, der ihren Wortwechsel noch nicht mal mit einem seiner Sprüche gewürzt hatte.

Radeschi sah ihn forschend an.

»Was ist, Diego? Geht's dir nicht gut?«

»Ja, mein Junge, wir machen uns Sorgen um dich«, fügte Sebastiani hinzu.

Fuster lächelte wehmütig.

»Tut mir leid, aber ich kann euren Triumph nicht teilen.«

»Aber wenn du diesen Beruf ausüben willst, musst du dich daran gewöhnen.«

»Das weiß ich. Aber ich finde es unerträglich, dass der Mord an dem einzigen reformfreudigen Bürgermeister von Mailand, den wir je gehabt haben, von der überwiegenden Mehrheit der Mailänder nicht mit Empörung, sondern mit Erleichterung aufgenommen wurde. Jetzt werden all seine ökologischen Reformen blockiert sein, und die Umweltsünder können weitermachen wie bisher, wenn nicht gar schlimmer! Und warum? Um weniger Steuern zu zahlen! Na prima! Wen kümmert es, wenn wir alle an Lungenkrebs sterben! Wenn die Lebensqualität in dieser Stadt vergleichbar ist mit der einer Großstadt der Dritten Welt! Das interessiert keinen: Wenn wir krepieren, dann wenigstens mit mehr Geld in der Tasche. Das haben wir gespart, weil wir keine Maut zahlen mussten. Aber ganz gleich, wie viel man hat, sterben muss man doch, oder?«

»Verdammt, Fuster, Enrico hat mir schon gesagt, dass du ein Idealist bist, aber bis jetzt konnte ich es nicht glauben«, lachte Sebastiani. »Mir bist du lieber, wenn du jede Unterhaltung mit einem deiner billigen Sprüche krönst.«

Auch Radeschi wollte etwas sagen, da klingelte jedoch sein Motorola.

Wie üblich konnte man auf dem Display die Nummer des Anrufers nicht sehen. Enrico ging dran und machte sich auf ein weiteres Endlostelefonat mit Calzolari gefasst.

Aber die Stimme, die aus dem Lautsprecher drang, war nicht die des barschen Chefredakteurs.

Fuster und Sebastiani sahen sich verschwörerisch an.

Die drei Männer waren vor dem Park-Hyatt-Hotel gelandet, wo alles angefangen hatte. Radeschi hatte dort seine Vespa geparkt.

Enrico hörte schweigend zu und beendete das Telefonat

mit einem lakonischen, aber vielsagenden: »Bin schon unterwegs.«

»Ein Mädchen?«, stichelte Sebastiani.

Der Journalist nickte.

»Eins von denen, mit denen du bei deiner Fesselnummer zu tun hattest?«

»In der Tat.«

»Du kannst es nicht lassen, was, Enrico?«

»Sieht so aus. Aber jetzt entschuldigt, ich werde erwartet.«

Er steckte sich eine weitere Selbstgedrehte in den Mund, zündete sie an und verschwand mit seiner gelben Vespa blitzschnell im Dunkel der Nacht.

Anmerkung des Autors

Wie man weiß, sind Geschichten aus demselben Stoff wie Träume.

Die Geschichte in *Tödliches Requiem* bildet da keine Ausnahme. Es ist daher zwecklos, Übereinstimmungen mit der Wirklichkeit zu suchen. Ereignisse und Personen sind erfunden. Aber die Orte sind alle real.

Die autonomen Zentren Leoncavallo und Rivoli 59 existieren wirklich, auch wenn es im Pariser Zentrum keinen unterirdischen Bunker gibt. Zumindest glaube ich das. Die Wahl der Hotelkette Hyatt war rein zufällig; dieses Hotel in Mailand befand sich ganz einfach an einer perfekten Stelle für meinen Roman.

Die aufgeführten Webseiten findet man tatsächlich im Internet, doch wurden dort keine Hackversuche unternommen. Zumindest nicht von mir.

Nichts ist, wie es scheint, nur der Wunsch, die Luft in Mailand würde besser, davon würden alle profitieren ...

Schließlich erlauben Sie mir, meinem treuen und strengen Leserkreis zu danken: Adele, Arianna, Claudia, Daniela, Giuliana, Monica, Paolo und Simonetta.

Ein Dank auch an Andrea, dem ich für diesen Roman einen Witz »geklaut« habe.

Der Dandy vom Friedhof *Père Lachaise* ist natürlich Oscar Wilde.

Inhalt

Erstes Kapitel: Premiere in der Scala 11
Zweites Kapitel: Blackout 29
Drittes Kapitel: Fuster 43
Viertes Kapitel: Rocephin 53
Fünftes Kapitel: Milan Alternative Obei Obei Fest 67
Sechstes Kapitel: Vrinks 81
Siebtes Kapitel: Il bicchiere dell'addio 93
Achtes Kapitel: Chez Robert, electron libre 94
Neuntes Kapitel: Dans les passages il y a Paris 125
Zehntes Kapitel: Rital 149
Elftes Kapitel: Niente baci alla francese 165
Zwölftes Kapitel: Racaille 177
Dreizehntes Kapitel: VideoTube 187
Vierzehntes Kapitel: Swissknife 201
Fünfzehntes Kapitel: Wofür man mordet 215

Anmerkung des Autors 233

JEDEN MONAT NEU DAS LESEN GENIESSEN

Entdecken Sie die schönen
Seiten des Lesens mit unseren
List-Taschenbüchern!

Aber das Böse bleibt ...

Michael Theurillat

Sechseläuten

Kriminalroman

ISBN 978-3-548-60944-7

Mit dem Sechseläuten treibt man in Zürich den Winter aus. Während der Feierlichkeiten bricht plötzlich eine Frau zusammen und stirbt. Die Todesursache ist unklar. Neben der Leiche steht zitternd ein kleiner Junge. Kommissar Eschenbach, der zu den Ehrengästen gehört, spürt, dass der Junge etwas gesehen hat. Doch er schweigt. Was als spontaner Einsatz beginnt, wird für Eschenbach zu einer erschütternden Reise in die Schweizer Vergangenheit.

List

ZÜRICH, 3. APRIL 2008

Ich bin das Kind einer Feckerin.
An welchem Tag ich geboren wurde, weiß ich nicht, und auch nicht, wo. Man hat es mir nie wirklich erzählt.
Vermutlich flutschte ich auf einen dreckigen Küchenboden zwischen Ibach und Brunnen. Oder ich verbrachte meine ersten Stunden, Tage, Monate irgendwo im Stroh. Vielleicht in einem dieser alten Ställe beim Eschwäldli oder auf dem Tänsch bei der Muota.
Ich habe mir später diese Orte angesehen. Ärmliche Bleiben und Schlupfwinkel, die einem in der Not ein Dach über dem Kopf geben. Und die man wieder verlässt, wenn im Frühjahr die Sonne den letzten schmutzigen Schnee aus den braunen Matten brennt.
Mein Geburtstag ist der 12. Februar. Geburtsort: irgendwo. Ich bin Wassermann. Manchmal lese ich sogar mein Horoskop. Und ich habe gelernt, damit zu leben, dass es für mich keine Vergangenheit gibt.
Zürich ist eine schöne Stadt, auch wenn man keine Wurzeln hat. Nicht laut und nicht leise: etwas dazwischen. Ein Ort mit beschaulichem Lärm. Und wenn man sich anstrengt hier, wenn man sich hinbiegen lässt von dieser geschäftigen Bürgerlichkeit, dann wird nichts Dummes aus einem.
Manchmal denke ich, es war ein Fehler hierzubleiben. Vielleicht hätte ich woanders hingehen sollen. Woanders leben. Weit weg vom Dreck, aus dem ich stamme. Dann habe ich Angst, dass mich der Morast einholt, in dem noch immer meine Wur-

zeln stecken. Alte, knorrige Wurzeln, vor langer Zeit durchschlagen, abgetrennt und verbannt.

Man bleibt oder geht. Ich glaube, es liegt in den Genen, im Blut, was man tut. So gesehen, ist es mir ein Rätsel, dass ich hiergeblieben bin.

In Zürich grüßt man mich auf der Straße.

Ich bin stolz, ich habe es geschafft. Es war ein weiter Weg. Ich bereue keinen Schritt, ich will nicht zurück in diesen Dreck, den ich nur aus Erzählungen kenne, an den ich mich überhaupt nicht erinnern kann.

Es gibt eine Hackordnung in diesem Stall, den man Leben nennt. Oben ist besser als unten. Und ich bin oben, fast ganz oben. Der Ausblick ist schön, auch ohne Wurzeln.

Gestern hat sie mich angerufen. Ich weiß nicht, was sie wieder will. Ich habe ihr gesagt, sie soll mich in Ruhe lassen mit ihrem ewigen Wankelmut. Sentimentale Geister sind eine Plage. Sie bringen nichts als Unheil. Das war schon immer so. Die Vergangenheit bringt nichts Gutes; und es gefällt mir überhaupt nicht, wie sie sich entwickelt hat.

Sky is the limit.

Ich mag diesen Spruch, auch wenn ihn heute jeder Buchhalter gebraucht, um mit seiner jämmerlichen Existenz fertig zu werden.

Heute Morgen habe ich mir dieses Notizbuch gekauft. An der Bahnhofstrasse, bei Landolt-Arbenz. Handgeschöpftes Papier mit einem Ledereinband. Teuer, aber hübsch. Ich schreibe auf, was ich niemandem erzählen kann. Ich will es loswerden.

Ich habe nie Tagebuch geführt. Weshalb auch? Die Leute fragen mich, wenn sie Rat brauchen. Ich gebe Instruktionen und ordne an. Alle hören auf mich.

Das hier ist nur für mich. Wenn das Buch vollgeschrieben ist, verbrenne ich es.

Meine Heimat ist Zürich. Und bald kommt der Tag, das zu beweisen.

PAUSE

~ LESEPROBE ~

Nach der ersten Halbzeit ziehen sich die Spieler in die Kabine zurück. Je nach Verlauf der ersten fünfundvierzig Minuten erhobenen oder gesenkten Hauptes. Sie hinterlassen ein leeres Feld, eine dumpfe grüne Fläche, die zurückbleibt, wie ein ausgezogener Schuh.

Die Zuschauer holen Bier.

Im käsigen Licht der Umkleidekabinen wird die Mannschaft neu eingeschworen. Die Spieler hören ihrem Trainer zu, auch wenn er flüstert. Weitermachen, das will jeder; und doch hängt das Damoklesschwert einer Auswechslung über den schweißnassen Körpern der Stammelf. Nicht mehr auf den Rasen zurückzudürfen, wenn das Publikum tobt: Das ist der kleine Tod.

Die Pause wird unterschätzt. Sie ist eine unsichtbare Qual.

Kommissar Eschenbach von der Kantonspolizei Zürich hatte Pause. »Suspendiert« war der Fachjargon, den Elisabeth Kobler vier Tage zuvor verwendet hatte.

Trotzdem hatte der Kommissar weitergemacht. Erst gestern noch war er mit Rosa bei den Fahrenden in Seebach gewesen, hatte Gespräche geführt, bis die Kollegen kamen: Und wie sie gekommen waren. Mit Blaulicht und Sirene! Ein Einsatzwagen der Abteilung Sicherheit, inklusive Begleitfahrzeug. Insgesamt acht Mann. Und das alles wegen eines kleinen Jungen!

Dass seine Chefin auf diese Weise durchgreifen würde, hätte Eschenbach nie für möglich gehalten. Dazu an einem Sonntag, wenn andere Leute in die Kirche gingen.

Heute war Montag – und vielleicht der Zeitpunkt gekommen, etwas anderes zu tun, dachte er. Aber was, wenn Kraft und Mut dazu fehlten? Überhaupt, warum waren Neuanfänge immer dann ein Thema, wenn das Alte in Schutt und Asche lag? Auf dem Höhepunkt seiner Karriere aufhören – das hatte er gewollt. Nun war er weiter denn je davon entfernt.

Eigentlich hatte er von der Polizeichefin des Kanton Zürich Schützenhilfe erwartet. Wenn man als Polizeibeamter von außen unter Druck gerät, so wie er bei diesem Sechseläuten-Fall, steht die Kommandantin normalerweise hinter einem.

Erwartete Kobler etwa, dass er kündigte – in Schmach und Schande?

Wenn schon aufhören, dann freiwillig, dachte der Kommissar. Am Ende eines gelösten Falles den Hut nehmen und in den Sonnenuntergang reiten wie Lucky Luke.

Eschenbach saß auf der kleinen Terrasse seiner Stadtwohnung, sah in die dunklen Wolken eines späten Morgens und wurde die Gedanken, die ihn plagten, nicht los. Er stand auf, ging ins Wohnzimmer zurück und machte sich an der Stereoanlage zu schaffen. Wieder einmal erklang Mahlers *Neunte*.

Sein Seufzen gesellte sich zum *Andante comodo,* das in D-Dur aus den Boxen kroch. Er humpelte in die Küche, nahm ein Ibuprofen 600. Am liebsten wäre er aus der Haut gefahren. Oder aus dem Gips, der bleischwer an seinem linken Fuß hing.

Endlich war Frühling. Wie ein Kind hatte sich Eschenbach darauf gefreut: auf das erste Grün der Blätter und auf die Möwen, die am Bürkliplatz kreischend um die Wette flogen. Er hatte sich ausgemalt, wie er an den Wochenenden mit Kathrin und Corina (falls sie Zeit hatten) ein Picknick am Horgener Bergweiher machen oder durch das Niederdorf bummeln würde (mit anschließendem Spaghettiplausch in der Commihalle). Auf seine Liege auf der Terrasse hatte er sich gefreut, und auf die Samstagmorgen, die er lesend verbringen wollte: mit einem Glas Tessiner Merlot und der Wochenendausgabe der *Neuen Zürcher Zeitung.*

Endlich war Frühling. Und kaum etwas von alldem hatte er unternommen. Dazu der Gips, der alles noch zusätzlich verkomplizierte. »Du bist nicht genießbar«, hatte seine Frau am Telefon gesagt. Und so, wie es schien, war Corina froh, dass sie im Moment getrennt lebten und jeder seine eigene Wohnung hatte.

Kobler hatte ihm Alterssturheit vorgeworfen. Mit Sturheit hätte er noch leben können, aber das war zu viel gewesen.

Wieder ging er hinaus auf die Terrasse, setzte sich auf die alte Teakholzliege und sah mürrisch auf die umliegenden Dächer.

Wie die Zürcher Polizeibehörde gestern mitteilte, wurde die Untersuchung im Todesfall Bischoff eingestellt. Charlotte Bischoff, Mitarbeiterin des Zentralsekretariats der FIFA, war beim Sechseläuten auf tragische Weise zu Tode gekommen. Kommissar Eschenbach, Leiter der Kriminalpolizei des Kanton Zürich, musste sich seitens der Angehörigen wegen seines krassen Fehlverhaltens schwere Vorwürfe gefallen lassen. Er wurde auf unbestimmte Zeit von seinem Dienst suspendiert, hieß es.

Der Weltfußballverband begrüßte diesen Schritt. Zu den Ergebnissen der Voruntersuchung bezog niemand Stellung. Das Interesse gelte nun ganz der EURO 08, wurde betont.

Auf die Frage eines Journalisten, was nun künftig auf seiner Agenda stünde, antwortete Eschenbach lakonisch: »Brot und Spiele.«

Von all dem, was in der vergangenen Woche über den Fall geschrieben worden war, war dies noch der sachlichste Kommentar; und dennoch war er falsch. Es gab keine Untersuchungsergebnisse, jedenfalls keine, die Eschenbach bekannt gewesen wären. Es gab nur Vermutungen, angenommene Zusammenhänge und Ungereimtheiten, denen er nicht hatte nachgehen können. Alles war auf ein Machtspiel hinausgelaufen, auf Erpressung. Dass er alldem den Rücken gekehrt und den Kampf verweigert hatte, half ihm nicht. Es schmerzte wie die übelste Niederlage.

Eschenbach konnte die Niederlage verdrängen; aber vergessen konnte er sie nicht. Fußball hat seine eigenen Gesetze. Doch so, wie es aussah, hing in den Fluren der Demokratie nun das Regelwerk des Spiels. Eine Zeitlang wenigstens. Und deshalb hatte er sich die zweite Halbzeit sparen wollen.

Mitten in Mahlers erstem Satz läutete es. Das Hornregister blies in voller Stärke. Eschenbach zögerte. Er erwartete niemand.

Als die Glocke zum zweiten Mal erklang, humpelte der Kommissar zur Tür, öffnete sie und horchte.

»Ich bin's!«, hörte er von unten. Es war die vertraute Stimme von Rosa Mazzoleni. Groß, vollschlank und mit einem türkisfarbenen Kaschmirkleid stand Eschenbachs Sekretärin etwas später im Halbdunkel der Diele. Schnaufend. Hinter ihrem Rücken versteckte sich ein kleiner Junge mit dunklen Locken.

Rosa hebelte am Lichtschalter: »Sie müssen die Glühbirnen ersetzen, Kommissario«, sagte sie. »Sonst knallen Sie hin mit Ihrem Gips.«

»Sind Sie deswegen hier?«, fragte Eschenbach. Er suchte die Augen des Jungen. Was war los mit dem Kleinen, kannte er ihn nicht mehr?

»Draußen wird es gar nicht hell. Und hier drinnen ist auch alles zappenduster …« Energisch nahm Rosa den Jungen bei der Hand, und gemeinsam marschierten sie an Eschenbach vorbei ins Wohnzimmer.

Rosa machte Licht. Sie knipste die Leselampe neben der Couch an, ging in die Küche und stürzte sich auch dort auf alle Schalter, die irgendwie mit Licht in Verbindung standen.

»Jetzt sieht man wenigstens etwas«, sagte sie zufrieden und zupfte dabei an ihrer Frisur. Seit ein paar Tagen trug sie ihr pechschwarzes Haar kurz, drapierte die kleinen, mit viel Gel gezähmten Strähnen um ihr altersloses, hell gepudertes Gesicht. Einen Moment standen sie sich gegenüber. Rosa, wie eine Madonna des einundzwanzigsten Jahrhunderts; der Kleine, den Blick auf den Fernseher gerichtet, und Eschenbach, gestützt auf eine Krücke (die zweite hatte er in der Eile nicht gefunden).

Der Junge schenkte ihm einen misstrauischen Blick.

Besorgt musterte Rosa Eschenbachs Bein. »Geht es?«, fragte sie leise. Dann glitt ihr Blick nach oben. »Und Ihrer Nase auch?« Ihre Stimme klang auf eine ungewohnte Art brüchig. Doch dann schickte sie ein »Ma, Kommissario!« hinterher. »Sie lassen sich doch wegen so was nicht hängen, oder?!« Herausfordernd sah sie ihm in die Augen.

Eschenbach humpelte zur Stereoanlage und drehte Mahler den Strom ab. »Es geht prima«, sagte er. Dann ging er zur Couch, sammelte Pullover, Socken und ein paar Bücher ein. »Setzt euch hin, Herrgott!«

»Ich kann uns auch einen Kaffee kochen.« Rosa hielt noch immer den Jungen an der Hand, der wie ein scheues Jungtier die Umgebung musterte.

»Er kennt mich doch.«

Rosa zuckte die Schultern. »Die haben ihn gestern gleich ins Heim gefahren. Frau Dr. Kirchgässner hat mich angerufen, sie meint, er habe immer noch einen Schock ...«

»Kunststück«, fuhr Eschenbach dazwischen, dem die Szene vom Vortag noch bestens in Erinnerung war.

Zögerlich, von einer kindlichen Neugier getrieben, löste sich der Junge von Rosas Hand und begann sich umzusehen. Auf dem Couchtisch lagen Stapel von Akten und Bücher. Halbvolle Gläser standen herum und eine Schale mit Früchten; auf dem Holzboden zwei leere Weinflaschen.

»Er muss sich doch erinnern«, sagte Eschenbach.

»Am besten, wir lassen ihn«, meinte Rosa. Langsam gingen sie zur Küche, die durch eine kleine Bar vom Wohnraum getrennt war.

»Und wie geht es nun weiter?«, wollte Eschenbach wissen.

»Frau Kirchgässner wird weiterhin ... Sie denkt, es brauche Zeit. Und so, wie die Dinge im Moment liegen ...« Rosa wollte den Satz nicht beenden.

Eschenbach nickte und stopfte dabei Pulver in den Kolben der Espressomaschine. »Jetzt verläuft es einfach im Sand.«

»Vermutlich.« Rosa nahm eine Flasche Cola aus dem Kühlschrank. »Trinken Sie auch dieses grässliche Zeug?«

»Kathrin, meine Tochter ... sie trinkt es, wenn sie mich mal besuchen kommt.« Eschenbach seufzte. Er sah zu, wie schwarzer

Ristretto brummend in eine Mokkatasse tröpfelte. »Der Junge ist der Einzige, der uns weiterhelfen könnte.«

»Sie glauben also immer noch, er hat etwas gesehen?«

»Er stand direkt daneben. Irgendetwas muss er gesehen haben.«

In diesem Moment erklang im Wohnzimmer ein Schrei.

»Mamma mia!«, rief Rosa und rannte los.

»Latscho hets gspient. Jell, der Mulo ischs gsii!«, schrie der Kleine. Er stand neben dem Couchtisch und drückte seine kleinen Finger auf einen Bildband: »Lagg ... Mulo, der Mulo!«

Es klang wie ein Fluch.

»Er spricht«, sagte Eschenbach. Intuitiv sah er sich nach einem Stück Papier um, er wollte wieder notieren, was der Junge gesagt hatte.

»Dio mio!« Rosa drückte den Kleinen, der am ganzen Körper zitterte, an sich.

Das Bild auf dem Umschlag zeigte eine Schar mittelalterlicher Reiter, die um einen brennenden Scheiterhaufen herumgaloppierten. Zuoberst auf dem lodernden Holz stand festgezurrt ein Schneemann.

»Er erinnert sich«, sagte Eschenbach. »*Zürcher Sechseläuten* von Andreas Honegger. Das Buch hat mir Kobler geschenkt, bevor die ganze Sache angefangen hat.«

© Ullstein Buchverlage GmbH Berlin 2009

ERSTE HALBZEIT

Mit der ersten Halbzeit ist es wie mit dem ersten Kuss: Man beginnt einfach.

Wenn man sich auf dem Feld zum ersten Mal begegnet, gut vorbereitet durch einen ehrgeizigen Trainer, dann ist man zuversichtlich. Hoffnungsvoll. Und wenn es ein Heimspiel ist, vielleicht sogar euphorisch. Dies ist umso erstaunlicher, als dass keiner der Beteiligten wirklich weiß, wie das Spiel ausgehen wird. Womit wir wieder beim ersten Kuss wären, da ist es ebenso.

Aber wie fängt man an? Einfach loslegen ist nicht leicht. Die einen starten zögerlich, die Reaktion des Gegenübers abwartend, während andere drauflosstürmen wie junge Stiere. Es gibt kein Rezept. Beides kann gut oder schlecht sein. Je nach Gegner (und in Abhängigkeit von den eigenen Möglichkeiten) wird man sich für diese oder jene Strategie entscheiden.

Hat das Spiel einmal begonnen, gelten andere Gesetze. Das runde Leder rollt oder fliegt. Wem gehört es eigentlich? (Und wem die Liebe?) Mit etwas Glück treten Strategien in den Schatten der Intuition; die Lust triumphiert über das Kalkül, und es wird tatsächlich Fußball gespielt.

Der erste Kuss blendet das Ende aus. Seine Geschichte ist die Hoffnung, sonst nichts.

1

In Zürich kämpfte die Frühlingssonne gegen den Nebel. Kurz nach ein Uhr mittags verzogen sich die grauschwarzen Wolken, und die alte Stadt an der Limmat strahlte, als hätte sie kaum Schlechtes zu berichten.

Kommissar Eschenbach kam zu nichts an diesem Tag. Zu nichts Wesentlichem jedenfalls, wie er fand. Er saß in seinem Büro in der Kasernenstrasse am Schreibtisch und hatte den ganzen Morgen Akten studiert: Berichte, Statistiken und die Budgetkontrolle fürs erste Quartal. Das *Update Sicherheitsdispositiv EURO 8* war er durchgegangen und den *Schlussbericht zur Operation Bevölkerungsschutz, Großraum WEF Davos*.

Er streckte die Arme, drückte seinen breiten, schmerzenden Rücken gegen die Stuhllehne. Das schwarze Leder knarzte.

»Beep«, machte der Computer.

Mürrisch blickte der Kommissar auf den Bildschirm, eine weitere E-Mail war eingegangen. Die zweiunddreißigste an diesem Morgen. Er löschte sie.

Die Bürotür ging einen Spalt weit auf, und Rosa Mazzoleni steckte ihren Kopf herein: »Ich hab Ihnen eine E-Mail geschickt.«

»Aber Sie sind doch jetzt da, Frau Mazzoleni.«

»Frau Kobler hat angerufen. Sie lässt fragen, wo Sie stecken.«

»Hier«, sagte Eschenbach.

»Ich glaube, die Chefin erwartet Sie.«

»Hat sie das gesagt?«

»Nein.« Rosa seufzte. »So wie sie gefragt hat, habe ich das

herausgehört. Und sie hat Ihnen eine E-Mail geschickt, hat sie gesagt.«

»Tatsächlich?« Eschenbach blickte auf, sah seine Sekretärin an, für die der ganze Bürowahnsinn so normal schien wie der Abendverkehr in ihrer Heimatstadt Neapel.

»Hier ist sie.« Rosa traute sich nun doch ganz herein und legte ein Blatt Papier auf den Tisch. Daneben platzierte sie eine rosarote Sichthülle mit weiteren Blättern. »Ich habe gleich alle ausgedruckt.«

»Sie lesen meine E-Mails?«

»Natürlich nicht.« Rosa zupfte an ihren schwarzen Haaren, die ihr halblang auf die Schultern fielen. »Aber wenn Sie sie nicht lesen, dann muss ich sie wohl durchsehen.«

»Wissen Sie«, sagte der Kommissar. »Mit den E-Mails ist es wie mit Ihrem Sugo: Von den vielen Tomaten bleibt am Ende nur wenig übrig. Kochen lassen und abwarten, Frau Mazzoleni.«

»Das ist Porzellan.« Rosa betrachtete die zwei Zigarillostummel auf der Untertasse. »Und eine Luft ist das hier drin ...« Hustend ging sie zum Fenster und öffnete es.

»Furchtbar«, sagte Eschenbach. Bedächtig nahm er eine neue Brissago aus der Schachtel und zündete sie an.

»Sie sind dieses Jahr Ehrengast«, sagte Rosa, nachdem sie auf dem Schreibtisch Ordnung gemacht und das Kaffeegeschirr auf ein Tablett geräumt hatte. »Und weil es das Jahr der Fußball-Europameisterschaft ist, hat die UEFA eine Ehrentribüne errichten lassen.«

»Steht das auch in Ihren E-Mails?«

»Ma sì. Traditionen sind der Kitt der Gesellschaft.«

»Tribünen haben keine Tradition, Frau Mazzoleni. Nicht beim Sechseläuten. So etwas hat es dort noch nie gegeben, in zweihundert Jahren nicht. Man steht einfach, basta!« Der Kommissar legte Rosas Sichthülle in die oberste Schublade und erhob sich. »Ehrengast, Ehrengabe, Ehrendame, Ehrenpreis,

Ehrenabzeichen …«, referierte er, während er an Rosa vorbei zur Tür schritt. »Das sind alles Tomaten für Ihren Sugo.«

»Das heißt, Sie gehen nicht hin?«

»Doch, eben. Bei dem ganzen *global warming* muss man den Winter austreiben, solange es ihn noch gibt.«

»Was schätzen Sie, wie lange wird's dieses Jahr dauern?«

»Hoffentlich nicht so lange«, sagte Eschenbach.

Auf dem Weg von der Kasernenstrasse zur Sechseläutenwiese erfuhr Eschenbach von Elisabeth Kobler, dass eine Delegation deutscher Polizeiobersten eingeladen war. Er hatte seine Chefin abgeholt, um sich auf den neuesten Stand bringen zu lassen. »Die haben Erfahrung mit Fußballanlässen«, sagte sie. Als Mitglied der Gesellschaft zu Fraumünster, der einzigen Frauenzunft Zürichs, trug die Polizeichefin einen wallenden, dunkelblauen Umhang, unter dem, wenn sie sich bewegte, ein mittelalterliches, mit Brokatbändern verziertes Kleid zum Vorschein kam.

Eschenbach verkniff sich einen Kommentar zu ihrer Aufmachung, zumal er fand, dass Kobler schlecht gelaunt war und unter ihrer mittelalterlichen Kopfbedeckung aus dunklem Samt geradezu mürrisch dreinblickte. Vielleicht rührte der Unmut auch daher, dass sie dauernd auf ihren Umhang trat.

Eschenbach tat so, als ob er über alles im Bilde wäre. Vermutlich gab es auch dazu E-Mails, dachte er. Es ging also um die EURO 08 – um die bevorstehende Europameisterschaft, deren Austragung Kobler schon seit Monaten Kopfzerbrechen bereitete.

Kurz vor sechs saß Kommissar Eschenbach dort, wo er nach seinem Verständnis nichts zu suchen hatte: auf der Ehrentribüne beim Bellevue. Reihe fünf, Mitte.

»Aufregend, nicht wahr?«, bemerkte der Mann rechts neben ihm. Er deutete auf die Menschenmenge, die den Platz überflutet hatte. »Wann geht es denn los?«, fragte er.

»Um sechs.« Eschenbach sah auf seine Uhr, dann auf den riesigen Holzberg, der vor ihnen auf der Wiese zum Abfackeln bereitstand. »In fünf Minuten also.«

Sein Nachbar rieb sich die Hände. Er hatte sich als Lebenspartner von Klaus Wowereit vorgestellt. Wowereit, der zwei Reihen weiter vorne neben dem Zürcher Stadtpräsidenten saß, war als Regierender Bürgermeister von Berlin auch einer der Ehrengäste, mit denen sich die Zunftherren jedes Jahr anlässlich des Sechseläutens schmückten.

»Jetzt geht's los!«, riefen einige der Gäste.

Der Kommissar steckte die Hände in die Hosentaschen. Er sah auf den Scheiterhaufen, der nur mühsam zu brennen begann. Weil es am Morgen noch geregnet hatte, warf der Brandmeister in kurzen Abständen offene Behälter mit Benzin in den brennenden Holzberg. Eschenbach dachte an seine Zeit bei den Pfadfindern und daran, wie verpönt es gewesen war, ein Feuer mit Benzin anzuzünden. »Es wird schon noch«, sagte er.

»Und das Ganze heißt Sechseläuten, weil es um sechs Uhr beginnt?«, wollte sein Nachbar wissen. Er schien hell begeistert zu sein, und er betonte mehrmals, dass er es schätze, neben einem Einheimischen zu sitzen. Kobler, die links neben Eschenbach saß, hielt sich vornehm zurück.

Der Kommissar nickte. Und nach anfänglichem Zögern gab er einen kurzen Abriss über das *Sächsilüüte*, wie es die Zürcher nannten. Über die Schirmherrschaft der Gesellschaft zur Constaffel und die fünfundzwanzig Zürcher Zünfte und den Ablauf der Veranstaltung, die an einem Sonntag Mitte April mit einem Kinderumzug beginnt.

»Und am Tag darauf, am Montag um sechs Uhr abends, treffen sich alle hier auf dem Sechseläutenplatz beim Bellevue. Dann wird der Böög verbrannt.«

»Es geht also um diesen Kerl dort?« Eschenbachs Nachbar zeigte auf den Schneemann, der zuoberst auf dem Holzhaufen festgezurrt war.

»Richtig, um den Böög. Er verkörpert den Winter.« Der

Kommissar redete sich langsam warm. »In seinem Kopf befinden sich Knallkörper. Wenn die Flammen ihn erreichen, explodiert er. Dann brennt die ganze Figur. So treiben wir Zürcher den Winter aus.«

»Schreckliches Ende.«

Eine Weile sahen beide schweigend auf den Holzberg. Nur zögerlich bahnten sich die Flammen einen Weg durch das feuchte Holz. Der Üetliberg jenseits des Seebeckens verschwand hinter einer gewaltigen Rauchfahne.

»Achtzehn Minuten schon.« Eschenbach sah wieder auf die Uhr.

»Gibt es ein Zeitlimit?«, fragte der Berliner.

»Nein. Je schneller, desto besser. Denn je schneller, desto schöner der Sommer.«

»Ach so.« Sein Nachbar lächelte höflich, aber skeptisch.

Eschenbach zog ein zerknülltes Blatt Papier aus der Hosentasche. »Letztes Jahr dauerte es zwölf Minuten und neun Sekunden.«

»Da wird also richtig Buch geführt?«

Der Kommissar zeigte ihm die Liste. »Der Rekord war 1974. Da dauerte es gerade einmal fünf Minuten und sieben Sekunden. Und jetzt ...«

»1974 wurden wir Fußballweltmeister.«

»Schon neunzehn Minuten ... Das wird nix.«

»Gerd Müller schoss das 2 : 1 gegen die Holländer ...«

»Ich weiß«, sagte Eschenbach. »Liegend!«

»Das waren noch Typen.«

»Zwanzig Minuten.«

»Das wird aber ein ganz schlechter Sommer. Und dann haben Sie noch die EURO 08.«

»Eben – und Spieler, die nicht einmal stehend treffen.«

Der Wind drehte und blies den Rauch direkt auf die Tribüne zu.